Rockstar Sins

von Charlotte Tendon

Buchbeschreibung:

Maja hat sich bereits vor Monaten getrennt, doch ihr Ex hofft immer noch auf eine zweite Chance und findet Unterstützung bei ihrer Familie. Bei einem Konzert ihrer Lieblingsband sucht sie für einen Abend Ablenkung von dem ständigen Streit und findet sie unerwartet in Gitarrist James. Nach dem kurzen Abenteuer will sie, zum Alltag zurückkehren und sich den Problemen dort, doch James will Maja unbedingt wiedersehen. Aber Maja ahnt nichts von dem dunklen Geheimnis ihrer Lieblingsband:
Sie sind keine Menschen.

Über die Autorin:

Charlotte Tendon wurde 1987 in Stuttgart geboren und schreibt schon seit ihrem dreizehnten Lebensjahr Kurzgeschichten und Gedichte, vor allem aber Romane in denen es stets romantisch zugeht.
Mit ihrer Tochter lebt sie in Stuttgart und arbeitet als Bibliothekarin. Wenn sie nicht schreibt, backt sie Cupcakes oder bastelt Schmuck.
Außerdem bereits erschienen:
  Secret Flowers (Twentysix, 2020)
  Sing My Lovesong (Siebenverlag, 2019)

Weitere Informationen: www.charlotte-tendon.de

Charlotte Tendon

Rockstar Sins

Geheimnisvolle Anziehung

Bibliografische Information der Deutschen Nationalbibliothek: Die Deutsche Nationalbibliothek verzeichnet diese Publikation in der Deutschen Nationalbibliografie; detaillierte bibliografische Daten sind im Internet über dnb.dnb.de abrufbar.

TWENTYSIX
Eine Marke der Books on Demand GmbH

Zuerst erschienen 2019 unter dem Titel »Rockstar Sins : Liebe on Tour« bei Books2read
1. Auflage, 2021
© Charlotte Tendon, 2020
Coverdesign: Charlotte Tendon
Bildquelle: Pixabay (Engin Akyurt / SilviaP_Design / OpenClipart-Vectors)
Alle Rechte vorbehalten.
Herstellung und Verlag:
BoD – Books on Demand, Norderstedt

ISBN: 9783740782535

1. Kapitel

Es war noch früh am Abend und der Andrang am Eingang kaum vorhanden, als Maja den museumsartigen Vorraum von King John's Castle betrat und erst die Karten-, dann die Sicherheitskontrolle über sich ergehen ließ. Schließlich trat sie durch die große Glastür auf der gegenüberliegenden Seite wieder hinaus ins Freie, auf den von verfallenen Burgmauern umgebenen Hof. Dort war eine Bühne, samt Beleuchtung und Leinwand, aufgebaut. Die Kombination des Gemäuers aus dem dreizehnten Jahrhundert und der modernen Bühnentechnik verlieh dem Abend schon jetzt eine gewisse Magie, obwohl die Band bis noch nicht einmal die Bühne betreten hatte. Der Abend versprach genau das zu bringen, was Maja nach diesem Tag, diesen Wochen und Monaten brauchte – Ablenkung.

Eigentlich hatte sie nicht herkommen wollen. *Children of an Unknown* war zwar ihre Lieblingsband, aber leider auch die von David. Jedoch machte er ihr das Leben im Büro schon zur Hölle, da sollte er sie nicht obendrein um dieses langersehnte Konzert bringen. Bei schätzungsweise zweitausend Zuschauern sollte es wohl irgendwie möglich sein, ihm aus dem Weg zu gehen.

Mit jeder Minute strömten mehr Gäste auf den Burghof und verteilten sich. Eine Gruppe junger Frauen in knappen Röcken und engen Tops sammelte sich zielstrebig vor der Bühne, um der Band so nahe zu kommen, wie nur möglich. Maja dagegen hielt sich am Rand, an der uralten Burgmauer, und blickte durch eine glaslose Fensteröffnung auf den Fluss Shannon, der sich ruhig durch die Stadt Limerick zog.

Zuletzt war sie vor etwa zwei Jahren mit David hier gewesen – Burgromantik als Traumpaar, festgehalten auf unzähligen Fotos. Doch inzwischen war ihre Beziehung gescheitert, nur kurz nachdem sie zusammengezogen waren. Rückblickend hatte Maja sich eingestehen müssen, dass ihre Verbindung von Anfang an eher auf Vernunft, als auf Zuneigung basiert hatte. Auf Dauer hatte das für sie einfach nicht ausgereicht.

David allerdings sah das anders. Er wollte es noch einmal versuchen, als zweite Chance für ihre Liebe.

Seufzend ließ Maja den Blick über den inzwischen halb gefüllten Burghof wandern, um sich von diesen Gedanken abzulenken. Leider fiel ihr Blick direkt auf David, der sich durch die Menge drängte und sich dabei immer wieder umsah. Er suchte nach ihr und Maja hatte keine Lust auf eine erneute Auseinandersetzung mit ihm. Hilfesuchend musterte sie die Umgebung.

Gab es hier jemanden, mit dem sie ein Gespräch beginnen konnte, um sich so zu verstecken? Leider war es nicht gerade ihre Stärke, Smalltalk mit vollkommen Fremden zu führen.

Wieder sah sie die Groupies vor der Bühne. Dort vorne war das Gedränge inzwischen so groß, dass sie sich dort bestimmt gut verstecken konnte, außerdem würde David sie niemals in der ersten Reihe vermuten. Er kannte sie schließlich gut genug, um zu wissen, dass sie sich nicht mitten ins Getümmel stürzte. Was war also schlimmer? Ein erneuter Annäherungsversuch von David oder das Gedränge der Groupies?

Vielleicht konnte sie sich im Laufe des Konzerts unauffällig zurückziehen, wenn es erst einmal dunkel wurde. Solange nur David sie nicht zu fassen bekam, sonst würde er sie den ganzen Abend nerven.

Es war erstaunlich leicht, sich weiter nach vorne zu arbeiten, obwohl es bereits kurz vor Konzertbeginn war. Die meisten Leute machten ihr bereitwillig Platz und die eingefleischten Groupies störten sich nicht großartig daran, dass Maja sich zu ihnen gesellte. Sie warfen ihr zwar Blicke zu, die deutlich sagten »Du gehörst nicht zu uns.« Dennoch lächelten Maja freundlich an. Vielleicht freuten sie sich irgendwie auch über eine neue Gleichgesinnte.

Was mochten sich diese Frauen in ihrer aufreizenden Kleidung wohl von ihrem Platz in der ersten Reihe erhoffen? Wollten sie wirklich die Nacht mit den Bandmitgliedern im Tourbus verbringen? Stimmten die Mythen über wilde Orgien von Musikern mit ihren Groupies?

Maja konnte sich nicht vorstellen, warum sich Frauen darauf einlassen sollten. Sie mochte die Musik von Children of an Unknown, sang gerne die Lieder mit, einige brachten sie sogar manchmal zum Weinen oder Strahlen und die Musiker waren allesamt attraktiv, dennoch wollte Maja nichts weiter, als der Musik zuzuhören, mit den anderen Zuschauern zu feiern und für ein paar Stunden alle Sorgen zu vergessen.

Zumindest hatte sie David erfolgreich abgeschüttelt. Das war ein guter Anfang für einen schönen Abend.

Limerick war keine große Stadt, nicht einmal für irische Verhältnisse, aber die Kulisse der mittelalterlichen Burg machte das Konzert zu einem Höhepunkt der Tour – nicht nur für die Fans. James hatte eine Gänsehaut, als er Bill, ihrem Frontsänger, auf die Bühne folgte. Schätzungsweise zweitausend erwartungsvolle Augenpaare waren auf sie gerichtet, viertausend Hände klatschten begeistert, während die Abendsonne den breiten Fluss Shannon jenseits der Burgmauern beinahe schwarz erscheinen ließ.

Die Luft vibrierte nicht nur von den harten Bässen, sondern auch von der Energie der jubelnden Zuschauer. Zudem war es der erste trockene Abend seit fast einer

Woche. Perfekt für ein Konzert unter freiem Himmel, entsprechend gut war die Stimmung. Scheinbar das ganze Publikum konnte die Texte mitsingen und tat es auch mit voller Inbrunst – jene Texte, die James mit so viel Herzblut geschrieben hatte.

Das Leben war seit ihrem ersten Plattenvertrag wie ein Traum – ein stressiger Traum, aber bei den Konzerten war es der Himmel auf Erden. Zugleich waren die Konzerte ein Schlaraffenland für ihre ausgehungerten Körper, um wieder neue Energie zu tanken. Sie brauchten diese Auftritte wie andere die Luft zum Atmen.

Trotzdem war es auch anstrengend, sodass James, ebenso wie Drummer Mike, Bassist Charlie und Keyboarder Tim, nur allzu dankbar war, als Bill nach den ersten zwei Songs wieder einmal ins Schwafeln geriet. Er liebte es, bei den Konzerten sentimentale Reden über die Inhalte ihrer Lieder zu schwingen. Jetzt erzählte er von seiner heimlichen Liebe in der Schulzeit, die er nie gewagt hatte anzusprechen, was angeblich die Inspiration für *Seeing You* war, einen ihrer beliebtesten Songs. In Wahrheit hatte James den Text geschrieben, nachdem er im Tourbus gelangweilt eine Daily soap gesehen hatte. Aber Bills Geschichten – so erfunden sie auch waren – kamen einfach besser bei den Fans an. Sie hingen wie gebannt an seinen Lippen. Selbst in dieser lauschenden Stille verströmte die Menge Energiewellen, die, als sie auf James' Haut trafen, anfingen aufregend zu prickeln.

Er nutzte die Pause auch, um einen Schluck – oder vielmehr eine halbe Flasche – Wasser zu trinken und durchzuatmen. Weil Bill diesmal so richtig in Plauderlaune war, hatte James sogar Zeit, sich im Publikum umzusehen. In Limerick kannte er niemanden, außer natürlich einige der Groupies in der ersten Reihe, die ihnen manchmal nachreisten. Irgendwie war es nett, unter all den Fremden ein paar bekannte Gesichter zu sehen. Nur leider waren ihm diese Gesichter schon fast zu vertraut. Einige der Groupies waren Stammgäste auf den After-Show-Partys und manche von ihnen wollten noch mehr. Meist hatten sie es auf Bill abgesehen, der sich bereitwillig auf heiße Nächte einließ.

James konnte ihm das nicht verübeln. Für ihn war zwar die Energie, die das Publikum ausstrahlte, im Grunde genug, um seine Bedürfnisse zu befriedigen, aber er konnte Bill verstehen, denn beim Sex wurden noch ganz andere Mengen von Energie freigesetzt. Es war berauschend wie eine Droge. Deshalb hielt James sich mit solchen Aktivitäten zurück. Im Gegensatz zu Bill hatte er Angst, sich zu sehr gehen zu lassen. Nicht vorzustellen, was passieren könnte, wenn ein Groupie herausfand, was sie wirklich waren.

Endlich war Bill mit seiner Rede fertig und gab das vereinbarte Zeichen. Mike zählte leise den Takt ein und Tim spielte das gefühlvolle Keyboard-Intro, ehe Bill die ersten Zeilen sang. Die Zuschauer hingen erneut an seinen Lippen, schon bevor James und Charlie mit E-Gitarre und Bass einstimmten.

So oft die anderen sich auch über Bills Monologe lustig machten, sie verliehen den Liedern doch eine gewisse Magie. Das Publikum schien nicht einmal zu merken, dass es zu regnen begann. Lediglich in den hintersten Reihen wurden einige Regenschirme geöffnet und ein paar Leute suchten sich trockene Plätze nahe der Burgmauern, aber die Groupies in den ersten Reihen sangen unbeirrt mit. Die Stimmung blieb ungetrübt.

Bill wagte sich beim Singen sogar so weit an den Bühnenrand, dass er das schützende Dach verließ und selbst nass wurde. Wahrscheinlich würde es nicht lange dauern, bis die ersten Groupies beim Anblick von Bill in seinem durchnässten weißen Shirt ohnmächtig wurden.

Groß, durchtrainiert und mit diesem unwiderstehlichen Out-of-Bed-Look war er ein Frauenschwarm und sich dessen vollauf bewusst. Zweifellos würden sich die Frauen auf der Party hinter der Bühne wieder um ihn reißen. Sogar noch mehr als sonst.

Nach einem weiteren Song – etwas rockiger und ebenso gefeiert – setzte Bill zu einer weiteren Rede an. James griff sofort nach seiner halb leeren Wasserflasche, die inzwischen Gesellschaft von einer vollen bekommen hatte. Ihr Manager hatte stets ein wachsames Auge darauf, dass sie bei ihren Auftritten gut versorgt wurden, zur Not verteilte er selbst die Trinkflaschen. Dabei hätten sie auch gut ohne das Wasser auskommen können, nicht aber ohne die kreischende Zuschauermenge.

Noch mit der Flasche in der Hand sah James sich erneut um. Mitten unter den bekannten Groupies war ein neues Gesicht. Ein leicht rundliches, liebes Gesicht mit kaum Make-up und unergründlichen, verträumten Augen, umrahmt von dunklem, schulterlangem Haar, das sich angesichts des Regens etwas kräuselte. Aber vor allem sah er volle, dunkelrosafarbene Lippen, auf die er sich am liebsten sofort gestürzt hätte. Er müsste sich nur über den Bühnenrand schwingen, dann könnte er diese Lippen küssen. Wahrscheinlich würde er behutsam daran knabbern, um zu sehen, wie sie dadurch wurden.

Als Mike bereits den nächsten Song einzählte, starrte James immer noch diese Frau an, in deren dunklen Augen er genau sah, wie unwohl sie sich zwischen den Groupies fühlte. Sie war keine von ihnen, aber irgendetwas hatte sie dorthin geführt. Diese Frau in der grauen Bluse, die sie wahrscheinlich auch im Büro trug, und die schon bei den ersten Klängen einer herzzerreißenden Ballade begann, sich im Takt zu wiegen. Beim Refrain bewegten sich ihre Lippen, als würde sie den Text mitsingen. Der Text, den James selbst geschrieben hatte, handelte von gegenseitiger Unterstützung in einer Partnerschaft. Es versetzte ihm einen Stich, dass sie diesen Text so bewegt mitsang, obwohl sie doch allein war, in einer Gruppe von Menschen, zu denen sie so gar nicht passte. Bestimmt wollte sie einen Partner haben, der von hinten seine Arme um sie schlang und ihr eben jene Geborgenheit vermittelte, die der Song beschrieb.

Aber natürlich konnte James unmöglich dieser Partner sein. Eine langfristige Liebschaft würde zwangsläufig zu Problemen führen. Wie lange könnte er seine wahre Natur dann wohl vor ihr verbergen? Abgesehen davon, dass er noch nie eine derartige Beziehung geführt hatte, stand er auf der Bühne und sie davor. Das waren einfach zwei verschiedene Welten.

James bemerkte ein böses Funkeln von Bill, weil er seinen Einsatz verpasst hatte, und so riss er seinen Blick widerwillig von dem grauen Mäuschen zwischen den Groupies los. Aber nicht endgültig, denn er musste sie unbedingt wiedersehen, einmal mit ihr sprechen und ihre Lippen spüren. Heute Nacht sollte sie in einer warmen Umarmung erschöpft und geliebt einschlafen. In seinen Armen. Mehr konnte er ihr nicht bieten. Für eine Frau war kein Platz in einem Leben zwischen Bühne, Tonstudio und Tourbus. Außerdem war da ja auch noch sein Geheimnis.

Aber wie sollte er sie ansprechen, ohne dass es gleich so viele Unbeteiligte mitbekamen?

Lied um Lied verging. Immer wieder sah er zu ihr in die erste Reihe. Irgendwann drängten sich einige altbekannte Groupies weiter nach vorne. Die Frau mit den traurigen Augen zog sich erst in die zweite Reihe zurück, dann in die dritte. Es wurde zunehmend schwieriger, sie in der Menschenmenge auszumachen, weil sie eher klein war und nun hinter den Köpfen der anderen Zuschauer verschwand.

Bill beendete den letzten Song und die Band sammelte sich zum Schlussapplaus. James suchte die Nähe des Frontmanns mit einem vagen Plan im Kopf. »Lass uns nachher Autogramme geben.«

Nach Konzerten mit guter Stimmung veranstalteten sie gelegentlich spontane Signierstunden am Bühnenrand. Das war zwar anstrengend, hatte aber einen positiven Effekt auf die Beziehung zu den Fans. Nun hoffte James, dass er bei dieser Gelegenheit ein paar Worte mit der Frau wechseln könnte, die ihn vorhin so fasziniert hatte.

Bill zuckte mit den Schultern. »Warum nicht«, erwiderte er, als sie geschlossen die Bühne verließen.

Backstage erwartete sie zwar ihr Manager Ray, aber natürlich wussten sie alle, dass sie gleich noch für die eine oder andere Zugabe wieder auf die Bühne zurückkehren würden.

»Wir machen gleich noch eine Autogrammstunde«, setzte Bill den Manager ohne Umschweife in Kenntnis. »Es soll ja auch für die Fans ein unvergesslicher Abend werden.«

Ray zog seine kahle Stirn kurz in Falten, bevor er nickte und sich auf den Weg machte, um die Sicherheitskräfte über die neuen Pläne zu informieren. Es war für sie alle ein gewohnter Ablauf. Ihr Team vom Tontechniker bis zum Personenschützer wusste, wie spontan sie solche Dinge entschieden.

Alle Bandmitglieder tranken noch einmal reichlich Wasser, eher aus Gewohnheit als Notwenigkeit.

»Ich habe Gina und Joanna im Publikum gesehen«, platzte Drummer Mike, das Nesthäkchen der Band, plötzlich heraus. »Ich glaube, die Party nachher wird der Hammer.«

Tim, der älteste von ihnen, ein ausgebildeter Konzertpianist, der sich nun in der Band mit dem Keyboard begnügte, klopfte ihm lächelnd auf die Schulter. »Sei vorsichtig mit den Vollblut-Groupies, Kleiner. Sie wollen nur mit dir spielen.«

Mike war der Einzige von ihnen, der gelegentlich längere Beziehungen führte – zumindest länger als eine Nacht – und so hatte er auch schon drei schwierige Trennungen hinter sich gebracht. Sie alle hofften, dass ihm nun endgültig die Lust an Partnerschaften vergangen war, weil gerade er dazu neigte, sich zu verplappern. Wenn er eine Freundin hatte, fürchteten sie täglich, enttarnt zu werden. Und sie alle wollten weder einen wütenden Mob vor dem Bandhaus sehen, noch eine Horde verrückter Wissenschaftler im Nacken haben.

Vor der Bühne wurden die Rufe nach einer Zugabe lauter. Bill traf stets die Entscheidung, wann es an der Zeit war, diesen Rufen nachzugeben. Indessen breitete sich auf James' Armen schon eine Gänsehaut aus, obwohl er vollkommen überhitzt war. Diese Rufe erinnerten ihn immer an die ersten Auftritte der Band, in Pubs und Bars. Später spielten sie auch auf kleinen Festen, dann auf einem Festival und nun waren sie sogar für Konzerte auf dem europäischen Festland angefragt, obwohl sie gedacht hatten, den Höhepunkt ihrer Karriere bereits erreicht zu haben.

Bill blickte noch einmal in die Runde, nickte entschlossen, bevor sie erneut die Bühne stürmten, um wieder im Jubel der tosenden Menge zu baden.

Schließlich, als der letzte Ton verklungen war, erstrahlten die großen Scheinwerfer. Sie fluteten den Innenhof der mittelalterlichen Burg mit gleißendem Licht und machten so deutlich, dass das Konzert beendet war, ganz egal wie hoffnungsvoll die Fans auch nach einer weiteren Zugabe riefen. Zusammen mit der Masse setzte Maja sich in Bewegung in Richtung Ausgang. Es würde ewig dauern, bis sie draußen sein würde, aber zumindest war in diesem Chaos die Wahrscheinlichkeit beruhigend gering, dass sie David in die Arme lief.

Plötzlich ging ein Raunen durch die Menge, und die ersten Zuschauer stürmten zurück zur Bühne. Mit einem flüchtigen Blick über die Schulter erkannte Maja, dass dort die Band am Bühnenrand bei den Groupies stand und Autogramme verteilte. Um die Szene bildete sich eine immer größer werdende Traube von Menschen.

Das sollte ihr nur recht sein, denn so ließ das Gedränge am Ausgang schlagartig nach.

Obwohl sie die Band bewunderte, konnten sie keine zehn Pferde dazu bringen, sich in den Kampf um die Autogramme zu stürzen. Sie hatte noch nie verstanden, was die Menschen an einem Stück Papier mit einer unleserlichen Unterschrift fanden. Wenn es wenigstens ein Haar wäre, dann könnte man sich immerhin eine Voodoo-Puppe basteln – was auch immer man damit anfangen sollte.

Als sie sich wieder dem Ausgang zuwandte, hatte sich die Lage dort erheblich entspannt. Zuversichtlich folgte sie dem Menschenstrom. Doch, als sie ihr Ziel fast erreicht hatte, bemerkte sie einen blonden Haarschopf, der hinter einigen kleineren Menschen herausragte.

David.

Er stand dort wie ein Fels in der Brandung, um den sich die Masse schlängelte. Wenn sie nun auch hinauswollte, dann müsste sie zwangsläufig an ihm vorbeigehen.

Es sei denn ...

Wieder blickte sie zur Bühne. In dem Getümmel könnte sie problemlos erneut untertauchen, und sie wusste, dass David sie dort nicht suchte. Er wusste ja, dass sie sich nichts aus Autogrammen machte. Aber in diesem Moment war ein nutzloses Autogramm eine reizvolle Alternative zu einem Aufeinandertreffen mit ihrem Ex. Lange würde er diesen

Lauerposten nicht mehr halten können und aufgeben. Sie musste sich wahrscheinlich höchstens zehn Minuten verstecken, dann könnte sie unbehelligt entkommen.

Am Rande der Menschenmenge fiel sie natürlich zu sehr auf. Sie musste sich weiter ins Gedränge stürzen, näher an die Band kommen. Möglicherweise würde sie sich doch ein Autogramm holen, um die Zeit totzuschlagen und um zu sehen, was daran so toll sein sollte.

Inzwischen hatten die Fans die Band so dicht umringt, dass selbst James mit seinen 1,81 Metern, nicht mehr über die vielen Köpfe hinwegsehen konnte. Er war froh, dass die Sicherheitskräfte den Zustrom der Autogrammjäger ordneten, sonst hätten sie vielleicht flüchten müssen. Allerdings waren die Fans trotz des Gedränges friedlich und ruhig, sodass es Spaß machte, die begehrten Unterschriften zu verteilen.

Dennoch schmerzte James' Hand bereits nach fünf Minuten, weshalb er fast seine eigene Idee zu dieser Autogrammstunde bereute. Man sollte doch meinen, wenn man die Energie so vieler Menschen über Stunden in sich aufgenommen hatte, wäre man widerstandsfähiger.

Auch für solche Signierstunden hatten sie längst ihre Routinen: Bill begrüßte die Fans und fragte nach den Namen. Dann unterschrieben alle der Reihe nach, und James gab die Autogrammkarten an die Fans zurück. Im Grunde war es Fließbandarbeit.

Diesmal aber sah James sich jeden Fan genau an, um sicherzugehen, dass er eine Frau mit dunklen Augen und sinnlichen Lippen nicht verpasste. Er machte das hier nur ihretwegen, obwohl im Festsaal der Burg ein leckeres Buffet und Drinks auf die Musiker und das Team warteten. Bill nutzte die Gelegenheit, um den einen oder anderen Groupie zu dieser Party einzuladen. Als wären die meisten von ihnen nicht sowieso Stammgäste und hätten ohnehin versucht, hinter die Bühne zu kommen. Auch ohne eine Einladung von Bill fanden sie immer einen Weg zur Party, schließlich freute sich die Band darauf.

Charlie stand weiter hinten, beugte sich nun aber zu James und Bill vor. »Ich denke, es reicht langsam.« Sofort nickte der Sänger zustimmend. Es war ohnehin aussichtslos, jedem Fan ein Autogramm geben zu wollen. Es war eher ein Zeichen des guten Willens, es zu versuchen. Aber James hatte die Frau, nach der er suchte, noch nicht gesehen, deshalb konnte er jetzt nicht aufgeben. »Ein paar Minuten«, erwiderte er entschlossen und deutete auf die nicht enden wollende Schlange, obwohl seine Finger bereits total verkrampft waren und die gesuchte Frau nirgendwo in Sicht war. Ehrlicherweise musste er sich eingestehen, dass viele Zuschauer kein Interesse an Autogrammen hatten. Oder hatte vielleicht die lange Schlange sie abgeschreckt?

Möglicherweise musste er der Wahrheit ins Auge sehen und akzeptieren, dass sie fort war und er sie wohl nicht wiedersehen würde.

Aber noch hatte er eine Chance, bevor die Erschöpfung und der Unmut seiner Brüder überhandnahmen.

Lächelnd gab er eine fertige Autogrammkarte zurück an eine Lisa, die über beide Ohren strahlte. Dann hörte er das verwirrte Gestammel einer Frau, die offenbar kaum in der Lage war, Bill ihren Namen für das Autogramm zu nennen. Er wandte sich von Lisa ab, die freudig davonstürmte, und entdeckte ebenjene Frau, nach der er gesucht hatte, direkt vor Bill, der gerade unterschrieb. Sie tapste nervös von einem Bein auf das andere. Ihr Haar war inzwischen wieder trocken, aber immer noch leicht gekräuselt. Ihre wundervollen Augen konnte er nicht sehen, weil sie starr zu Boden blickte.

Charlie reichte ihm die Karte, während Bill bereits mit dem nächsten Autogrammjäger sprach. James unterschrieb und entzifferte den Namen jener Frau.

»Maja«, las er vor, und sie wandte sich ihm sofort zu. Was sollte er nun tun? Er konnte sie doch nicht hier vor all den Fans küssen, obwohl er genau das beim Anblick ihrer sprachlos geöffneten Lippen am liebsten getan hätte.

Er wollte sie küssen, bis sie alles um sich herum vergaß. Dabei war es vor allem er, der kurz davor war zu vergessen, wo er sich befand. Er brachte nicht einmal ein Wort heraus, nicht hier vor all den Schaulustigen.

Hastig kritzelte er den Satz »Triff mich backstage« auf die Rückseite der Autogrammkarte und reichte sie ihr zurück.

Schüchtern nahm sie die Karte entgegen und hauchte ein »Danke«, das in der Menge kaum zu hören war, bevor sie wieder verschwand. Sie hatte seine Nachricht gar nicht gelesen – vielleicht würde sie das erst am nächsten Morgen tun, wenn es zu spät war, aber er konnte ihr unmöglich einfach nachlaufen.

»Okay, das war's!«, verkündete einer der Sicherheitsmänner nun entschlossen, nachdem er wohl ein Zeichen von Bill bekommen hatte. Sofort schoben sich die Sicherheitskräfte wie eine Wand vor die Band und ermöglichten ihnen so den Rückzug, obwohl laute Rufe nach mehr aus den Reihen der Fans aufkamen.

2. KAPITEL

Hastig entfernte sich Maja wieder aus der Menschentraube rund um die Band, mit dem Autogramm in der Hand. Plötzlich war es ganz schnell gegangen, bis sie sich direkt dem Sänger Bill gegenübersah. Die nachrückenden Fans hatten sie unfreiwillig nach vorne geschoben, wo sie doch eigentlich gar nicht hingewollt hatte. Der schnellste Weg, sich zu befreien, war tatsächlich, sich ein Autogramm geben zu lassen, denn die Sicherheitskräfte hielten einen Korridor frei, durch den die erfolgreichen Autogrammjäger problemlos durch die Menge der Wartenden gelangten.

Immer noch konnte sie diesem Stück Papier nicht viel abgewinnen. Eine Postkarte bedruckt mit dem Titelbild des letzten Albums, darauf unleserlich die Namen der Bandmitglieder gekritzelt. Dem Gitarristen James hatte der Platz auf der Karte wohl nicht ausgereicht, denn er hatte sogar ein zweites Mal auf der Rückseite unterschrieben. Allerdings hatte er erstaunlich viele Buchstaben für diese zweite Unterschrift gebraucht. Hatte er vielleicht auch seinen Zweit- und Drittnamen dazu geschrieben?

Maja blieb im Lichtschein eines Scheinwerfers stehen und versuchte, die undeutliche Handschrift zu entziffern. Beim besten Willen konnte sie darin keinen Namen erkennen. Nein, es war eine Aufforderung: »Triff mich backstage«.

Irritiert starrte sie erst auf die Karte, dann unwillkürlich zu dem Zugang zum Festsaal der Burg, den die Sicherheitskräfte streng bewachten. Ein paar junge Frauen in Miniröcken steuerten zielstrebig auf die muskelbepackten Männer zu, unterhielten sich kurz mit ihnen und wurden dann durchgelassen.

Ob sie auch zweifelhafte Einladungen auf der Rückseite einer Autogrammkarte hatten? Wie viele Frauen erhielten wohl solche Nachrichten?

Maja sah zum Ausgang. Der Andrang dort war inzwischen überschaubar, aber Davids Blondschopf ragte weiterhin zwischen den Fremden auf. Er war hartnäckig, dabei müsste er sich die Mühe doch gar nicht machen, spätestens am Montag würde er sie im Büro wiedersehen. Warum musste er sie also auch noch in ihrer Freizeit verfolgen?

Plötzlich waren die Fragen, was hinter der Tür zum Festsaal wartete und wie viele Frauen dorthin eingeladen waren, für Maja quälende Rätsel, die es sofort zu lösen galt. Egal, was für eine Party drinnen stattfand, sie war mit Sicherheit besser als ein Streit mit David hier draußen. Vielleicht konnte sie dann von dort aus durch einen Hinterausgang verschwinden, ohne ihrem Ex über den Weg zu laufen.

Zögernd näherte sie sich den riesigen Männern in schwarzer Einheitskleidung, die sie skeptisch von oben bis unten musterten. Sie hob sich schon äußerlich von den anderen Frauen ab. Sie war vom Büro aus direkt zum Konzert gefahren, weshalb sie immer noch die langweilige graue Bluse und ihre Anzughose trug, lediglich den Blazer hatte sie im Auto gelassen. Vielleicht sollte sie sich die Bluse etwas aufknöpfen, um wenigstens mehr Ausschnitt zu zeigen. Andererseits wollte sie ja nicht auffallen, sondern sich verstecken.

»Ich habe eine Einladung«, stammelte sie nervös und deutete auf das Gekritzel von Gitarrist James.

Der Schrank von einem Mann vor ihr warf kurz einen Blick auf die Autogrammkarte, musterte sie erneut und schüttelte den Kopf. »Du bist hier nicht richtig, Mädchen«, erklärte er weniger abweisend, sondern beinahe wie ein besorgter Vater, der sie beschützen wollte. Wahrscheinlich hatte er sogar recht damit, dass sie nicht zur Partygesellschaft passte. Sie wollte ja gar nicht zur Welt der Groupies und Rockstars gehören.

Sollte sie wirklich mit ihm über die schwer lesbare Einladung auf ihrer Autogrammkarte diskutieren? Gab es überhaupt eine Chance auf einen erfolgreichen Ausgang der Diskussion mit dem Türsteher? Immerhin hatte er viel Erfahrung mit diesen Diskussionen, im Gegensatz zu ihr. Möglicherweise würde sie durch die Diskussion nur ungewollte Aufmerksamkeit erregen, am Ende sogar die von David.

Zögernd trat sie einen Schritt zurück, denn es widerstrebte ihr, einfach aufzugeben. Sie war neugierig auf das, was sie hinter dem Rücken dieser Türsteher erwartete. Sie wollte sich darauf einlassen, Spaß haben und das Leben genießen. Seit ihrer Trennung von David bestand ihr Dasein aus purer Langeweile. Ihre Freunde und Kollegen, sogar ihre Familie, hielten ihre Entscheidung, David zu verlassen, für falsch, und um nervtötende Auseinandersetzungen darüber zu vermeiden, schlug sie viele Einladungen zu Partys aus.

Das wäre nun ihre Chance, endlich all das zumindest für einige Stunden hinter sich zu lassen, aber sie brachte einfach nicht den Mut auf, um darum zu kämpfen. Der aufgepumpte Muskelprotz von Türsteher zwischen ihr und der Party schien ein unüberwindbares Hindernis zu sein. War das ein Wink des Schicksals?

Vielleicht hatten ja all die Menschen, die sie kritisierten, irgendwo recht? Vielleicht sollte sie David und ihr friedliches Paarleben gar nicht ganz aufgeben? Vielleicht war genau das ihr Platz in der Welt?

»Ist schon in Ordnung«, hörte sie plötzlich eine fremde Stimme hinter sich. Als sie sich umdrehte, bemerkte sie einen Mann von etwa Mitte dreißig, der gerade einmal so groß wie sie war, und einen auffälligen Backstage-Pass an einem breiten Band um den Hals trug. Bei seinem Anblick traten die Türsteher sofort zur Seite. Er ging selbst voran, und Maja folgte ihm kurzentschlossen.

In dem mittelalterlichen Festsaal tauchte der Mann in der Menge unter, bevor sie ihm danken konnte, und Maja versuchte nicht, ihm zu folgen. Sie war ohnehin überfordert mit der Menschenmenge: schwarz gekleidete Techniker, Groupies in knappen Outfits, einige Kellner und ein üppiges Buffet. Es dröhnte Musik aus zahlreichen Lautsprechern und ein paar Frauen tanzten bereits auf einer beengten Tanzfläche. Dass die Ehrengäste dieser After-Show-Party noch gar nicht anwesend waren, schien niemanden zu stören.

Zögernd wanderte Maja durch den Raum. Natürlich kannte sie niemanden, was möglicherweise auch gut so war, weil so keiner wissen konnte, wie wenig sie hierher passte. Allerdings sammelten sich die anderen Gäste zu kleinen Grüppchen, sodass Maja sich einsam und verloren vorkam. Sogar die Groupies waren immer mindestens zu zweit.

Maja schob sich weiter durch den Raum. Es herrschte definitiv ein Frauenüberschuss und sie bemerkte die kritischen Blicke der vermeintlichen Konkurrentinnen. Ihr Bürooutfit, selbst ohne Blazer, entsprach offensichtlich so gar nicht dem Dresscode, der lautete eher: Minirock, tiefer Ausschnitt und leuchtend roter Lippenstift.

Aus der Vielfalt bereitgestellter Getränkeflaschen nahm sie sich einen süßen Softdrink, weil es etwas Beruhigendes hatte, wenigstens eine Flasche zum Festhalten zu haben. Sie suchte sich eine ruhige Ecke und lehnte sich an die jahrhundertealte Mauer. Dort würde sie in Ruhe austrinken und dann gehen, vermutlich fiel es ja sowieso keinem auf.

Es kannte sie schließlich keiner. Selbst Gitarrist James hatte sie wahrscheinlich längst vergessen.

Was ihn wohl bewogen hatte, sie hierher einzuladen? Möglicherweise war die Einladung gar nicht für sie bestimmt. Es waren so viele Frauen und Mädchen bei der Autogrammstunde gewesen, da war es doch vorstellbar, dass er eine andere gemeint hatte und nicht eine siebenundzwanzig Jahre alte graue Büromaus mit einer hochgeschlossenen Bluse.

Vielleicht schrieb er solche Botschaften auch einfach bei jeder zehnten Frau, damit genügend zur Party kamen. Welchen Grund sollte er schon haben, ausgerechnet sie einzuladen?

Andererseits hatte er sie so intensiv angesehen, als er ihr die Karte gab. Maja hatte ihn vorher nie groß beachtet, doch jetzt war es ihr so, als spürte sie den Blick aus seinen mystisch-graugrünen Augen immer noch auf sich. Es war ein ganz anderes Gefühl, als von Davids gierigen Blicken im Büro verfolgt zu werden.

Sie nahm einen Schluck aus ihrer halbvollen Flasche. Plötzlich wurde es mucksmäuschenstill, sogar die Musik brach mitten im Lied ab, sodass sie sich um ein Haar verschluckt hätte.

Die Blicke richteten sich auf eine Tür auf einer hölzernen Galerie am Rande des Saals. Applaus kam auf.

Angeführt von Sänger und Frauenschwarm Bill, betraten die Musiker von Children of an Unknown den Raum. Sie hatten offensichtlich die Zeit genutzt, sich umzuziehen, denn sie trugen nun alle Jeans und schwarze Shirts. Sie winkten der Festgesellschaft gönnerhaft zu und badeten kurz in dem Applaus.

Gitarrist James war der Letzte in der fünfköpfigen Gruppe und stach als Größter zugleich heraus. Er hatte seine kinnlangen schwarzen Haare mit einem Haarband gebändigt, aber dank seiner breiten Schultern und kräftigen Arme wirkte er trotz dieser Frisur männlich – und sexy.

Langsam kamen die Männer die Treppe herunter, und die Partymusik wurde wieder angeworfen. Sofort umringten Groupies die Band. Aus dem Stimmenwirrwarr hörte Maja Komplimente über die Musik und Glückwünsche für das erfolgreiche Konzert. Sollte sie sich auch in das Getümmel stürzen? Ein paar freundliche Worte sagen? Spielte das überhaupt eine Rolle, angesichts der Menge an Verehrerinnen?

Maja leerte ihre Flasche endgültig und nutzte den Trubel, um unbemerkt in Richtung einer Tür unter einem leuchtenden Notausgangsschild zu wandern, wobei sie sich so unauffällig wie möglich an der Menschentraube rund um die Band vorbeischob. Dabei wäre sie vermutlich nicht einmal aufgefallen, wenn sie ein Pfauenkostüm aus echten Federn getragen hätte. Die Stars des Abends zogen alle Aufmerksamkeit auf sich.

Trotzdem atmete sie erleichtert auf, als sie einen Seitenausgang erreichte, der offensichtlich auch dem gastronomischen Personal als Eingang diente. Sicher konnte sie auf diesem Weg das Gebäude verlassen.

Eine erfolgreiche Flucht vor David. Was wollte sie mehr?

»Maja, warte!« Eine tiefe, raue Stimme ließ sie innehalten, und das noch bevor eine große, kräftige und glühend heiße Hand sich um ihren Oberarm schloss. Sie drehte sich um und sah sich dem großgewachsenen Gitarristen James gegenüber.

Unweigerlich fragte sie sich, warum man stets Sänger Bill als Frauenschwarm bezeichnete, James war noch einige Zentimeter größer und deutlich muskulöser. Außerdem hatte er diese faszinierende Mischung aus feminin anmutenden kinnlangen Haaren und unverkennbar männlichen, kratzigen Bartstoppeln im Gesicht. Sein Anblick fesselte Maja irgendwie.

Sie ertappte sich sogar dabei, wie sie ihn kurz mit offenem Mund anstarrte. Sie wollte ihn berühren, um zu erfahren, ob der Bart so rau und die Haare so weich waren, wie es den Anschein machte.

»Ja?«, fragte sie leise und schüchtern, fassungslos, dass er sich scheinbar tatsächlich an sie erinnerte.

»Du willst schon gehen?« Er schien verwirrt. Fast würde sie sogar sagen, er wirkte enttäuscht.

Zumindest für den Moment konnte sie gar nicht fort, weil James sie immer noch festhielt – einerseits entschlossen und unerbittlich, andererseits aber auch vorsichtig. Von dieser Berührung ging eine solche Hitze aus, dass ihr alles andere plötzlich kalt erschien. Ihr Entschluss zu gehen, geriet ins Wanken. »Ich weiß nicht.« Sie war seinetwegen hergekommen, auf seine Einladung hin. Sie hatte nur gehen wollen, weil sie angenommen hatte, er habe sie längst vergessen.

»Dann geh nicht.« James schien plötzlich zu realisieren, dass ihn einige andere Partygäste irritiert beobachteten, und löste daraufhin seinen Griff.

Unwillkürlich rieb Maja über die Stelle, an der eben noch seine Hand gelegen hatte, um die Hitze dort etwas länger zu bewahren. Ihre Haut kribbelte aufgeregt, alles andere als unangenehm, aber doch sehr ungewohnt. So eine Reaktion auf eine Berührung hatte sie nie zuvor erlebt.

James lächelte sie an, ein viel sanfteres Lächeln, als sie es von einem hartgesottenen Rockmusiker erwartet hätte. »Lass uns etwas zu trinken holen.« Behutsam legte er eine Hand in ihren Rücken, nur ein Stück oberhalb des Pos, und dirigierte sie so weg vom Ausgang und zurück in Richtung Bar.

Natürlich erregte auch diese Geste Aufmerksamkeit. James schien das nicht zu stören, wahrscheinlich war es für ihn normal, weil er immer angestarrt wurde, egal, was er tat. Aber Maja war sich bewusst, dass die Groupies sie mit feindseligen und abwertenden Blicken beobachteten. *Du gehörst nicht hierher. Du bist keine von uns.* So stand es ihnen ins Gesicht geschrieben.

Damit hatten sie recht. Maja sollte nicht hier sein. Sie hatte sich eigentlich nur verstecken wollen und war dadurch in diesem Getümmel gelandet.

James' große Hand lag immer noch flach in ihrem Rücken und strahlte eine wohlige Wärme aus, die ihre dünne Bluse durchdrang. Eine Geste, die unweigerlich einen Eindruck von Vertrautheit erweckte, obwohl sie einander gar nicht kannten. Trotzdem fühlte sich seine Berührung gut an, und es machte die ungewohnte Umgebung leichter erträglich, weil er sich ihr so bereitwillig als Fremdenführer zur Verfügung stellte.

An der improvisierten Bar, bestehend aus einfachen Tischen und einer bunten Mischung verschiedenster Flaschen, beugte sich James weit über den Tresen und wechselte einige Worte mit einem voluminösen Mann mit glänzender Glatze und Schnurrbart. Eine Minute später überreichte er Maja wortlos ein Glas, dessen Inhalt aussah wie ein flüssig gewordener Sonnenuntergang. Für sich selbst nahm er eine Flasche Bier mit. Dann schob er sie in eine verlassene Ecke, fernab von allen Lautsprechern.

Zumindest war es dort ruhig genug, um sich zu unterhalten. Aber worüber sollten sie schon reden? Das Wetter? Die Burg? Unerwartete Einladungen auf Autogrammkarten?

»Das war ein tolles Konzert«, begann Maja unsicher, weil sie den Eindruck hatte, etwas sagen zu müssen, zumal James sie ernst und gründlich musterte. Sie spürte seinen

Blick, der von ihrem immer noch feuchten und zerzausten Haar über ihren Mund wanderte, um schließlich über ihren Hals zu gleiten, hinab zu ihrer Business-Bluse und der langweiligen Anzugshose.

»Ich weiß«, gab er leise und selbstbewusst zurück, dabei lehnte er sich entspannt gegen das alte Mauerwerk. Den Blick fest auf sie geheftet, setzte er seine Bierflasche an und nahm einen Schluck.

Maja tat es ihm gleich. Vielleicht half ihr der Alkohol, sich in die Situation hineinzufinden. Vielleicht gab er ihr wenigstens den Mut, sich entschlossen zu verabschieden. Das wäre wohl das Beste.

»Ich habe dich vorhin gesehen«, platzte es nun aus James heraus. »Von der Bühne aus.«

Maja starrte ihn verwirrt an, bis sie sich wieder daran erinnerte, dass sie ungewollt ganz vorne gestanden hatte. Unter den Groupies war sie sicher aufgefallen wie ein bunter Hund – oder eher als graue Maus zwischen den bunten Hunden.

»Du sahst einsam aus.« James' Blick wurde auf einmal weicher und ein winziges Lächeln trat auf seine Lippen. Das sonst eher ernste und verschlossene Gesicht schien mit einem Mal viel freundlicher. »Deshalb wollte ich dich kennenlernen«, fuhr er ruhig fort, während Maja noch versuchte, ihre Gedanken zu sortieren und an etwas anderes zu denken als daran, wie sehr dieser Mann sie faszinierte. Dabei hatte sie ihn bisher als Mann im Hintergrund bei den Konzerten kaum wahrgenommen. Jetzt war er so präsent, dass er sogar die verwirrend fremde Umgebung in den Hintergrund rücken ließ.

»Ich bin nicht einsam«, erwiderte sie trotzdem automatisch, obwohl sie sich dessen gar nicht so sicher war. Ihre Freunde hatten sich von ihr abgewandt, ihre Kollegen lästerten bestenfalls über sie, und ihrer Familie hatte sie selbst den Rücken gekehrt, um nicht mehr gutgemeinte Ratschläge für eine Versöhnung mit David hören zu müssen.

James beobachtete sie einen Moment schweigend, genau so, als könne er die traurigen Erkenntnisse in ihrem Gesicht lesen. »Nein, jetzt natürlich nicht.« Er grinste schelmisch. »Jetzt bist du ja hier und hier sind so viele Leute, dass man kaum eine Ecke findet, um sich in Ruhe unterhalten zu können.«

So sehr er damit recht hatte, so sehr irrte er sich zugleich. Sie kannte niemanden hier, nicht einmal James, und sie spürte immer noch die Blicke der anderen Frauen, die sie hier nicht haben wollten. Je länger sie dort allein mit James stand, desto mehr würde auch die Abneigung der anderen Frauen ihr gegenüber wachsen. Es waren so viele, die darauf lauerten, ihren Platz einzunehmen ...

Hastig nahm sie einen erneuten Schluck aus ihrem Glas, um sich von dem Wissen darüber, wie unerwünscht sie hier war, abzulenken. »Ich sollte gehen.«

James trank ebenfalls und stellte demonstrativ seine Flasche auf einem Sims aus Stein ab, obwohl sie nicht annähernd leer war. »Ich komme mit.«

Immer noch grinsend nahm er ihr das fast volle Cocktailglas aus der Hand und stellte es neben die Flasche. Wieder legte er ihr die Hand auf den Rücken, diesmal allerdings sah er ihr dabei tief in die Augen, sodass sich diese Geste für sie so intim anfühlte, als wäre sie nackt. Jedoch störte sie sich gar nicht daran, obwohl sie gewöhnlicherweise alles andere als leicht zugänglich für Berührung war. Aber James' Hand strahlte Wärme und Geborgenheit aus.

Etwas in ihr war dankbar dafür, ihn getroffen zu haben, als hätte sie seit Jahren auf diese eine Begegnung und diese Berührung gewartet. In allem, was James tat und sagte, lag dieses unterschwellige Versprechen, sie zu beschützen, und instinktiv vertraute sie ihm, obwohl es doch gar nichts gab, vor dem sie beschützt werden müsste.

Vielleicht war dies ein dummer, teenagerhafter Teil von ihr, der sich so endlich von David befreien wollte.

»Wohin gehen wir?«, fragte sie leise, während James sie zu ebenjenem Dienstboteneingang lotste, durch den sie vor Kurzem hatte flüchten wollen.

»Das ist mir vollkommen egal. Ich will dich nur endlich küssen können, ohne dass es die ganze Welt sieht.« Der Druck seiner Hand veranlasste Maja weiterzugehen, obwohl ihr angesichts seiner entschlossenen Worte die Knie weich wurden.

Dass er es ernst meinte, glaubte sie ihm sofort. Und statt sich darüber zu ärgern, wünschte sie sich unweigerlich, dass er diese Ankündigung in die Tat umsetzte. Dabei war das doch sonst so gar nicht ihre Art – sie war schließlich keines seiner Groupies und wollte es auch nicht werden. Sie sollte sich losmachen und ihn in die Schranken weisen, statt ihm in einen dunklen Gang zu folgen.

James schien genau zu wissen, wohin er ging, auch wenn er das Gegenteil behauptet hatte. Maja dagegen hatte die Orientierung verloren, obwohl sie die Burg im Laufe ihres Lebens schon so oft besichtigt hatte.

Plötzlich fand sie sich in der inzwischen verlassenen Eingangshalle wieder, in der es bis auf die Notbeleuchtung dunkel war. James kam zum Stehen und Maja brachte schnell einen Schritt Abstand zwischen sich und ihn, bevor er zur Tat schreiten konnte. Nervös drehte sie sich zu ihm um und suchte nach den richtigen Worten, obwohl sie gar nicht wusste, was sie sagen wollte.

James stand ihr entspannt gegenüber und beobachtete sie in ihrer Ratlosigkeit. Wie oft erlebte er eine solche Situation wohl?

Langsam kam er einen Schritt näher. Es war still um sie herum, umso mehr dröhnte ihr eigener Herzschlag in Majas Ohren.

Sie konnte doch nicht zulassen, dass er sie einfach so küsste. Oder?

Ein weiterer Schritt. Sie spürte bereits die Hitze, die von ihm ausging, und wie diese nun langsam durch ihre noch immer vom Regen klamme Kleidung drang.

Noch ein Schritt.

Sein Blick war fest auf sie geheftet und in ihm erkannte sie etwas, dass sie so ruhig werden ließ, dass sie sich gar nicht mehr wehren wollte. Als er seinen Arm ausstreckte, wusste Maja bereits, dass er sich zu Recht sicher war, nicht auf Widerstand zu stoßen. Sie wollte diesen Kuss zulassen und herausfinden, ob er so welterschütternd war, wie es ein träumerischer Teil von ihr es erwartete.

Sein Arm legte sich fest um ihre Mitte und Maja folgte seinem Druck bereitwillig, um den letzten Abstand zu überwinden, bis sie dicht vor ihm stand. Sein brennender, verheißungsvoller Blick war direkt auf sie gerichtet, als er sich langsam immer weiter zu ihr hinab neigte.

Nein, sie wollte sich nicht wehren. Es gab wirklich Schlimmeres, als einen Rockstar zu küssen. Außerdem war sie single und niemand konnte ihr dieses kleine Abenteuer verbieten.

Als sein Gesicht immer näherkam, schloss sie die Augen. Sein Atem streifte ihre Lippen, und sie öffnete den Mund leicht, um ihn einzuatmen. Seine Lippen waren weich und warm. Kaum trafen sie auf ihre, teilten sie sich auch bereits und seine feuchtheiße Zunge tastete nach ihrer.

Sein Kuss war gierig und ungeduldig, als hätte er wirklich stundenlang darauf gewartet. Unwillkürlich umklammerte sie seine muskulösen Oberarme, um ihm standhalten zu können, weil sie mit dieser Leidenschaft nicht gerechnet hatte.

Die Bewegungen seiner Zunge hallten bis in ihren Unterleib wieder und ließen ihre Knie weich werden, aber instinktiv wusste sie auch, dass James sie halten würde, wenn sie den Boden unter den Füßen verlor. Davon war sie gar nicht mehr weit entfernt. Dieser Kuss war so fesselnd, dass sie fast glaubte, die Welt um sie herum zerfiele in tausend Teile, bis nichts mehr davon übrig bliebe. Das störte sie nicht einmal, sie wollte einfach nur James – dabei kannte sie ihn gar nicht und hatte keinen Grund, sich so zu ihm hingezogen zu fühlen.

Sie war atemlos, und ihre Lippen glühten, als er sich von ihr löste.

»Mehr?« Sein Mund war noch so nah, dass sie seinen Atem spürte und sich nur auf die Zehenspitzen stellen müsste, um ihn wieder zu küssen.

»Ja.« Wie könnte sie nicht mehr von diesen Küssen wollen?

Sofort bedeckten seine Lippen erneut die ihren. Ein Quäntchen Anstand meldete sich in ihrem Hinterkopf leise zu Wort und wollte sie drängen, das hier zu beenden, aber ein trotziges Teufelchen auf ihrer Schulter fragte zu Recht: »Warum denn?«

Warum nicht noch ein oder zwei dieser heißen Küsse?

Warum nicht herausfinden, wie weich sein schwarzes Haar wirklich war?

Es war Wochenende, und keiner würde es merken, wenn sie in dieser Nacht nicht nach Hause kam. Keiner würde ihr deswegen Vorhaltungen machen können. Höchstens sie selbst.

James' freie Hand legte sich fest auf ihre Hüfte und wanderte langsam an ihrer Seite entlang hinauf. Seine Zunge eroberte erneut ihren Mund und sie presste unwillkürlich die Schenkel zusammen, angesichts der Hitze, die er tief in ihrem Innersten schürte.

Seine große Hand schmiegte sich von unten an die Wölbung ihrer Brust, während er sie so eng an sich drückte, dass sie seinen stahlharten Körper spürte.

Vor ihrem inneren Auge sah Maja bereits, wie er sie gegen das uralte Gemäuer drängte und mit dem Rücken zur Wand nahm. Sie wollte sich gar nicht dagegen wehren. Bisher war sie immer die Brave gewesen und hatte keinem Mann vor dem dritten Date auch nur einen Kuss gestattet.

»Lass uns gehen«, keuchte er plötzlich und brachte entschlossen wieder etwas Abstand zwischen sie, geradeso, als wäre er selbst von seinem stürmischen Kuss überrascht. Dabei war das den Gerüchten zufolge doch eher der Alltag für die Bandmitglieder.

Mit der kalten Luft kehrte auch das Quäntchen Vernunft zurück. Diese Pause bot Maja eine Gelegenheit zu gehen. Sie sah in James' glänzende graugrüne Augen, die im Dunkeln seltsam farbintensiv schienen, fast schon, als würden sie von innen heraus strahlen. Es hatte etwas seltsam Beruhigendes an sich.

Trotzdem schlug ihr Herz immer noch wie nach einem Sprint, und ihre Knie waren weich. In den drei Jahren mit David hatte kein einziger Kuss sie so aus der Fassung gebracht. Was könnte erst passieren, wenn sie einander die Kleider vom Leib rissen?

James reichte ihr mit einem verführerischen Grinsen eine Hand und führte sie durch den Haupteingang hinaus auf die dunklen, stillen Straßen vom Limerick. Auf der verlassenen Straße stachen die drei bereitstehenden schwarzen Mercedes unübersehbar ins Auge. Daneben standen drei schwarzgekleidete Mitarbeiter einer Sicherheitsfirma bereit. Sie wandten sich sofort James zu, als warteten sie auf eine Anweisung.

»Ins Hotel«, verkündete James entschlossen und zugleich verheißungsvoll, eher an Maja als an die Männer gerichtet. Ohne auf eine Reaktion zu warten, öffnete er selbst die hintere Fahrzeugtür des ersten Wagens und bedeutete ihr, einzusteigen. Er nahm direkt neben ihr Platz, noch bevor sich einer der Männer wortlos auf den Fahrersitz schwang.

»Wird man dich nicht vermissen?«

James hatte sich nicht einmal von seinen Bandkollegen verabschiedet. Er zuckte nur teilnahmslos mit den Schultern. »Bill wird wahrscheinlich beleidigt sein, weil ich vor ihm und in besserer Begleitung gegangen bin, aber er wird es schon verkraften.«

Scheinbar war Frontmann Bill tatsächlich so begehrt bei den Frauen, wie man immer sagte. Allerdings legten seine Worten auch nahe, dass James ebenfalls nicht oft allein nach Hause ging. Es klang fast nach einem Wettstreit.

Kam sie wirklich damit klar, dass sie für ihn nur eine weitere Eroberung war, die er in ein oder zwei Tagen wieder vergessen hatte?

James legte seine warme Hand besitzergreifend auf ihren Oberschenkel. »Es ist nicht weit«, versicherte er.

Maja lächelte ihn verlegen an. Er musste längst gemerkt haben, dass die Situation neu für sie war. Sie war noch nie einfach mit einem Mann mitgegangen, hatte ihn sofort geküsst oder gar mit ihm geschlafen. David hatte sie nach dem dritten Date einen ersten scheuen Gute-Nacht-Kuss gewährt und bis sie bei ihm übernachtet hatte, waren Monate vergangen. Trotzdem war es nun aus, und sie bereute große Teile der gemeinsamen Zeit, obwohl sie sich ihren Partner damals so sorgfältig ausgesucht hatte.

Warum nicht einfach ohne viele Erwartungen etwas geschehen lassen? Es war nichts weiter als Ablenkung von dem zähen Alltag.

Vor den getönten Scheiben zogen schlafende Wohnhäuser und feiernde Nachtschwärmer vorbei, bevor sie schließlich den geruhsamen Fluss Shannon überquerten und in die Tiefgarage eines Fünf-Sterne-Hotels am anderen Flussufer fuhren. Der Wagen hielt an und ihr Fahrer stieg eilig aus, aber James rührte sich nicht. Seine Hand lag immer noch auf ihrem Oberschenkel. Er hielt sie geradezu auf dem Sitz fest.

Mit einem durchdringenden Blick musterte er sie erneut. Hatte er sich inzwischen überlegt, dass sie doch die falsche Gesellschaft für ihn war? Warum versetzte dieser Gedanke ihr einen so grausamen Stich?

»Soll ich dich lieber nach Hause bringen?«, bot er ruhig an. »Du siehst aus, als würdest du gar nicht hier sein wollen. Fast so, als hätte ich dich mit Gewalt hierhergebracht.«

Sie bemühte sich, zu lächeln. »Nein, es ist alles okay.« Das meinte sie sogar ernst. Sie haderte mit sich selbst, mit ihrem ungewohnten Verhalten, aber sie wollte nicht gehen.

James wirkte immer noch unerwartet nachdenklich. Er rutschte ein Stück näher an sie heran, nahm seine Hand von ihrem Bein und legte sie stattdessen behutsam an ihre Wange. »Ich will dich wenigstens für eine Nacht glücklich machen, aber ich will nicht, dass du dich zu etwas gezwungen fühlst.«

Langsam näherte er sich ihrem Gesicht. Bereitwillig kam Maja ihm entgegen, bis ihre Lippen einander fanden. Diesmal war es ein zurückhaltender, zärtlicher Kuss, der sie wieder daran erinnerte, wie gut sich seine Berührungen anfühlten, ganz ohne sie in irgendeiner Weise zu bedrängen.

Es war zwar ungewohnt und neu für sie, dass sie nun im Begriff war, James auf sein Hotelzimmer zu begleiten, aber wenn die einzige Alternative war, einfach nach Hause zu gehen, kam das nicht in Frage. Sie wollte dieses Abenteuer ganz durchleben.

Lächelnd löste James sich von ihr und blickte ihr noch einmal in die Augen, als wollte er ihre Gedanken lesen. »Lass uns nach oben gehen, ich will mit meiner Suite angeben.« Er fasste sie an der Hand und zog sie mit sich aus dem Wagen.

Zielstrebig steuerte er einen Fahrstuhl an, vor dem sie bereits der Fahrer stand. Mit unbewegter Miene wartete mit ihnen, bis sich die Türen öffneten, ebenso still und unbeteiligt stieg er mit ihnen in den Fahrstuhl.

Davon ungerührt hielt James weiterhin ihre Hand und seine Finger streichelten zart ihren Handrücken. Vielleicht war es gut, dass der Sicherheitsmann mit ihnen im Aufzug stand, denn so verhinderte er, dass sich der leidenschaftliche Kuss, den sie auf der Party geteilt hatten, hier wiederholte.

Andererseits fragte sich Maja, wie oft dieser Mann, oder einer seiner Kollegen, James schon mit einer Frau ins Hotel begleitet hatte. Er hatte sicher eine Menge Damenbesuch kommen und gehen gesehen.

Im zehnten Stock des Hotels öffneten sich die Fahrstuhltüren wieder, und der Sicherheitsmann führte sie über einen kurzen Gang an einigen Zimmertüren vorbei. Angesichts der langen Wände zwischen den Türen erahnte Maja, wie groß die Zimmer hier sein mussten. Sie könnte sich vermutlich nicht einmal das kleinste Einzelzimmer leisten. James dagegen steuerte zielstrebig auf eine Tür am Ende des Flurs zu, die ihr teilnahmsloser Begleiter mit einer Schlüsselkarte öffnete, bevor er die Karte James übergab.

»Gute Nacht«, entließ James ihn kühl, ehe er Maja durch die Tür zog.

Das Zimmer lag vollständig im Dunkeln, und James machte keine Anstalten, etwas daran zu ändern. Durch deckenhohe Fenster fielen das fahle Mondlicht und das Licht der nächtlichen Stadt herein, sodass Maja die Umrisse einer Sitzgruppe mit Tisch und Sofas mitten im Raum ausmachen konnte. James jedoch ließ ihr keine Gelegenheit, sich weiter umzusehen, sondern zog sie direkt in das angrenzende Schlafzimmer, das fast vollständig von einem Kingsize-Bett ausgefüllt wurde, mit mehreren darauf drapierten Kissen. Durch die halbgeöffneten Vorhänge an der verglasten Fensterfront zum Fluss drang auch hier noch ein wenig Licht herein.

»Wenn du mit dieser Suite angeben willst, solltest du vielleicht das Licht machen«, schlug Maja vor, um die quälende Stille zu brechen, während James sie langsam in Richtung Bett zog.

An Konversation hatte er offenbar gerade kein Interesse. Dementsprechend lachte er leise und zog sie mit einem Mal dicht an sich. Sofort spürte sie wieder überall seine stahlharten Muskeln, seine Hitze und seine kraftvollen Arme. »Muss ich dich denn überhaupt noch beeindrucken?«

Nein, das musste er wirklich nicht. Er hatte es ja ohnehin schon geschafft, dass sie hier mit ihm stand, wohlwissend, dass sie mit ihm schlafen würde, obwohl er sie wahrscheinlich hinterher niemals anrufen würde, selbst wenn sie ihre Handynummer in einer Verzweiflungstat mit Lippenstift auf den Badezimmerspiegel schrieb. Aber das würde sie nicht tun. Sie würde diese Nacht mit ihm genießen und in Erinnerung behalten als erotisches Abenteuer mit einem Rockstar.

»Ich glaube, du bist beeindruckend genug«, erwiderte sie ehrlich und ohne dabei zu übertreiben, denn irgendwas hatte er an sich, dass sie ihn hierher begleitet hatte. Allein das leuchtende Grün seiner Augen im Dämmerlicht war atemberaubend. Allerdings brauchte James wohl kaum eine Bestätigung von ihr, einen Minderwertigkeitskomplex hatte er mit Sicherheit nicht.

Sie unterstrich ihre Worte, indem sie ihre Hände flach auf das dünne Shirt über seiner Brust legte. Sofort spürte sie seinen beruhigenden Herzschlag und das Feuer der Leidenschaft, das in ihm brannte.

Seine rechte Hand schob sich entlang ihrer Wirbelsäule hinauf, über ihren Nacken, bis in ihr volles Haar. Mit festem Griff in ihr Haar zog er sie entschlossen zu einem erneuten Kuss an sich. Nun war er wieder alles andere als zurückhaltend. Seine Zunge glitt sofort heiß in ihren Mund, um mit ihrer zu spielen.

Unwillkürlich schlang sie die Arme um seinen Nacken, als müsste sie sich festhalten, um nicht vom Ansturm seiner Begierde umgeworfen zu werden. Seine linke Hand glitt indessen langsam über ihren Po hinab, bis sie die Rückseite ihres Oberschenkels entlangfuhr. Diese Berührung war trotz ihrer störenden Kleidung so erregend, dass sie sich immer enger an ihn schmiegte.

Zögernd ließ sie ihre Finger in sein Haar gleiten. Es war seidig weich, glatt und voll. Herrlich, sie konnte sich kaum vorstellen, jemals wieder etwas anderes mit ihren Händen zu tun, als darin zu wühlen.

James legte seine Hand nun fest um ihren Oberschenkel und zog sie auf seine Hüfte, sodass ihr Schoß unweigerlich an seinen gepresst wurde und sie nicht umhinkonnte, seine körperliche Erregung zu registrieren. Mit einem Mal fühlte sich begehrenswert und so weiblich wie nie zuvor. Dieser Moment überzeugte sie endgültig, dass es richtig war, ihn voll auszuleben.

James' Arm schlang sich nun fest um ihre Mitte, sodass er sie mit einem Ruck anheben konnte. Sie spürte, wie seine Muskeln sich anspannten, wohlwissend, dass sie ihm eventuell das ein oder andere Kilo zu viel zumutete. Bisher hatte sie noch kein Mann so wörtlich auf Händen getragen. Sie hätte es gar nicht zugelassen, aber bei James fühlte sie sich sicher genug, um sich tragen zu lassen. Sie schlang auch das zweite Bein um seine Hüfte, sodass sie seine Erektion jetzt überdeutlich spürte, doch vor allem spürte sie, wie sich etwas tief in ihrem Unterleib regte. Feuchte Hitze und ein Hunger, wie sie ihn nie zuvor erlebt hatte. Sie konnte sich nicht daran erinnern, jemals einen Mann derartig begehrt zu haben. Obendrein noch einen fast Fremden.

James drehte sich und setzte sich mit ihr auf dem Schoß an das Fußende des riesigen Boxspringbettes. Erst jetzt gab er ihren Mund frei, allerdings nicht, ohne einmal leicht in ihre Unterlippe zu beißen. Seine Lippen wanderten sofort weiter nach unten und suchten sich einen Weg über ihr Kinn, ihre Kehle, bis zu der kleinen Grube zwischen ihren Schlüsselbeinen, wo ihm ihre Bluse Einhalt gebot. Dabei spannte der Stoff inzwischen so unangenehm über ihre Brüste, dass Maja heimlich hoffte, er möge ihn zerreißen. James sollte seine Liebkosungen ungehindert fortsetzen können. Sie krallte ihre Hände in sein weiches Haar, um sich davon abzuhalten, sich schamlos ihre ganzen Kleider vom Leib zu reißen.

Als wollte er sie quälen, bewegte sich sein Mund nun doch weiter nach unten über ihre Bluse. Seine Hitze kribbelte auf ihrer Haut, die Berührung seiner Lippen und sein Atem durchdrangen den Stoff. Er erreichte die beginnende Wölbung ihrer Brust. Unwillkürlich hielt sie die Luft an und seine Lippen fanden ungeachtet ihrer Kleidung die schon steil aufgerichtete Brustwarze. Seine Lippen teilten sich und seine Zungenspitze stieß hindurch. Heiß und feucht neckte er sie durch den viel zu dicken Stoff. Zur Antwort zog sich ihr Innerstes sehnsüchtig zusammen und sie schmiegte sich enger an die harte Schwellung in seiner Hose.

Im fahlen Licht erkannte sie sein selbstzufriedenes und verführerisches Lächeln, als er den Kopf hob. Mit beiden Händen fasste er den Saum ihrer Bluse und streiften ihr diese mühelos über den Kopf. Während das Kleidungsstück raschelnd zu Boden fiel, griff er an ihren Rücken und öffnete den Verschluss des BHs. Zu ihrer Erleichterung schien er nicht zur Kenntnis zu nehmen, dass sie einen billigen BH aus Baumwolle trug. Seine Hände wanderten unter dem losen Stoff nach vorn und umschlossen ihre Brüste, fest und besitzergreifend. Seine rauen Finger erkundeten neugierig ihre sinnlichen Rundungen und testeten aus, wie weich und empfindsam sie waren. Obwohl diese Berührung so dreist und gierig war, überließ sie sich nur zu gerne seinen Händen. Sie wollte ihm gefallen und ihn erregen. Er könnte so viele Frauen haben, und es hatte etwas Berauschendes, dass er ausgerechnet sie wollte, obwohl sie sich sonst für eher unscheinbar hielt.

Seine Daumen kreisten aufreizend um ihre hervorstehenden Nippel. Maja keuchte erneut auf. Sehnsüchtig drückte sie ihren Schoss an den seinen.

Nein, sie konnte sich nicht vormachen, dass sie die Kontrolle über die Situation hatte. James erlaubte ihr lediglich, sich als Verführerin zu fühlen.

Entschlossen, als müsste sie ihm etwas beweisen, fasste sie sein schwarzes Shirt und schob ihre Hände darunter. Sie spürte die glühende Haut und die festen Muskeln, die sich sogar noch besser anfühlten, als sie es erwartet hatte. James hob bereitwillig seine Arme, sodass sie ihm gleichzeitig das Shirt abstreifen und sich des gelösten BHs entledigen konnte. Genüsslich schmiegte sie sich an seinen muskulösen Rumpf und ihre weichen Brüste pressten sich gegen seinen festen Oberkörper. Von Neuem fasste sie in sein wildgelocktes Haar, und ihre Lippen suchten und fanden die seinen zu einem erneuten Kuss.

Seine Daumen fuhren seitlich an ihren Brüsten entlang, seine Hände schoben sich auf ihren Rücken, von wo aus sie direkt bis zum Bund ihrer Hose hinabglitten. Dann rutschten sie noch weiter herunter und legten sich auf ihren

Po. Mühelos drängte er sie nun noch näher an sein hartes Gemächt, sodass sie sich wünschte, er würde sofort in sie stoßen.

Genüsslich rieb sie sich leicht an ihm, um ihn intensiver zu spüren. An ihrer Brust fühlte sie seinen rasenden Herzschlag, der ihr die Gewissheit gab, dass er ihr Verlangen teilte. Seine Hände wanderten an der Innenseite ihres Hosenbundes entlang, bis zu ihrem Bauch, um den Verschluss der Hose zu öffnen. Zusammen mit ihrem Slip zog er sie herunter, soweit ihre Position das zuließ. Maja erhob sich widerwillig und befreite sich selbst von ihrer übrigen Kleidung. James beobachtete sie dabei.

Sie konnte in der Dunkelheit seine brennenden Blicke auf ihren geschwollenen Brüsten und ihrem hungrigen Schoß spüren.

Ungeduldig und dabei etwas tollpatschig, entledigte sich James seiner Hose und den Shorts, bis er völlig entblößt und unverkennbar erregt vor ihr saß. Er streckte er eine einladende Hand nach ihr aus, während er mit der anderen ein Kondom aus der Hose am Boden hervorholte. Als Maja sich zögernd über seine nackten Oberschenkel kniete, schob er sich noch etwas weiter auf die Matratze und zog sie mit sich. Seine beeindruckende Erektion streifte ihren Bauch.

Indessen riss er die Kondomverpackung auf und stülpte sich das Latex unter ihren neugierigen Blicken über. Seine Hände legten sich zärtlich auf ihre runden Hüften, während er sich mit einem zufriedenen und verführerischen Lächeln auf den Rücken sinken ließ.

Ermutigt von seinem Lächeln und von seinen kraftvollen Händen angeleitet, brachte sie sich über ihm in Stellung, bis sie die Spitze seines Glieds an ihrem Eingang spürte und sich langsam auf ihn sinken ließ.

Endlich!, schoss es ihr durch den Kopf, als er sie nun so ausfüllte, dass sie sich kaum zu bewegen wagte. Sie hatte nicht wahrhaben wollen, wie sehr sie sich nach ihm verzehrte, seit sie das erste Mal ihren Namen aus seinem Mund gehört hatte.

Er drängte sie sanft dazu, sich auf seinem harten Schaft auf und ab zu bewegen, sodass sie ihn bei jedem Eindringen noch tiefer in sich aufnahm. Sie fand Halt an seinen Schultern und ließ sich von ihm den Rhythmus ihrer Bewegungen vorgeben. Ihr Innerstes zog sich genüsslich um ihn zusammen, obwohl sie sich schon bis zum Zerreißen gedehnt fühlte. Im wenigen Licht konnte sie sein zufriedenes Lächeln erahnen, während er sie betrachtete.

Sie stöhnte leise. Seine Männlichkeit, seine gierigen Blicke und seine bestimmenden Hände ließen sie erbeben. Mit einem kräftigen Ruck zog er sie ganz auf seinen Schoß, sodass er sie vollständig ausfüllte. Sie keuchte heiser angesichts seiner Härte und Größe. Indessen legte James zielstrebig eine Hand auf ihre Klit und streichelte sie so gekonnt, dass ihr Innerstes sich ungeduldig um ihn herum zusammenzog. Unwillkürlich bewegte sie sich wieder auf ihm. Bunte Funken tanzten vor Majas Augen, sodass sie kaum noch etwas wahrnahm außer James in sich. Sie bewegte sich unruhig an ihm, geleitet von diesem Höhepunkt, der ihr so die Sinne vernebelte.

Seine Arme schlossen sich fest um sie. Er gab ihr Halt, als wüsste er, wie sehr sie die Kontrolle verlor und wie überfordert sie für einen Moment mit dieser Lust war.

»James«, hauchte sie atemlos, bevor er ihren Mund zärtlich mit seinem verschloss. Immer noch tanzten die Sterne vor ihren Augen, ihr Innerstes krampfte sich um seine unverändert stählerne Härte.

»Du bist umwerfend«, flüsterte er dicht an ihren Lippen, während er sie vorsichtig mit dem Rücken auf die Matratze bettete und sich zwischen ihren gespreizten Schenkeln niederlegte. Schwer sank er auf sie und verdeutlichte ihr somit, dass er immer noch tief in ihr steckte.

Langsam begann er sich in ihr zu bewegen, mit behutsamen Stößen, die ihr sofort ein weiteres Stöhnen entlockten. An seiner angespannten Miene erkannte sie jedoch, wie sehr er sich zügeln musste.

»Ich bin noch nicht mit dir fertig«, wisperte er, unmittelbar bevor seine Zunge in ihren Mund, und sein Schaft tief in ihre feuchte Weiblichkeit eindrang. Wieder und wieder, immer fordernder, erbarmungslos, und genau richtig. Sie beantwortete seine drängenden Stöße mit leisem Stöhnen. In ihr zog sich alles gierig um ihn zusammen, als wollte sie ihn noch weiter in sich aufnehmen. Ihr ganzer Leib erzitterte, und sie schlang die Arme um ihn, als könnte sie so Halt finden, obwohl sie gleichzeitig von ihrer Lust fortgerissen wurde.

Während ihr Körper noch bebte, hielt James inne und sein Schwanz zuckte tief in ihr. Sie spürte seinen Höhepunkt vermischt mit ihrem eigenen, genoss den Moment, und ließ sich einfach nur treiben.

Genauso gefiel es ihr, als er verschwitzt und erschöpft auf sie sank. Sie lauschte seinem bebenden Atem und spürte ihn immer noch tief in sich zucken.

Doch je mehr ihr Höhepunkt verebbte und ihr Puls sich beruhigte, desto mehr wurde sie sich der Realität und ihrer Rolle in James' Leben bewusst. Sie war ein Abenteuer, ein Groupie, das seinen Zweck erfüllt hatte.

»Soll ich jetzt besser gehen?«, fragte sie leise, überfordert mit der Situation.

James küsste sie zart auf die Schulter. »Nein, ich kann dich doch in diesem Zustand nicht gehen lassen.«

Aber auf ein gemeinsames Frühstück sollte Maja wohl auch nicht hoffen.

3. KAPITEL

Es war noch lange nicht morgen und Maja fühlte sich so erschöpft, dass sie tagelang hätte durchschlafen können, dennoch lag sie schlagartig hellwach im Bett. Nicht in ihrem Bett, wohlgemerkt. Sie befand sich im zehnten Stock eines Fünf-Sterne-Hotels, in einer Suite mit Ausblick über den Fluss Shannon und das schlafende Limerick. Neben ihr schlief James, der Gitarrist der Band Children of an Unknown. Nackt und nur bis zum Bauchnabel zugedeckt.

Maja dagegen hatte sich bis zum Hals unter der Decke vergraben. Die Situation fühlte sich ebenso falsch an, wie sich der Sex mit James richtig angefühlt hatte. Sie hatte sich nichts vorzuwerfen. Sie war single und hatte jedes Recht dazu, diese Ungebundenheit auszukosten, zumal sie bei James wirklich auf ihre Kosten gekommen war.

Das, was ihr nicht behagte, war der Gedanke an den nahenden Morgen und den unweigerlich bevorstehenden Abschied.

Nein, sie erwartete nicht, dass James ihr einen Antrag machte und sie bat, den Rest ihres Lebens mit ihm zu verbringen. Sie hatte in seiner Welt keinen Platz mehr.

Würde er sie am Morgen freundlich vor die Tür setzen, so nach dem Motto: »Ich gehe duschen, du kannst gehen«? Oder würde er sie bitten, ihn bei seinem nächsten Konzert in Limerick wiederzutreffen, für eine Wiederholung? Erwartete er von ihr, dass sie sich in Zukunft wie die anderen Groupies bei jeder Gelegenheit zeigte und anbot?

Nein, das würde sie nicht tun. Sie war kein Groupie. Sie hatte ihr eigenes Leben, in dem sie eine seriöse Mitarbeiterin eines Maklerbüros war und nicht das Betthäschen eines Rockstars.

Sie sah sich um, entdeckte aber nirgendwo eine Uhr. Durch das Fenster erkannte sie nur den Nachthimmel, beleuchtet von den Lichtern der Stadt. Sie sollte wieder versuchen, zu schlafen, doch daran war gar nicht zu denken, weil ihre Gedanken nur um den kommenden Morgen kreisten.

Wie viel lieber würde sie einfach zu Hause in ihrem Bett aufwachen, sich noch einmal umdrehen und erst am späten Vormittag vom Hunger getrieben aufstehen.

Kurz entschlossen schwang sie ihre müden Beine aus dem Bett. James rührte sich nicht, sondern schlief tief und fest weiter – kein Wunder nach dem Konzert, der Party und dem Sex.

Ob das für ihn wohl Alltag war? Führte er tatsächlich ein Leben, in dem er jeden Tag eine andere im Bett hatte? Über Sänger Bill hörte man viele solche Gerüchte, von den anderen Bandmitgliedern war so gut wie nichts bekannt. Streng genommen könnte James sogar irgendwo eine feste Freundin haben, die er nur gut versteckte.

Hastig schob Maja sich ganz aus dem Bett und schüttelte diesen erschreckenden Gedanken ab. Es spielte keine Rolle, wie James sein Leben lebte. Sie würde sich jetzt anziehen, in der Nacht verschwinden und ihn beim nächsten Konzert nur noch aus der Ferne sehen. Niemand würde je von ihrer prickelnden Begegnung erfahren und er sie einfach vergessen.

Der dicke Teppich unter ihren Füßen dämpfte die Schritte, als sie suchend um das riesige Bett herumschlich. Am Fußende entdeckte sie Hose, Slip, Socken und Schuhe. Schnell schlüpfte sie hinein, nur ihre Schuhe behielt sie in der Hand. Ihre Bluse fand sie schließlich zwischen Bett und Fenster, doch von ihrem BH gab es keine Spur. Sie konnte sich auch nicht mehr daran erinnern, wo sie ihn hingeworfen hatte. Aber sie erinnerte sich daran, wie gut sich seine Hände auf ihren Brüsten angefühlt hatten und wie es ihn erregt hatte – und wie sehr sie diese Erregung genossen hatte.

Der BH war kein besonderes Stück, obendrein hatte sie sogar einen Träger bereits neu annähen müssen. Es war kein Verlust, dieses Kleidungsstück zurückzulassen, wenn sie dafür ohne den erniedrigenden Abschied entkam.

Statt weiterzusuchen, streifte sie die Bluse über ihren nackten Oberkörper. Darunter zeichneten sich die aufgerichteten Brustwarzen verräterisch ab. Welche Wirkung allein die Erinnerung an James' Berührung auf sie hatte – was wäre erst, wenn er jetzt wach wäre. Er müsste sie nur küssen und sie würde alles tun, was er wollte, und sie würde es gerne tun.

Genau deshalb würde es sie zerstören, wenn er sie kaltherzig vor die Tür setzen würde. Das musste sie sich selbst ersparen, um nicht in Versuchung zu geraten, peinlich um ein Wiedersehen zu betteln.

Mit den Schuhen in der Hand schlich sie in den Nebenraum, wo ihre Handtasche auf dem Boden lag. Mit einem Haargummi band sie schnell ihr zerwühltes Haar zusammen, bevor sie zur Tür eilte. Erst als sie diese öffnete, wurde ihr klar, dass dort möglicherweise immer noch ein Mitarbeiter des Sicherheitsdienstes Wache hielt. Welchen Eindruck sie wohl auf ihn machen musste? War er es gewohnt, dass sich James' One-Night-Stands nachts heimlich davonstahlen?

Sie wollte nicht beschämt vorbeihuschen, also schlüpfte sie in ihre Schuhe, trat erhobenen Hauptes auf den Hotelflur, und ohne sich umdrehen, eilte sie zielstrebig über den Gang. Den Blick heftete sie fest auf ihr Ziel, den Aufzug, das würde ihr helfen, den Blickkontakt mit einem Sicherheitsmitarbeiter zu vermeiden, der möglicherweise ihre heiseren Lustschreie durch die Zimmertür gehört hatte. Niemand versuchte, sie aufzuhalten – warum auch. Erleichtert eilte sie hinaus in die noch schlafende Stadt. Die kühle, klare Luft tat gut. Sie fühlte sich so viel realer an als die Nacht mit James, die ihr nun schon eher wie ein verdammt heißer Traum vorkam. Trotzdem wie der beste Traum ihres Lebens. Aber zum Beweis, dass es mehr als ein Traum gewesen war, blieb ihr immerhin noch die Autogrammkarte mit seiner Einladung – der Anfang dieses kurzen Abenteuers, in dem sie für eine Nacht ein Groupie gespielt hatte.

Gut, dass sie sich schon auf der Brücke in Richtung Innenstadt befand, und somit einige hundert Meter vom Hotel entfernt war, sonst wäre sie möglicherweise noch einmal zurückgegangen, um an der Rezeption ihre Nummer zu hinterlassen, für den Fall, dass James sie wiedersehen wollte. Doch vielleicht würde sie dann Tage und Wochen lang sehnsüchtig auf seinen Anruf warten.

James spürte bereits das Tageslicht, bevor er die Augen öffnete, und strecke sich ausgiebig. Er fühlte sich immer noch herrlich entspannt und wusste nur zu gut, dass das nicht nur an dem erholsamen Schlaf lag. Allein der Gedanke an Maja, auf ihm und um ihn herum, ließ seinen Körper freudig kribbeln. Ohnehin platzte er geradezu vor Energie. Maja hatte bei ihren Orgasmen so unglaublich viel davon freigesetzt, dass er fast meinen könnte, sie hätte seit Jahren auf diese Nacht mit ihm gewartet. Obwohl er nicht wirklich daran glaubte, gefiel ihm der Gedanke.

So oder so war es ein berauschendes Erlebnis gewesen. Er hatte sich an der Energie, die sie ausstrahlte, so sattgetrunken, wie er es bis jetzt nie erlebt hatte. Bill beteuerte immer wieder, dass die Energie, die ihre Partner beim Sex freisetzten, so viel intensiver war als jedes noch so euphorisch gefeierte Konzert. Zum ersten Mal verstand James diese Aussage. Die Energie der Konzerte hatte ihn immer am Leben erhalten, aber sie hatte ihn nie derartig berauscht, dass er fast meinte, er habe Drogen genommen. Nur, dass Drogen bei ihm und seinen Brüdern wirkungslos waren. Sie konnten nicht einmal betrunken werden.

Natürlich hatte James auch schon früher beim Sex die von seinen Geliebten freigesetzte Energie in sich aufgenommen, aber es war noch nie so gewesen wie bei Maja. Er hatte keine Hemmungen, sie jetzt so zu wecken, wie sie eingeschlafen war, um herauszufinden, ob ihre Wirkung auf ihn ungebrochen war.

Suchend tastete er neben sich die Matratze ab. In dem großen Bett war es gar nicht so leicht, sie zu finden. Ungeduldig öffnete er die Augen und erkannte dann, dass Maja nicht mehr bei ihm lag. Obwohl er hoffte, sich zu irren, war er sich sofort sicher, dass sie auch nicht im Bad oder nebenan war. Sie war wohl irgendwann einfach heimlich gegangen, ohne sich zu verabschieden.

Frustriert drehte er sich auf den Rücken und starrte an die Decke. Sie war weiß gestrichen und mit einer modernen LED-Lampe aus zwei ineinander verschlungenen Ringen geschmückt.

Es war ja wirklich nicht das erste Mal, dass er mit einer Frau geschlafen hatte, die dann schnell das Weite suchte. Die meisten waren nach einem flüchtigen Abschied gegangen, und ein paar hatten ihm hoffnungsvoll ihre Nummer gegeben. Angerufen hatte er keine von ihnen jemals, denn das hätte zweifellos zu Missverständnissen und enttäuschten Gefühlen geführt. Jedes Wiedersehen erhöhte die Wahrscheinlichkeit, dass eine Frau bemerkte, dass er anders war.

Dennoch hätte er Maja mit Sicherheit angerufen. Er hätte gesagt, dass sie zu ihm zurückkommen sollte, dass er sie brauchte. Allerdings war ihm auch klar, dass er gar nicht erst nach einem Zettel mit ihrer Nummer suchen musste. Sie wollte ihn nicht wiedersehen. Sie hatte ihn und diese Nacht hinter sich gelassen, bevor es überhaupt morgen war. Warum? Bereute sie die Nacht mit ihm? Schämte sie sich? Wie verkatert – mehr vom bösen Erwachen als von der leidenschaftlichen Nacht – quälte James sich aus dem warmen Bett. Eine heiße Dusche würde ihm helfen, diese verwirrende Nacht abzuschütteln. Ein Blick auf sein Handy verriet ihm, dass er noch eine Stunde bis zum gemeinsamen Bandfrühstück hatte. Zeit, die er nur zu gerne genutzt hätte, um Maja bis in die letzte Faser zu durchdringen.

Stattdessen schleppte er sich in das weißgeflieste Badezimmer mit den kitschig goldenen Armaturen. Unter der großen Regendusche wäre auch Platz für Maja gewesen. Er hätte sie dort zärtlich einseifen und dann erneut lieben können. So allein kam ihm die Kabine mit den Milchglaswänden unsinnig riesig vor.

Eigentlich wollte er Maja nun von sich abwaschen, aber ein Teil von ihm wollte sie einfach nicht gehen lassen. Vielleicht lag es daran, dass sein Körper immer noch von der Energie zehrte, die er von ihr bekommen hatte.

James und seine Brüder waren nun schon ihr ganzes Leben lang verdrehte Kreaturen, die zum Überleben die Lebensenergie anderer stehlen mussten. Doch so vollgesogen hatte sich James nie gefühlt. Obwohl Bill sie als Energievampire bezeichnete, hatten sie mit den Geschöpfen aus den Draculafilmen wenig gemeinsam. Bisher hatten sie keine ewige Jugend gefunden, sie verbrannten nicht im Sonnenlicht und sie konnten sich nicht in Fledermäuse verwandeln. Aber sie wurden schwächer, wenn sie zu lange keinen Wirt fanden, von dem sie sich ernähren konnten.

Glücklicherweise neigten Menschen dazu, ihre Energie freigiebig auszusenden, sobald die Emotionen überkochten. Im Grunde reichte ihnen ein Konzert pro Woche, um zu überleben.

Er war also daran gewöhnt, die Energie anderer in sich aufzunehmen, doch das hatte nie zur Folge gehabt, dass er Zuneigung für diese Menschen empfand. Nicht einmal, wenn er mit ihnen ähnliche Nächte wie mit Maja verbracht hatte, hatte er je den Wunsch nach einer Wiederholung mit dieser Person verspürt. Mit Maja würde er sich gerne wieder treffen, er wollte mehr über sie wissen und sehen, ob ihre Wirkung auf ihn anhielt.

Mit tropfnassen Haaren streifte er eine frische Jeans und ein hellgraues Shirt über. Während er sein Haar mit einem Handtuch abrieb, ging er an die Fensterfront und starrte hinab auf Limerick. Der Himmel war mit grauen Wolken verhangen, es schien kühl und windig zu sein. Er sah die Brücke über den Shannon, auf der die Fußgänger mit warmen Regenjacken in Richtung Innenstadt spazierten. Am anderen Flussufer erhob sich King John's Castle und erinnerte ihn wieder an die Frau, die er dort getroffen hatte.

Wie einsam und verloren sie zwischen all den Fremden im Burghof gewirkt hatte. Genauso allein war sie wohl irgendwann nachts über die verlassene Brücke zurückgegangen. Dabei hatte er sie doch von ihrer Einsamkeit ablenken wollen. Nun fühlte sie sich vermutlich nicht mehr nur allein, sondern schlimmstenfalls auch noch benutzt.

Jetzt war sie irgendwo in dieser Stadt, allein mit sich und ihren Gedanken. Wenn es nach ihm gegangen wäre, dann hätte sie eigentlich zum Frühstück bleiben sollen. Er hätte ihr helfen können, diese Nacht in positiver Erinnerung zu behalten. Vielleicht hätte er sie sogar eingeladen, zum nächsten Konzert mitzureisen, um aus ihrer gemeinsamen Nacht ein Wochenende zu machen.

Aber er hatte keine Chance, ihr das zu sagen. Er wusste nichts von ihr, außer ihren Vornamen. Mit so wenigen Anhaltspunkten war es für ihn unmöglich, sie ausfindig zu machen. Selbst für einen Musiker mit einem so beeindruckenden Kontostand.

Sein Handy summte leise, und er sah sofort darauf, als erwartete er wie durch ein Wunder eine Nachricht von Maja. Dabei hatte sie natürlich weder seine Nummer noch einen Grund, sich bei ihm zu melden. Er hatte ihr ja mit keinem Wort zu verstehen gegeben, dass sie für ihn etwas Besonderes war. Ihm war selbst erst jetzt klar geworden, dass sie genau das war.

Die Nachricht stammte von Bill.

»Warst du deshalb so schnell verschwunden?«, las James. Die Nachricht war verbunden mit einem Foto, das in erster Linie Bill mit einem Groupie zeigte, doch im Hintergrund erkannte James sofort sich selbst und Maja, bei ihrem kurzen Gespräch auf der Party.

Unweigerlich musste er lächeln, als er das Bild sah. Maja sah darauf so herrlich verwirrt aus – zweifelsohne war sie das auch gewesen. Selbst jetzt könnte er ihr nicht erklären, warum er sie unbedingt hatte treffen wollen.

Sie war attraktiv, auf eine sehr ursprüngliche, weibliche Art. Sie war nicht der Typ, der sich übermäßig herausputzte, eigentlich sogar eher unscheinbar, aber sie hatte diese sinnlichen Lippen, die, wenn sie nachdachte, ein klein wenig offenstanden. Diese Lippen, bei denen er sich zum Küssen eingeladen fühlte. Auch ihre unverkennbaren Rundungen, die sich so gut anfühlten, wenn er mit seiner Hand darüberstrich, gingen ihm nicht aus dem Kopf. Er hatte nie zuvor eine Frau getroffen, die ihn so sehr erregte, ohne etwas dafür tun zu müssen.

Zudem Maja hatte irgendwas an sich, das ihn auf einer weniger sexuellen Ebene ansprach. Sie wirkte hilflos und einsam, als bräuchte sie jemanden, der sich um sie kümmerte. Er wäre gerne ihr Retter vor dem, was auch immer sie plagte. Ihm gefiel der Gedanke, ihr Ritter in strahlender Rüstung zu sein.

Tatsächlich war er doch eher ein Monster, das bereits einen Teil von ihr verschlungen hatte und auch vor dem Rest nicht halt machen würde.

Er könnte sich ein längerfristiges Arrangement mit ihr vorstellen, etwas, das andere Leute sogar als Beziehung interpretieren könnten. Doch das hatte es noch nie gegeben. Keines der Bandmitglieder hatte je eine Frau mit auf Tour genommen. Es gab mehr als genug Verrückte, die ihnen nachreisten, aber niemand reiste mit ihnen.

Nachdenklich wanderte sein Blick über das zerwühlte Bett, bis er an einem Stück Stoff auf dem Boden hängen blieb. Halb verborgen unter seinem Shirt vom Vortag fand er dort einen BH, der nur von Maja stammen konnte. Er war so wie sie: auf den ersten Blick unauffällig. In der vergangenen Nacht war es ihm ziemlich egal gewesen, was sie anhatte, solange er es nur schnell los wurde. Nun hielt er den Baumwollstoff in den Händen und starrte auf ein handgesticktes rotes Herzchen an der Rückseite, genau dort, wo der Träger befestigt war.

Was hatte Maja nur dazu getrieben, so schnell flüchten, dass sie sogar ihren BH zurückließ? Ob sie ihn nicht vermissen würde?

In seiner anderen Hand hielt er immer noch das Handy und starrte erneut auf den Schnappschuss von seinem Gespräch mit Maja. Dieses Bild war wie ein Wink des Schicksals. Er hatte nun einen Vornamen und ein Bild. Der Polizei reichten solche kleinen Hinweise für die Fahndung nach vermissten oder gesuchten Personen. Es würde auch für ihn reichen, um Maja zu finden.

4. KAPITEL

Maja blinzelte den letzten Schlaf beiseite und dankte dem Himmel dafür, dass es Samstag war, sodass sie keinen Grund hatte, sich früh aus dem Bett zu quälen.

Durch die Gardinen ihrer Zweizimmerwohnung über einem Pub am Stadtrand, drangen die warmen Sonnenstrahlen und trafen auf den unordentlichen Haufen ihrer Kleider, die sie dort um vier Uhr in der Früh fallen gelassen hatte. Die Erinnerung an ihre nächtliche Wanderung durch das schlafende Limerick stand ihr nun deutlich vor Augen. Sie war nicht die Einzige gewesen, denn auch einige meist angeheiterte Nachtschwärmer, waren durch die Stadt gestreift. Mehrmals hatte sie sich selbst dafür verflucht, dass sie nicht an der Hotelrezeption um ein Taxi gebeten hatte, oder sogar einfach bei James im Hotel geblieben wäre.

Wäre der morgendliche Abschied wirklich schlimmer gewesen als die Flucht durch die Nacht? War es nicht albern, sich so davonzustehlen?

Als sie mit James auf sein Hotelzimmer gegangen war, hatte sie gewusst, worauf sie sich einließ. Eine heiße Nacht, nichts weiter. Das war ihr von Anfang an klar gewesen, und sie bereute es nicht. Warum also hatte sie nicht den Mut gehabt, ihm beim Lebwohl in die Augen zu sehen?

Müde und ziemlich zerstreut kletterte sie aus ihrem Bett, das ihr im Vergleich zu dem Hotelbett so winzig erschien. Sie könnte noch bei James liegen. Vielleicht hätten sie den neuen Morgen so begrüßt, wie sie die Zeit vor dem Einschlafen verbracht hatten. Vielleicht hätten sie auch ein dekadentes Frühstück zusammen eingenommen.

Stattdessen tapste Maja in ihrem viel zu großen Nachthemd, auf das Einhörner aufgedruckt waren, über den kalten Laminatboden in die winzige Küche. Der Zimmerservice im Fünf-Sterne-Hotel hätte sicher mehr zu bieten gehabt als löslichen Kaffee und Toast mit Butter.

Mit ihrem üblichen mageren Frühstück ließ sie sich auf die Couch fallen, um sich von den morgendlichen Wiederholungen alter Daily-Soap-Episoden einlullen zu lassen. Sie musste an etwas anderes denken als an leidenschaftliche Rockstars und verpasste Chancen.

In der Soap ging es viel banaler zu. Eben genau das, was man von so einer Sendung erwartet: Ein junger Anwalt hatte seine Frau mit einer anderen betrogen, ohne zu wissen, dass Letztere seine Halbschwester war. Nein, Maja konnte sich nicht wirklich von der Handlung fesseln lassen. Dafür wurde sie sich immer mehr der Tatsache bewusst, dass James nur ein Intermezzo war, bevor sie in nicht einmal achtundvierzig Stunden wieder David gegenüberstehen würde. Diesmal würde sie sich nicht verstecken können.

Sie durfte sich nicht länger in der Erinnerung an einen besonderen Mann verlieren und mit Was-wäre-wenn-Fragen aufhalten, sondern sollte sich vielmehr den leider sehr realen Problemen im Alltag stellen.

James war ein Abenteuer, ein tolles Abenteuer, aber auch ein abgeschlossenes. Wenngleich er betont hatte, dass er ihre Einsamkeit lindern wollte, war es doch nur für eine Nacht. Alleine in ihrer Wohnung war sie sich ihrer Einsamkeit jetzt erst recht bewusst. Aber genau dieser Einsamkeit musste sie sich stellen, wenn ihr am Montag wieder alle Kollegen auf der Arbeit den Rücken zukehren würden.

James hatte sie einige Stunden davon erlöst, aber er konnte sie nicht wirklich retten. Das musste sie selbst tun.

Es war relativ ruhig im Tourbus, trotz der ständigen Untermalung durch die Rockmusik. Die Musiker hatten die Nacht auf einer rauschenden Party zugebracht, abgesehen von Bill und James, die vorzeitig und in Begleitung ins Hotel zurückgekehrt waren. Tim und Charlie schliefen schnarchend auf ihren Sitzen im hinteren Teil des Busses. Mike dagegen steckte die kurze Nacht besser weg und hatte sich in ein Videospiel vertieft.

James und Bill saßen mit Ray weiter vorne im Bus an einem Tisch mit Kaffee und Scones bei einem zweiten Frühstück. Die Fahrt von Limerick nach Galway dauerte höchstens zwei Stunden. Dort würden sie bis zum nächsten Wochenende bleiben.

Unter der Woche standen Interviewtermine, Autogrammstunden und Proben auf dem Programm bis zum nächsten Konzert am Freitagabend. Eine ungewohnt ruhige Woche während der Tour, allerdings auch bewusst als Gelegenheit zur Erholung eingeplant. Bandmanager Ray bestand auf solche Ruhephasen, weil er nicht ahnte, dass diese Phasen für sie anstrengender waren als tägliche Konzerte. Zwischen den Auftritten mussten sie quasi hungern, weil es zu auffällig wäre, sich an der Energie irgendwelcher Fremder zu bedienen. Ihre Mutter hatte ihnen schon früh eingetrichtert, sich nur in großen Menschenmassen zu sättigen, damit ihre Opfer nicht bemerkten, wer ihnen die Kraft raubte. Sie waren jede Woche mindestens einmal bei einem Fußballspiel im Stadion gewesen, das hatte reichen müssen. Als Jugendliche hatten sie eine Band gegründet und lebten seither von den Auftritten. Wenn die Zuschauer ausgelassen feierten, setzten sie so viel Lebenskraft frei, dass es für mehrere Tage ausreichte, und kein Zuschauer wunderte sich darüber, dass er nach einem Konzert müde war. Mehr spürten die Leute nicht, denn keiner dieser Menschen wurde ihretwegen krank oder starb gar an dem Energieverlust. Trotzdem wäre ihre Mutter vermutlich nicht begeistert von diesem Lebensstil gewesen, aber sie war schon seit einigen Jahren aus ihrem Leben verschwunden.

Ausnahmsweise kam James die von Ray eingeplante Zwangspause gar nicht so ungelegen. Er hatte bereits eigene Pläne, wie er diese Woche nutzen wollte.

»Ray, ich möchte dich um etwas bitten«, wandte er sich entschlossen an den Bandmanager, der auf seinem Smartphone die Konzertkritiken aus Limerick studierte. Natürlich waren alle begeistert und lobten den Entschluss für die Burg als Veranstaltungsort.

»Nur zu.« Demonstrativ legte der kleine Mann mit der wachsenden Glatze das Handy vor sich auf den Tisch. Bill hingegen warf James nur einen kurzen, desinteressierten Blick zu, bevor er weiter aus dem Fenster sah. James aber kannte ihn gut genug, um zu wissen, dass er aufmerksam zuhörte. Bill verstand sich als Oberhaupt der kleinen Gruppe und hatte deshalb stets das Leben seiner Brüder im Blick, auch wenn er selbst nicht betroffen war. Seit ihre Mutter nicht mehr für sie sorgen konnte, fühlte er sich dafür verantwortlich, das Geheimnis ihrer wahren Natur zu schützen, obwohl die Rolle des Familienoberhaupts eigentlich Tim, als dem ältesten Bruder, zustand.

»Gestern Abend beim Konzert habe ich ein Mädchen kennengelernt.« Noch während er sprach, bemerkte er, wie Bills Interesse an der Unterhaltung wuchs. Kurz lag seine Stirn in Falten, ehe er sich wieder unbeteiligt gab, doch James wusste, dass es nun in seinem Gehirn ratterte.

»Ist mir nicht entgangen«, erwiderte Ray ruhig. Vermutlich hatte er das kurze Gespräch mit Maja beobachtet und von den Sicherheitskräften erfahren, dass sie James ins Hotel begleitet hatte. Schon aus beruflichem Interesse behielt Ray die Musiker stets im Blick, auch wenn er sich noch nie in ihr Liebesleben eingemischt hatte. Er ließ ihnen alle Freiheiten, obwohl er sicher nicht immer glücklich darüber war, wie leichtfertig gerade Bill die Liebschaften mit seinen Fans einging. Dennoch schaltete Ray sich stets erst ein, wenn ihre Eskapaden die Presse auf den Plan riefen, sodass er Schadensbegrenzung betreiben musste.

»Ich möchte sie wiedersehen.«

Sofort hatte James die ungeteilte Aufmerksamkeit von Bill, der sich aufrichtete und dem Gespräch zuwandte. Aus seinen dunklen, graublauen Augen sprach offen der Unmut, obwohl der Sänger selbst weiterhin schwieg.

Ray dagegen blieb gelassen, beinahe gelangweilt. »Warum nicht?«

»Ich weiß nicht, wie ich sie erreichen soll, ich kenne nur ihren Vornamen.« Dabei wüsste er gerne mehr über sie: wie sie lebte, wo sie arbeitete, und warum sie so einsam wirkte. Aber in der vergangenen Nacht hatte er an solche Dinge zugegebenermaßen keinen Gedanken verschwendet. Das hatte er auch nie zuvor bei irgendeiner seiner früheren Bettgefährtinnen.

»Das tut mir leid«, sagte Ray und klang sogar aufrichtig betroffen. »Aber ich weiß nicht, wie ich dir da helfen soll.« Die Ratlosigkeit von James schien dem Manager tatsächlich ernsthaft zuzusetzen. Bill hingegen wirkte inzwischen eher genervt, hörte dem Gespräch jedoch weiterhin schweigend zu.

James machte sich keine Illusionen, dass Bill Verständnis für sein Anliegen haben könnte. Der Sänger genoss sein Dasein als Frauenschwarm und ließ sich nur auf Frauen ein, die genau wussten, welche Rolle sie in seinem Leben spielten – und vor allem für wie lange.

James zückte sein Handy mit dem Schnappschuss von Maja. »Ich habe dieses Foto von ihr. Ich möchte, dass du damit an die Presse gehst und die darum bittest, einen Suchaufruf zu veröffentlichen.«

Ray nahm ihm das Handy ab und starrte auf das Bild, als könnte es ihm antworten geben. »Sie ist hübsch«, merkte er schulterzuckend an, bevor er das Handy zurück zu James schob. »Warum das Ganze? Was versprichst du dir davon?«

»Ich weiß es nicht«, gab er offen zu. »Sie war heute Morgen weg, und ich will es nicht so enden lassen.«

»Was dann?«, mischte sich nun Bill mit eiskalter, schneidender Stimme ein. »Willst du um ihre Hand anhalten?« Spott und Hohn schwangen unverkennbar in seinen Worten mit, aber James hatte von ihm auch nichts anderes erwartet. Nicht einmal Ray schien davon überrascht.

»Ich weiß es nicht«, wiederholte James, obwohl er damit seinen Bandkollegen zweifellos weiter gegen sich aufbrachte.

»Wenn du mit so etwas an die Öffentlichkeit gehst, Interesse weckst und dich zum Gespött der Leute machst, solltest du aber wissen, ob das die Sache wert ist«, entgegnete Bill und sah ihn verärgert an. »Ein oder zwei heiße Nächte mit einer Frau sind es definitiv nicht wert.«

»Maja ist es mir wert«, erwiderte James ebenso entschlossen, wie er zuvor ratlos gewesen war. Dabei wusste er nach wie vor nicht, was er wirklich von Maja wollte. Er wusste nur, dass er die Endgültigkeit ihres Abschieds so nicht akzeptieren konnte. Irgendetwas zog ihn zu ihr hin und sagte ihm, dass er sie nicht verlieren durfte.

»Wert, uns alle lächerlich zu machen?«

James biss sich auf die Lippe, um nicht etwas zu sagen, das Bill weiter aufbrachte. Mit ihm zu diskutieren hatte keinen Sinn. Hilfesuchend blickte er zu Ray. Der Manager sah ihn ernst aus seinen erfahrenen, stahlblauen Augen an und seufzte gequält.

»Es könnte sogar rechtliche Konsequenzen haben, wenn wir dieses Foto veröffentlichen. Maja könnte uns Verletzung ihrer Privatsphäre vorwerfen. Vielleicht ist sie gegangen, weil sie dich nicht mehr sehen will, dann wäre sie wohl kaum begeistert, ihr Bild in der Zeitung zu sehen.«

Unwillkürlich verschränkte James die Arme vor der Brust, als könnte er sich so gegen diese Möglichkeit sperren. Er wollte sich der Tatsache nicht stellen, dass Ray recht haben könnte – die Wahrscheinlichkeit bestand durchaus, denn schließlich hatte Maja ihn aus freien Stücken ohne Abschied verlassen.

»Ich muss sie wiedersehen«, betonte er erneut, obwohl ihm klar war, dass es unsinnig und möglicherweise nutzlos war. Selbst Ray, der gewöhnlich für alle Wünsche seiner Schützlinge ein offenes Ohr hatte, erwartete sicher eine überzeugendere Argumentation.

Ray sah ihn fest an, als könnte er so seine Gedanken lesen. Und je länger er das tat, desto mehr fragte sich James, ob Ray vielleicht tatsächlich über eine derartige Gabe verfügte. Und was sah er dann? Verstand er James' wirren Geist besser, als er selbst es in diesem Moment tat?

Mit einem wissenden Lächeln wandte Ray sich Bill zu. »Es würde euch mit Sicherheit große Aufmerksamkeit verschaffen. Alle werden wissen wollen, ob James seine Maja findet. Das steigert euren Bekanntheitsgrad erheblich und das wäre auch nicht schlecht, wenn wir an die geplante Europatour denken. Gute Musik ist eine Sache, aber eine herzerweichende Liebesgeschichte verkauft sich einfach gut. Egal, wie sie endet.«

James staunte und atmete erleichtert auf, weil er instinktiv wusste, dass Ray sich gegen Bill durchsetzen würde. Zumindest vorerst. James stand mit Sicherheit noch eine längere Diskussion mit seinen Brüdern bevor.

Bill indessen zog irritiert eine seiner dunkelblonden Augenbrauen hoch. »Was ist mit deinen rechtlichen Bedenken?«

Ray zuckte gelassen mit den Schultern. »Das Risiko verklagt zu werden ist da, aber wie hoch ist die Wahrscheinlichkeit, dass es dazu kommt? Selbst wenn, wie dramatisch könnten die Folgen schon sein? Vermutlich reichen eine Entschuldigung und eine Unterlassungserklärung aus, um die Juristen zufriedenzustellen. Möglicherweise müsste auch etwas Geld fließen, aber allein die juristische Auseinandersetzung würde euch wieder ein paar Schlagzeilen mehr einbringen.«

Bills Miene verfinsterte sich. »Negative Schlagzeilen.«

»Ihr seid Rockmusiker, da ist das kein Problem. Eure Fans werden das verkraften.«

Wütend starrte Bill vor sich hin, auf den Tisch, aus dem Fenster, zu den schlafenden Brüdern weiter hinten. James konnte seiner Miene schon ansehen, dass Bill gerade nicht über Marketing-Fragen oder rechtliche Konsequenzen nachdachte, vielmehr beschäftigten ihn wohl Überlegungen zur Sicherheit ihres Geheimnisses. Sein strenger Blick traf wieder auf James, und er schüttelte entschieden den Kopf.

»Nein.«

James schluckte schwer, verzichtete aber auf Widerspruch. Vor Ray konnten sie nicht offen sprechen.

Indessen schien der Manager überfordert mit diesem hartnäckigen Widerspruch. In Fragen der Vermarktung vertrauten sie eigentlich alle auf seinen Rat. Ohne ihn hätten sie es kaum so weit gebracht, allein von der Musik leben zu können und einen gewissen Luxus zu genießen. Nun arbeiteten sie sogar an einer ersten Tour auf dem europäischen Festland, anstatt wie bisher nur auf den Britischen Inseln. Dennoch erkannte Ray wohl, dass es keinen Sinn hatte, mit Bill zu streiten.

Warum auch diskutieren? James hatte nicht vor, sich diese Sache von irgendwem ausreden zu lassen. Er musste es eben nur anders und eleganter anstellen.

5. KAPITEL

Maja zupfte noch einmal ihren grauen Blazer zurecht und strich ihre schwarze Bluse glatt, als wäre sie gerade auf dem Weg zum Vorstellungsgespräch. Dabei arbeitete sie nun schon seit drei Jahren in diesem Maklerbüro. Sie hatte dort angefangen, kurz nachdem sie David kennengelernt hatte. Jahrelang hatten sie zusammengearbeitet, doch jetzt war alles anders. Seit ihrer Trennung spürte sie die Missgunst der Kollegen.

Das machte den Weg über den Flur in das Assistentinnenbüro am Ende des Ganges an diesem Morgen so besonders schwer. Keiner sollte ihr ansehen, wie verändert sie sich nach diesem Wochenende fühlte, obwohl sich an ihrem Leben und ihrem Alltag nichts geändert hatte.

Sie fühlte sich befreit, weil sie in ihrem Leben wieder einen Schritt weiter weg von David gemacht hatte. Ihre Nacht mit James war unvernünftig, unbedacht und spontan gewesen, vor allem aber hatte sie als Befreiungsschlag gedient. Endlich hatte sie etwas getan, das die Trennung von David real und für sie unumkehrbar machte.

Dennoch sollten ihre Kollegen natürlich nichts davon erfahren. Sie würden den Schritt – weg von der langjährigen Beziehung mit David hin zum One-Night-Stand mit einem Rockstar – als Fehler werten und als Anlass für neue Sticheleien nehmen.

»Guten Morgen«, grüßte Maja ruhig und freundlich wie immer, als sie sich an ihrem Platz an einer Insel aus vier Schreibtischen, umgeben von zahlreichen Aktenschränken und einigen Grünpflanzen, niederließ. Ihre Kolleginnen lächelten und erwiderten den Gruß höflich. Mehr wurde nicht gesprochen. Es gab kein Geplänkel über das vergangene Wochenende und auch keine Klagen über das montägliche Motivationsloch, dabei waren die Assistentinnen grundsätzlich als Plaudertaschen verschrien. Maja war sich vollkommen im Klaren darüber, dass diese Stille eine Folge ihrer Trennung von David war. Wie er hielten die meisten Kollegen Majas Auszug für einen Fehler. Sie dagegen ärgerte sich, dass ihr Liebesleben am Arbeitsplatz überhaupt ein so heißdiskutiertes Thema war. Maja schaltete den Computer ein und überflog die Liste der entgangenen Anrufe auf ihrem Telefon. Die Immobilienmakler waren auch am Wochenende gefragt, aber in der Regel machten sie dann nur Besichtigungen. Im Büro ging keiner ans Telefon oder beantwortete die eingegangenen Mails. Folglich erwartete sie in ihrem Postfach reichlich Arbeit. Angesichts dessen sollte es kein Problem sein, den Tag rumzubringen, ohne auf Gespräche mit den Kollegen angewiesen zu sein.

Vor allem sollte es genug Ablenkung sein, um die Erinnerung an James und die dadurch entstandenen Fragen in ihrem Kopf zu verdrängen. Fragen wie: Was wäre gewesen, wenn sie James ihre Handynummer hinterlassen hätte? Hätte er sich gemeldet? Oder hätte sie vergebens gewartet?

Es war bestimmt besser gewesen, sich nachts heimlich davonzuschleichen in der Gewissheit, James höchstens noch auf der Bühne zu sehen. Vielleicht sollte sie auch die Konzerte künftig meiden, um nicht wieder an diese Nacht erinnert zu werden.

Sie musste sich auf andere Dinge konzentrieren. Es gab zahlreiche Besichtigungen zu organisieren, Termine mit Vermietern zu arrangieren und ganz nebenbei die Augen nach einer neuen Stelle offenzuhalten. Sie hatte längst realisiert, dass sie keine Zukunft in diesem Büro hatte. Es war Zeit für eine Veränderung, und sie brauchte unbedingt mehr Distanz zu David.

Genau in diesem Moment platzte dieser durch die stets offene Bürotür. »Hey, Maja! Wie war das Konzert?«

Obwohl im Zuge der Trennung viele unschöne Worte gesprochen worden waren, versuchte David nun, ein freundschaftliches Verhältnis aufzubauen. Zumindest gab er das vor. Maja war sich allerdings sicher, dass er tatsächlich anstrebte, sie so wieder für sich einzunehmen. Und sie wusste, dass er hinter ihrem Rücken über sie lästerte, weil sie ihn mehrfach dabei ertappt hatte. Dass sie ihn verlassen hatte, gab ihm wohl zumindest bis zu einem gewissen Grad das Recht, sie leiden zu lassen.

»Gut«, gab sie zurück, bemüht ihn nicht anzusehen. Er sollte sehen, dass sie zu vertieft in die Beantwortung ihrer Mails war, um sich mit ihm zu unterhalten.

»Einfach nur gut? Findest du nicht, dass es ganz besonderes war – vor dieser Kulisse und trotz des Regens?«

Maja bemühte sich, sich ihre Gefühle nicht anmerken zu lassen. Natürlich war der Abend etwas Besonderes gewesen. Sie hatte nie zuvor mit den Groupies im Regen getanzt und auch seit Langem nicht so einen Spaß gehabt. Ganz zu schweigen einmal von der Bekanntschaft mit James.

»Es war wirklich ein besonderes Konzert«, betonte David erneut.

Maja ließ sich nicht von ihrem Bildschirm ablenken, so musste er längst spüren, dass sie nicht in Plauderlaune war, doch offenbar ignorierte er diese Tatsache.

»Ich dachte eigentlich, wir könnten hinterher noch zusammen etwas trinken, deshalb habe ich am Ausgang gewartet. Aber irgendwie konnte ich dich nicht finden.«

Maja zog überrascht eine Augenbraue hoch und wandte sich zu ihm um. Heute im legeren Outfit aus grauer Hose, braunen Lederschnürschuhen und weißem Hemd, hatte er sich lässig an den Aktenschrank mit den abgeschlossenen

Aufträgen gelehnt und die Arme vor der Brust verschränkt. Sein rasiertes Gesicht war ernst, und in seinen blauen Augen stand das Misstrauen.

Ahnte er, dass sie an diesem Abend mit einem anderen Mann weggegangen war? Hatte er sie vielleicht sogar beobachtet, als sie zur Party ging? War er ihr gefolgt? Hatte er gesehen, wie sie mit James geredet und wie sie zusammen die Party verlassen hatten?

Natürlich schuldete sie ihm keinerlei Rechenschaft und erst recht keine Erklärungen. Sie musste sich nicht einmal schuldig fühlen, und er hatte kein Recht, eifersüchtig zu sein, dennoch sollte er nichts von ihr und James erfahren. Was David wusste, wussten bald auch alle Kollegen. Er war ein schlimmeres Plappermaul als sämtliche Assistentinnen zusammen. Zudem hatte er in seinem verletzten Stolz keine Skrupel mehr, sie vor anderen als Flittchen hinzustellen.

»Ich bin nach dem Konzert gleich gegangen, meine Sachen waren ganz nass.« In ihren Ohren klang diese Lüge glaubwürdig, sogar glaubwürdiger als die Wahrheit. David wusste schließlich, wie selten sie sich unters Partyvolk mischte, und dass sie nicht einfach mit irgendeinem Mann ins Bett stieg.

»Hast du nicht mitbekommen, dass es sogar noch eine Autogrammstunde gab?«

Unweigerlich dachte Maja an das Autogramm und die überraschende Einladung von James. Beides lag immer noch zu Hause in ihrer Handtasche. Sie hatte es seit ihrer nächtlichen Flucht nicht mehr angerührt.

»Da war ich wohl schon weg. Ich mache mir ja nichts aus Autogrammen, das weißt du doch.« Demonstrativ wandte sie sich wieder dem Computer zu und sah aus dem Augenwinkel, dass ihre beiden Kolleginnen das Gespräch fasziniert verfolgten. Zumindest für die beiden war der Montagmorgen jetzt wohl sehr viel unterhaltsamer.

»Du musst es ja wirklich sehr eilig gehabt haben.« Davids Stimme klang schneidend und so voller Bitterkeit. »Warst du allein?«

Erschrocken über diesen offenen Angriff drehte Maja sich auf ihrem Stuhl zu ihm um, bedauerte es allerdings sofort. Er stieß sich schwungvoll vom Schrank ab, sodass er nun aufrecht stand und sie zu ihm aufsehen musste.

»Natürlich war ich allein!«, schnaubte sie. »Und was geht dich das überhaupt an?« Eigentlich hatte sie sich vorgenommen, Streit mit David im Büro zu vermeiden, aber dieser gute Vorsatz war schlagartig dahin. Sie konnte das ja nicht einfach so stehen lassen.

»Ich mache mir nur Sorgen um dich.« Er kam erneut näher, die Arme vor der Brust fest verschränkt. »Als ich gegangen bin, stand dein Wagen noch auf dem Parkplatz.«

Empört sprang Maja auf, um wenigstens halbwegs auf Augenhöhe mit ihm zu sein. »Spionierst du mir etwa nach?«, fuhr sie ihn entrüstet an, obwohl sie im Grunde gar nicht so erstaunt war. Er war schon früher oft eifersüchtig gewesen und hatte sich geärgert, wenn sie auch nur mit einem anderen Mann gesprochen hatte.

»Das müsste ich nicht, wenn du mich nicht so ausschließen würdest!« Erstaunlicherweise bewegte er sich nun langsam wieder in Richtung Tür. »Wir standen uns früher so nahe, dass wir alles geteilt haben, und jetzt lügst du mich an.«

Maja kam gar nicht dazu, zu erwidern, dass die Dinge anders lagen, seit er jedes ihrer Worte gegen sie verwendete und bei jeder Gelegenheit über sie lästerte, sogar mit ihrer eigenen Familie. Zu ihrer Verwunderung ging David einfach und ließ sie mit ihren Kolleginnen alleine. Die Damen Blond und Blond-mit-Strähnchen starrten Maja fassungslos an, als erwarteten sie, dass sie sich rechtfertigte. Aber diesen Gefallen tat sie ihren unwillkommenen Zuhörerinnen nicht.

Stattdessen setzte sie sich wieder und wandte sich ihren Mails zu. Die Lästerschwestern hatten schon genug Unterhaltungsprogramm für heute gehabt. Es war wirklich an der Zeit für eine neue Stelle. Und neue Freunde.

»Herzlich willkommen im Studio«, begrüßte Phil O'Leary die Band, wobei er den Mund dicht am Mikrofon hatte und freundlich in die Runde blickte.

In einem kleinen Radiostudio, zwischen fensterlosen und mit beigem Schaumstoff gedämmten Wänden saßen die fünf Bandmitglieder um den Arbeitstisch des Moderators herum. Zwei Mikrofone waren so vor ihnen platziert, dass jeder die Möglichkeit hatte, hineinzusprechen. Mit dem Konzert in Limerick am Wochenende hatten sie die Hälfte ihrer Irlandtour hinter sich gebracht und daher in Galway verschiedene Termine mit Presse und Fans. An diesem Dienstagmorgen hatten sie ein Interview in der beliebten Morning Show von Phil O'Leary.

»Danke für die Einladung, Phil«, erwiderte Bill, der wie üblich maßgeblich für sie sprechen würde. Die Aufgabenteilung zwischen ihnen war schon lange klar, und Bill war der von allen Bandmitgliedern akzeptierte Sprecher, wenn Ray das nicht für sie übernehmen konnte. Gleichwohl hatte keiner von ihnen Redeverbot.

»Wie läuft die Tour? Zuletzt wart ihr am Samstag in Limerick, oder?«, begann der Moderator nun in einem lockeren Ton.

»Es ist grandios, die meisten Konzerte sind ausverkauft und die Stimmung ist jedes Mal unfassbar, aber Limerick war etwas ganz Besonderes, weil wir im Burghof eines mittelalterlichen Schlosses spielen durften. Das war ein geradezu magischer Abend.« Diese schwärmerischen Worte hatte Bill sich sicher schon vorher zurechtgelegt, denn schließlich fragten die meisten Journalisten nach der Tour.

Außerdem waren die Themen für die Interviews oft im Voraus mit Ray abgestimmt, sodass Bill seine Antworten vorbereiten konnte.

»Und wie geht es jetzt weiter?«

Bill lächelte, obwohl die Zuhörer das nicht sehen konnten. »Am Freitag spielen wir hier in Galway, danach ein Konzert am Samstag in Dublin und dann noch in Cork. Der krönende Abschluss der Tour wird in London stattfinden.«

Etwas gelangweilt warf James einen Blick auf sein Handy. James hatte schon am Sonntagnachmittag eine Art Suchaufruf nach Maja veröffentlicht. Statt eines Steckbriefs mit Bild, wie anfangs gedacht, hatte er ein kurzes Lied geschrieben, mit dem Handy aufgenommen und in den sozialen Netzwerken gepostet. Er besang darin die Suche nach einer Frau und versprach, ihr das verlorene Kleidungsstück mit dem aufgestickten Herz zurückzugeben. Er hoffte, dass es Maja dazu bewegte, sich bei ihm zu melden. Das Lied war bereits unzählige Mal gehört und geteilt worden, und trotzdem gab es am Dienstagmorgen noch keine Hinweise. Dabei hatte James insgeheim darauf gehofft, dass Maja sich selbst bei ihm melden würde. Tief im Innersten glaubte er daran, dass sie ihn wiedersehen wollte. Diese unbestimmte Sehnsucht in ihm konnte doch nicht nur einseitig sein.

»Und wie verbringt man als gefeierte Rockband die langweiligen Werktage bis zum nächsten Konzert?«

Schon lag James eine bissige Antwort auf der Zunge, über die langweiligen Interviewtermine mit den immer gleichen Fragen, aber er hielt sich zurück. Wegen derartiger Gedanken sprach Bill für sie.

Zuckersüß antwortete der Frontsänger lächelnd: »Wir sind froh, endlich Zeit für einige Pressetermine und ausgiebige Treffen mit den Fans zu haben. Das kommt im normalen Touralltag viel zu kurz.«

Allerdings war es eher Ray, der Wert auf diese Pressetermine legte. Die Musiker hätten sich wohl mit ein oder zwei Meet & Greets zufriedengegeben. Als Kompromiss hatten sich die Band und Ray auf die vier Tage mit ausgesuchten Pressevertretern geeinigt.

»James«, sagte der Moderator, und James hob überrascht über die direkte Ansprache den Kopf. »Wie man hört, bist du ja vor allem an einem Treffen mit einem ganz bestimmten Fan interessiert. Willst du uns nicht etwas mehr darüber erzählen?«

Sofort spürte er Bills stechende Blicke. Sicher hätte der lieber über die Arbeit am nächsten Album oder die Pläne für eine Europatournee gesprochen als über James' eigensinnige Aktion. Obwohl er nicht selbst geschrieben hatte, dass er mit dem Song eine Frau suchte, waren schnell Vermutungen von den Fans aufgestellt worden. Was Bill verärgerte, James aber hoffnungsvoll stimmte. Je mehr Leute von seinem Anliegen wussten, desto größer war die Chance, Maja zu finden.

»Gerne«, log James und zog demonstrativ eines der beweglichen Mikrofone auf dem Tisch zu sich heran. Er plauderte wirklich nicht gerne mit Reportern, aber er konnte es nicht Bill überlassen, über Maja zu sprechen.

»Es geht um eine junge Frau, die ich auf einer Party nach unserem Konzert in Limerick kennengelernt habe. Es war nur eine flüchtige Begegnung, aber ich will sie unbedingt wiedersehen. Auch weil ich ihr gerne etwas zurückgeben würde, das sie verloren hat.« Er sprach bewusst nicht von ihrer gemeinsamen Nacht, von ihrer heimlichen Flucht und von seinen Gefühlen, die er nicht in Worte fassen konnte. Aber er leugnete auch nicht, dass das Lied ein Suchaufruf war. Er hatte Bills Verbot, einen Steckbrief zu veröffentlichen umgangen, indem er dieses Lied gepostet hatte.

»Das klingt ja spannend!«, rief O'Leary, und klang, als wäre er ganz aus dem Häuschen. »Also, liebe Unbekannte, wenn du da draußen bist und uns hörst, dann ruf doch einfach an!«

Natürlich rief Maja nicht im Radiosender an, und offenbar meldete sie sich auch nicht bei Ray, der seit Tagen alle Hinweise entgegennahm, obwohl er mit dem eigentlichen Aufruf nichts zu tun gehabt hatte. Vielleicht wollte sie wirklich nicht gefunden werden.

»Merkst du nicht selbst langsam, wie lächerlich das Ganze ist?«, fuhr Bill ihn an, als sie mit Ray in einem Kleinbus zu ihrem nächsten Interviewtermin unterwegs waren. »Wenn sie dich treffen wollen würde, dann hätte diese Maja sich längst gemeldet.«

James zuckte nur mit den Schultern. »Vielleicht liest sie keine Klatschblätter. Es sind erst zwei Tage, da kannst du nicht erwarten, dass Wunder geschehen.«

»Und du meinst nicht, dass sie dich vielleicht einfach ignoriert?«

Selbstverständlich hatte er das schon in Betracht gezogen, aber noch wollte er sich damit nicht abfinden. Es wäre ja auch denkbar, dass eine dritte Person ihm Majas Kontaktdaten weitergab.

»Mach ihn doch nicht so fertig, Bill«, meldete sich Mike aus der hintersten Sitzreihe des Vans her zu Wort, obwohl er eigentlich in ein Spiel auf seinem Tablet vertieft schien. »Manche von uns glauben halt an so merkwürdige Dinge wie Wunder oder Liebe.«

Tatsächlich war Mike – vielleicht, weil er der jüngste war – der Traumtänzer der Gruppe und der einzige von ihnen, der trotz aller Termine und Tourneen mit Gedanken an eine langfristige Beziehung spielte. Allerdings hatte davon keine bisher länger als ein paar Tage gehalten, deshalb überließ Bill ihn wohl seinen Träumen. Offenbar betrachtete er James' Faszination für Maja als sehr viel bedrohlicher.

»Das Interesse der Menschen nimmt von Tag zu Tag zu, und so wächst auch die Chance, dass wir Maja erreichen«, versicherte Ray freundlich und voller Optimismus, wenngleich es ihm wohl eher darum ging, die Band bekannter zu machen. »Eurem Ruf tut es gut, dass James den unglücklichen Verliebten gibt. Das verleiht euren Liebesliedern etwas mehr Glaubwürdigkeit als die Gerüchte über Orgien mit irgendwelchen Groupies.«

Bill gab ein verächtliches Brummen von sich. Sie alle wussten, wie sehr er sich über diese Gerüchte ärgerte, vermutlich vor allem, weil sie nicht den Tatsachen entsprachen. One-Night-Stands mit Groupies konnte keiner abstreiten, aber von Orgien konnte keine Rede sein.

In einem gewissen Trotz hatte Bill schon seit Jahren den Vorsatz, diese Gerüchte eines Tages in Wahrheit zu verwandeln. James hatte früher auch Gefallen an dieser Vorstellung gefunden, aber nun übte allein der Gedanke, Maja nur noch einmal zu küssen, eine viel größere Anziehung auf ihn aus. Wie hatte sie ihm in lediglich einer Nacht so sehr den Kopf verdrehen können?

Bisher hielt Bill sich größtenteils mit seinen Vorwürfen zurück, obwohl er sicher noch viele weitere Einwände gegen ein Wiedersehen mit Maja hatte. Natürlich wusste James, warum sein Bruder in diesem Punkt so gelassen blieb. Er ging davon aus, dass die Suche nach Maja aussichtslos war. Wie ein geduldiger, wenn auch genervter Vater ließ er James seinen Willen, bis er selbst erkannte, dass es sinnlos war.

Doch James hatte nicht vor aufzugeben, und deshalb würden Bills Gefühle wahrscheinlich irgendwann hochkochen.

6. KAPITEL

Maja lächelte freundlich, obwohl sie die Verachtung regelrecht in den Gesichtern ihrer Kolleginnen sehen konnte – warum auch immer. Es war ja nichts Neues, dass man sie schief ansah, doch diesmal wusste sie nicht, weshalb. Naheliegend war, dass es nach wie vor um ihre Auseinandersetzung mit David ging, denn diese war auch am Mittwoch noch lange nicht vergessen. Wahrscheinlich war das Thema erst passé, wenn der nächste Streit kam. Es wurde definitiv Zeit für einen neuen Job, vielleicht sogar in einer anderen Stadt.

Egal, wie sehr sie sich in ihre Mails vertiefte, sie spürte ständig die Blicke ihrer Kolleginnen auf der gegenüberliegenden Seite der Schreibtischinsel. Als erwarteten sie, dass Maja zuerst etwas sagte.

Aber was denn? Sie hatte David an diesem Morgen noch nicht einmal gesehen.

Vielleicht könnte sie ihren Schreibtisch so verschieben, dass sie an die Wand, statt zu den anderen Damen gegenüber blickte, um endlich Ruhe zu haben. Allerdings wären die bohrenden Blicke im Rücken wohl auch nicht angenehmer.

»Ich gehe mir einen Kaffee holen«, verkündete sie spontan, bevor sie noch auf den Gedanken kam, ihren Schreibtisch auf den Flur zu verschieben. Dabei war ihr gar nicht nach Kaffee, eher nach einem starken Baldriantee zur Beruhigung der Nerven. Vor allem aber brauchte sie einen Moment Ruhe und um elf Uhr – nach dem zweiten Frühstück und vor dem Mittagessen – war es in der Kaffeeküche immer wie ausgestorben.

Die Kaffeemaschine verlangte stumm blinkend nach neuen Bohnen, Wasser, einer Reinigung und dem Leeren des vollen Satzbehälters. Als Ablenkung war das Maja gerade recht. Die Herren Makler erwarteten ohnehin, dass solche unliebsamen Aufgaben von den Assistentinnen übernommen wurden, idealerweise ohne, dass einer von ihnen mit diesen Erfordernissen behelligt wurde.

Zusätzlich wischte Maja sämtliche Arbeitsflächen ab, bevor sie die Teeschublade nach etwas Beruhigendem durchsuchte. Leider gab es weder die Sorten Sekt noch Schokolade. Enttäuscht schloss sie die Schublade wieder und holte stattdessen ein Glas aus dem Schrank. Kaltes Leitungswasser musste genügen.

Während sie in großen Schlucken trank, fiel ihr Blick auf das schwarze Brett an der Küchenwand. Fast wäre sie an ihrem Wasser erstickt. Ein Teil von ihr wünschte sich sogar, dass sie erstickt wäre. Und bald würde David sich dasselbe wünschen.

Sie riss die Kopie eines Zeitschriftenartikels von der Pinnwand neben dem Kühlschrank und war versucht, diese direkt in Stücke zu zerreißen. Dort stand etwas von einem Lied, das James im Internet veröffentlich hatte und mit dem er angeblich eine Frau suchte. Im Liedtext von *Lost & Found* wurde scheinbar von einem verlorenen Kleidungsstück berichtet, das er zurückgeben wollte. Zweifellos der BH, den sie vermisste und bereits abgeschrieben hatte. Es wurde sogar die Herzstickerei über dem schlecht geflickten Träger erwähnt.

Maja schluckte den ersten Schrecken hinunter, denn logisch betrachtet war es gar nicht so dramatisch, wie es sich zuerst angefühlt hatte. Vermutlich konnte kaum einer anhand dieser wenigen Informationen überhaupt erahnen, dass sie die gesuchte Frau war.

Außer natürlich der Mann, der damals neben ihr auf der Couch gelümmelt hatte, als sie ein rotes Herz über eine peinlich stümperhafte Naht an ihrem Lieblings-BH stickte.

Sicher hatte David erkannt, dass es in diesem Lied um sie gehen musste. Für ihn war es zweifellos der Beweis, dass sie ihn über ihre frühe Heimkehr am Konzertabend belogen hatte. Und leider verriet die Beschreibung des BHs ihm auch, dass sie mit James geschlafen hatte. Trotz der Trennung war das für ihn wohl so etwas wie Fremdgehen, deshalb wollte er sie mit diesem Aushang am schwarzen Brett an den Pranger stellen. Und scheinbar war das zumindest eindeutig genug, dass ihre Kolleginnen sie schief ansahen, obwohl sie darin nicht namentlich erwähnt wurde. Wahrscheinlich erklärte David bereitwillig jedem Kollegen seine Gründe und seinen Verdacht.

Wütend stellte sie ihr Wasserglas ab und stürmte über den Flur ins Büro ihres Ex-Freundes. Zum Glück war er da und sobald sie geräuschvoll die Tür zuschlug, hatte sie seine volle Aufmerksamkeit.

»Was soll das?«, fuhr sie ihn an und hielt ihm den Artikel unter die Nase. David hatte sicher längst mit ihrem Erscheinen gerechnet.

Gelassen schloss er die Dokumentenmappe, durch die er sich vermutlich gerade arbeitete, und legte seinen Kugelschreiber beiseite.

»Hast du es nicht mitbekommen? Es geht seit Tagen durchs Netz, dass dieser Gitarrist wohl eine sehr einnehmende Begegnung mit einer Frau hatte, die er nun unbedingt wiedersehen will. Ich dachte mir, ich helfe dem armen Mann. Vielleicht kennt hier irgendjemand ja diese Frau. Es war immerhin bei dem Konzert in Limerick.« Bei ihm klang es so, als hätte er sich aus reiner Nächstenliebe zu Amors menschlichem Gehilfen erklärt, als wollte er nur einem unglücklich verliebten Mann unter die Arme greifen.

Unschlüssig und wütend stand sie vor seinem Schreibtisch. Innerlich kochte sie und war dennoch ratlos, was sie sagen sollte, weil es doch sowieso nichts ändern würde. Die Kollegen hatten diesen Artikel bereits gesehen und sich ihr Urteil gebildet. Sie wollte sich nicht die Blöße geben, noch mehr im Büro zu toben, obwohl David es verdient hätte, dass sie ihm zumindest das Glas Wasser ins Gesicht schüttete. Warum hatte sie das Glas nur in der Küche gelassen?

»Im ersten Moment dachte ich ja, dass du diese Frau bist, und dann hätte ich das natürlich nie hier aufgehängt«, erklärte er nun lächelnd. »Aber du kannst es ja nicht sein, schließlich hast du mir erzählt, dass du nach dem Konzert gleich heimgegangen bist.«

Maja starrte ihn fassungslos an und zerknüllte wütend den Zettel. Sie sollte einfach gehen, statt sich wieder auf einen Streit mit ihm einzulassen, weil sie wusste, dass alle auf dem Gang gespannt lauschten. Etwas Tratsch am Arbeitsplatz kam den meisten ganz gelegen.

»Du weißt genau, dass ich das bin, und jetzt denken alle hier, dass ich mit James geschlafen habe!«

David hob herausfordernd eine Augenbraue, als er aufstand und um seinen Schreibtisch herumging, um sich an dessen seitliche Kante zu lehnen. »Entspricht das nicht den Tatsachen? Du hättest dir besser überlegen sollen, mit wem du in die Kiste springst, denn ich habe dieses Lied schließlich nicht ins Internet gestellt. Dein toller neuer Liebhaber ist schuld, dass alle Welt jetzt weiß, dass du sein Groupie und Betthäschen bist.«

Wie konnte er nur so von ihr reden?

Ein Mann, der sonst beteuerte, dass er sie liebte, stellte sie nun vor allen als Flittchen bloß.

»Aber du hast dafür gesorgt, dass jeder hier davon erfährt!«, erinnerte sie frustriert, ehe sie auf dem Absatz kehrtmachte. Der Streit mit David war aussichtslos, denn leider hatte er recht damit, dass er nicht die Wurzel des Übels war.

James hatte dieses Lied veröffentlicht, und sie musste dafür sorgen, dass es nicht noch weitere Kreise zog. Zumal dank David zumindest ihre Kollegen wussten, wer die gesuchte Frau war, und schlimmstenfalls würden sie es weitererzählen.

Im Internet gab es sicher Kontaktdaten eines Managements, mit dem Maja Kontakt aufnehmen konnte. Doch natürlich würde sie ihren Kollegen nicht den Gefallen tun, diesen Anruf im Büro zu tätigen. Das musste warten bis nach Feierabend.

Mit dem zerknüllten Zettel in der Hosentasche kehrte sie erhobenen Hauptes an ihren Schreibtisch zurück. Blond und Blond-mit-Strähnchen sahen sie erwartungsvoll an, aber Maja dachte nicht einmal daran, den beiden ihre Sicht der Dinge zu schildern. Demonstrativ begann sie, wieder E-Mails von Wohnungsinteressenten zu bearbeiten.

Die Blicke spürte sie allerdings immer noch und in ihr wuchs die Wut auf David. Natürlich war sie auch sauer auf James, weil er dieses Lied veröffentlicht hatte, aber der tat es vermutlich aus irgendeiner Form von Zuneigung. David dagegen handelte aus Eifersucht und um ihr wehzutun.

Es war noch früh, als sie nach Hause kam. Sie hatte es im Büro nicht länger als nötig ausgehalten, deshalb war sie gegangen, sobald es ihre Arbeit zuließ.

Auf dem Heimweg im Bus hatte sie sich auf dem Handy einige Internetseiten angesehen. James' Lied war tatsächlich auf vielen Seiten zu finden. Immer mit den gleichen Textzeilen, über eine flüchtige Begegnung und ein vergessenes Kleidungsstück mit dem handgestickten Herzchen. Wenigstens stand nirgendwo etwas darüber, welche Beziehung zwischen ihr und James bestand, auch wurde nicht ausdrücklich erwähnt, dass es um einen BH ging. Doch zwischen den Zeilen las vermutlich jeder heraus, dass da mehr gewesen sein musste als nur ein freundliches Gespräch.

Wie viele Leute wohl dieses Lied gehört hatten? Abgesehen von ihren Kollegen, die dank David alle bestens informiert waren – auch ehemalige Klassenkameraden? Nachbarn? Ihre Familie?

Bisher hatte sich keiner nach ihrer Version der Geschichte erkundigt, also war es vermutlich noch früh genug, um das Schlimmste zu verhindern.

Im Schutze ihrer Wohnung wählte sie schließlich mit zittrigen Fingern die Kontaktnummer, die sie auf der Homepage der Band gefunden hatte.

Das Freizeichen erklang einmal.

Nervös tigerte sie zwischen der durchgesessenen Couch und ihrem kleinen Fernseher, auf und ab.

Ein zweites Tuten.

Was erwartete sie am anderen Ende der Leitung? James würde wohl kaum seine eigene Nummer veröffentlicht haben. Vielleicht eine Art Sekretärin?

»Ray Simmons«, meldete sich eine klare und gefasste Stimme.

Nicht James.

Zum Glück. Was hätte sie ihm schon zu sagen gehabt?

»Hi, ich bin die Frau, nach der James sucht«, platzte sie heraus, weil es einfacher schien, das Pflaster mit einem Ruck abzureißen, als lange drumherum zu reden.

Sie hörte, wie am anderen Ende der Leitung Luft eingesogen wurde. Dieser Mann hatte offenbar nicht mit ihrem Anruf gerechnet – oder vielleicht riefen auch ständig Frauen an, die James kennenlernen wollten und deshalb vorgaben, die gesuchte Frau zu sein. Wie Cinderellas eifersüchtige Schwestern.

»Ich habe das Lied gehört und ich möchte, dass Sie es löschen«, erklärte Maja ernst, während ihr Gesprächspartner sich offenbar noch sammelte. Sie wollte dieses Gespräch hinter sich bringen, damit sie zu ihrem Alltag zurückkehren konnte.

Nein, das konnte sie so schnell ohnehin nicht. Sie musste sich den Gerüchten stellen, die David so sorgfältig säte, und diese ausmerzen.

»Das geht nicht so einfach«, erklärte der Mann sachlich.

Erschrocken setzte sie sich. Der Widerspruch kam nicht wirklich überraschend, aber doch unerwartet hart. Sie hatte zumindest mit höflichen Ausflüchten und falschen Versprechen gerechnet – wenigstens, dass dieser Ray versprach, etwas zu tun. Musste er das nicht? Hatte sie nicht sogar das Gesetz auf ihrer Seite?

»Sie müssen es löschen. Meine Kollegen haben das Lied bereits gefunden und halten mich jetzt für ein Groupie.« Den eifersüchtigen Ex-Freund wollte sie lieber nicht erwähnen. Es könnte den Eindruck erwecken, dass sie noch etwas für David empfand. Mehr als Abscheu, Wut und heimlichen Mordgelüste.

Der Mann am anderen Ende der Leitung räusperte sich.

»Das glaube ich Ihnen, aber James wird nicht so einfach lockerlassen. Er will Sie unbedingt wiedersehen.«

Zum Glück saß sie schon, denn der Gedanke an ein Wiedersehen mit James ließ ihre Knie sofort weich werden.

Was wollte er von ihr? Er musste doch an One-Night-Stands gewöhnt sein, und sie war nun wirklich nicht die Femme fatale, der Männer scharenweise nachliefen.

»Warum?«, fragte sie, obwohl ihr schwante, dass dieser Ray ihr keine Antwort geben konnte. Diese Frage musste sie James stellen. Nur er konnte ihr sein Verhalten erklären. Aber sie wollte ihn nicht wiedersehen, nicht einmal mit ihm telefonieren. Sie wollte nicht in die aberwitzige Vorstellung verfallen, dass dieser Rockstar sie wirklich mögen könnte.

»Sie haben einen bleibenden Eindruck bei ihm hinterlassen. Wenn ich das Lied heute aus dem Netz nehme, wird er es morgen selbst wieder reinstellen. Er ist geradezu besessen.«

In ihrem Bauch kribbelte etwas bei diesen Worten. Angst? Freude? Sehnsucht? Sie hatte schon einen aufdringlichen Exfreund, einen besessenen Liebhaber konnte sie nun wirklich nicht brauchen. Vor allem, wenn der eine ihre Arbeitswelt kontrollierte und der andere scheinbar unbegrenzte Geldmittel zur Verfügung hatte, um früher oder später ein Treffen zu erzwingen.

»Kann ich mit ihm sprechen?«

Es wurde wieder still. Vielleicht reichte der Mann sie direkt weiter. Sie wappnete sich innerlich für die raue, sexy Stimme des Gitarristen, die sie zuletzt im Bett gehört hatte.

»Ich denke, was auch immer zwischen Ihnen und James vorgefallen ist, sollten Sie von Angesicht zu Angesicht mit ihm klären.«

»Nein!«, schrie eine Stimme panisch in ihrem Kopf. Sie wollte James nicht erneut gegenübertreten. Er hatte schon das letzte Mal eine verwirrende Wirkung auf sie gehabt. Wer weiß, was passieren würde, wenn sie ihn wiedersah.

»Ich denke nicht ...«

»Wir sind noch bis Samstag in Galway«, unterbrach Ray sie mit entschlossenem Ton. Er war wohl keiner, der einen Widerspruch duldete. »Ich habe Sie und James an dem Abend gesehen. Und ich sehe ihn jetzt jeden Tag. Zwischen Ihnen war etwas, das es verdient, in Ruhe besprochen und beendet zu werden.«

Sie musste schlucken. »Zwischen uns war nichts.« Außer dem leidenschaftlichsten und intensivsten Sex, den sie je erlebt hatte. Das wollte sie genau so in Erinnerung behalten, aber nicht wiederholen.

»Geben Sie mir Ihre Adresse, dann schicke ich Ihnen einen Fahrer. Sie können James am Freitag vor dem Konzert treffen und direkt wieder nach Hause fahren.«

Maja ballte die freie Hand zur Faust. Wenn sie nur die Wahl hatte, James zu treffen oder den Dingen ihren Lauf zu lassen, dann wusste sie doch, was das kleinere Übel war. Zumal sie nicht wusste, ob James es bei diesem einen Lied belassen würde, wenn sie nicht zu ihm ging.

Stotternd diktierte sie die noch so ungewohnte Adresse, obwohl die innere Stimme immer hysterischer schrie: ‚Was denkst du dir? Was soll das bringen?'

»Der Fahrer wird um halb fünf bei Ihnen sein«, versicherte Ray so entschlossen, dass Maja keine Sekunde daran zweifelte, dass der Fahrer wirklich da sein würde, wahrscheinlich sogar überpünktlich, um seinen Boss nicht zu verärgern.

»Danke«, murmelte sie und legte auf.

Der Gedanke, James wieder gegenüberzutreten, war befremdlich. Beim letzten Treffen hatte er eine beängstigend starke Wirkung auf sie gehabt. Sie war einfach mit ihm ins Bett gegangen, obwohl sie sonst einen Fremden nicht einmal umarmte. Er hatte sie mit nur wenigen Worten vollkommen verändert, ohne dass es ihr unangenehm gewesen war, aber sie hatte Angst davor, was er noch aus ihr machen würde, falls er mehr Zeit hätte.

Wenn sie ihm erneut gegenübertrat, musste sie auf seine Wirkung gefasst sein und dieser widerstehen. Was auch immer James im Sinn haben mochte, er würde einsehen müssen, dass das zwischen ihnen etwas Einmaliges gewesen war.

Was sollte es denn sonst sein? Erwartete er etwa, dass sie ihm nachreiste und mit den anderen Groupies um seine Gunst buhlte?

7. KAPITEL

Es herrschte emsiges Treiben im Town Hall Theatre, während die Band auf der klassischen Theaterbühne einen schnellen Song probte. Indessen waren die Roadies immer noch mit dem Einrichten der Technikanlagen beschäftigt und die Mitarbeiter des Theaters verteilten im Zuschauerraum Knicklichter auf den Sitzen. Ray war es, der sich für das Theater als Konzertort entschieden hatte, nun er wollte mit solchen Kleinigkeiten die Atmosphäre ein wenig auflockern. Bei dieser Tour hatte er die Orte für ihre Konzerte so gewählt, dass sie Aufmerksamkeit erregten. Für den Auftritt in einem Theater hatte er in Kauf genommen, dass weniger Tickets verkauft werden konnten, als bei einem Konzert in einer großen Halle. James und seine Brüder vertrauten Ray bei diesen Entscheidungen, auch wenn sie nun manchmal irritiert waren.

Unbeeindruckt von dem Treiben um sie herum probten die Musiker noch einmal einige Songs, froh darüber, endlich wieder auf einer Bühne zu stehen. Die Woche mit den Presseterminen und den Signierstunden hatte sich länger hingezogen, als ihnen allen lieb gewesen war. Nun wollten sie endlich auftreten. Und das nicht nur, weil sie alle einen Energieschub nötig hatten, sondern auch, weil sie die Musik und den Jubel der Fans wirklich liebten.

Bill warf James einen ärgerlichen Blick zu, als der aktuelle Song zum Ende kam. Obwohl er sich sonst so gelassen gab, ärgerte sich Bill jeden Tag zunehmend über die Suche nach Maja, während er jeden Tag frustrierter wurde. Zu allem Überfluss schien auch Ray das Thema bereits seit zwei Tagen ad acta gelegt zu haben – jedenfalls machte es nicht den Eindruck, als wäre er noch aktiv auf der Suche.

»Lenkt dich etwas ab?«, fuhr Bill ihn an, während James die letzten Riffs spielte.

»Alles bestens«, versicherte James ruhig, weil er genau wusste, dass er keinen Fehler gemacht hatte. Diesmal nicht.

»Du könntest um Längen besser sein.«

James grinste. »Du musst gerade reden, du hältst dich doch beim Proben auch zurück, um deine Stimme zu schonen. Wir verausgaben uns heute Abend beim Konzert, also sollten wir es jetzt nicht übertreiben. Ich bin ohnehin total ausgelaugt.«

Da zu viele Zeugen durch das Theater wuselten, konnte James unmöglich offen aussprechen, dass er erst beim Konzert wieder aufs Ganze gehen konnte, weil er sich zuerst an der Lebenskraft des Publikums stärken musste. Ohnehin wusste Bill, dass es so war.

Genervt verzog Bill seine Miene und fuhr sich mit einer Hand durch das kurze blonde Haar. »Du hättest mehr Energie, wenn du nicht so viel davon auf die Suche nach irgendeiner Frau verschwenden würdest.« Der Sänger angelte seine Wasserflasche hinter einer Lautsprecherbox hervor.

»Keine Sorge, heute Abend werde ich voll bei der Sache sein«, versicherte James gelassen, schließlich liebte er die Musik so sehr wie seine Brüder.

»Ach ja?« Bill kam einige Schritte auf ihn zu. »Du wirst also nicht die ganze Zeit nach ihr Ausschau halten?«

James winkte ab, denn er wusste genauso gut wie Bill, dass er nach Maja suchen würde. »Gerade, weil sie im Publikum sein könnte, werde ich mein Bestes geben.« Damit sie, falls sie anwesend sein sollte, gar nicht anders konnte, als ihn zu bewundern.

Mike begann leise, den Rhythmus des nächsten Liedes auf der Setlist anzuspielen, als wollte er so den aufkommenden Streit im Keim ersticken. Bereitwillig wechselte James von der schwarz-silbernen E-Gitarre zu einer anderen mit klischeehaftem Flammenmuster. Er war diese sinnlosen Auseinandersetzungen leid. Vor allem, weil ihm die Argumente ausgingen und er allmählich die Hoffnung verlor.

»Du bist armselig! Dass du dich auf diese Frau versteifst, die offensichtlich keinerlei Interesse an dir hat. Dabei bist du ein Frauenschwarm, du solltest dir einfach die Nächste schnappen, dann wirst du diese Besessenheit schnell wieder los«, blaffte Bill ihn ungeachtet des Drummers an.

Mike seufzte leise und legte geräuschvoll seine Sticks beiseite.

»Lasst es gut sein, Jungs«, mischte sich nun die Stimme der Vernunft, Keyboarder Tim, von seinem Posten ein. Er war das eigentliche Clanoberhaupt, wenngleich er es selten raushängen ließ. Er war der älteste und auch der besonnenste von ihnen, erlaubte Bill aber bereitwillig den Anführer spielen, so lange er mit dessen Handeln einverstanden war.

»Wir haben in zwei Stunden ein Konzert, müssen uns alle vorher umziehen und haben nur noch ein paar Minuten, bis uns die Vorband von der Bühne verscheucht. Lasst uns weitermachen, streiten könnt ihr später«, bestätigte nun auch Bassist Charlie, etwas genervt.

Bill kehrte wieder zu seinem Platz am Mikrofon zurück. »Lohnt es sich wirklich, dass wir uns wegen dieser Frau streiten, wenn sie doch gar nichts von dir will?«, setzte er noch hinzu, als Mike zum zweiten Mal den nächsten Song anzählte.

James ließ das so stehen und konzentrierte sich auf die musikalische Kampfansage gegen Frühaufstehen und Termindruck, die später bei ihrem Konzert das Publikum von den Sitzen reißen würde. Der Song kam immer super an. In Limerick hatte die sonst eher zurückhaltende Maja bei diesem Lied getanzt.

Er konnte nicht so einfach hinnehmen, dass er sie nicht wiedersehen würde. Dennoch wusste er insgeheim, dass er es wohl akzeptieren musste. So viele Medien hatten seinen Suchaufruf verbreitet und doch hatte Ray keinen ernstgemeinten Hinweis erhalten. Stattdessen hatten sich mehrere Frauen als Ersatz für Maja angeboten.

Außerdem belastete die Suche offensichtlich das Bandleben, obwohl sie sonst eine unerschütterliche Verbindung zueinander hatten, die nicht einmal die harten Fehlschläge in den ersten Jahren als Band erschüttert hatten. Sie lebten sogar immer noch gemeinsam in einem Haus, wie früher bei ihrer Mutter, obwohl sich jeder Einzelne von ihnen auch ein eigenes Haus hätte leisten können.

Rein vom Blickwinkel seiner Vernunft aus, müsste er seine Suche nach Maja aufgeben, um dem Frieden in der Familie zu sichern. Ohnehin konnte er ja nicht einmal begründen, warum er so fasziniert von ihr war. Vielleicht musste er wirklich loslassen.

Doch das war nicht seine Art. Er hatte immer um das gekämpft, was er begehrte. Einfach aufzugeben passte nicht zu ihm.

Am anderen Ende des Zuschauerraums nahten bereits die Musiker der Vorband, schwer bepackt mit ihren Instrumenten und sichtlich gestresst. Ray hatte die Nachwuchsmusiker aufgrund der Empfehlung eines Musikjournalisten engagiert, obwohl sie bisher kaum Erfahrung mit größeren Hallen hatten. Sie bekamen nun die Chance, sich zu beweisen, und wurden dann möglicherweise als Vorgruppe für die kommende Europatour gebucht.

Deshalb wirkten sie verständlicherweise angespannt. Wahrscheinlich war es das größte Publikum ihrer Karriere, und ihnen blieb nur eine knappe halbe Stunde für die Probe und den Soundcheck. Obendrein würde Bill darauf bestehen, auch den letzten Song zu proben, bevor er die Bühne freimachte. In der Hackordnung stand die Vorgruppe grundsätzlich weiter unten.

Frustriert ließen die Musiker sich auf den Plätzen der dritten Sitzreihe nieder, während Bill den nächsten Song anstimmte. Sie hatten offenbar nicht vor zu streiten – was besser für sie war, da Bill ohnehin schon so gereizt war.

Indessen kam auch Ray in den Zuschauerraum, wahrscheinlich, um den reibungslosen Ablauf des straffen Zeitplans zu kontrollieren.

Doch Ray kam nicht alleine. Hinter ihm schlich eine unsichere Gestalt in Richtung der Bühne.

Maja spürte regelrecht, wie James' Blicke auf sie trafen, obwohl sie selbst auf den Boden blickte. Sie wollte nicht hier sein. Sie wollte zu Hause sein, in ihrer einsamen, leeren Wohnung, einfach allein sein.

James gegenüberzutreten war falsch. Es war zwar höflich und vermutlich war es der einzige Weg, um mit der Situation abzuschließen, doch es fühlte sich falsch an. Sie sollte wieder in ihren Alltag zurückkehren, statt sich weiter mit einem Rockstar zu beschäftigen. Nicht, dass sie aus Versehen noch zum Groupie wurde. In James' Gegenwart war beinahe alles möglich.

Ray – der Manager von Children of an Unknown, wie sie inzwischen wusste – hatte sie vor dem Theater in Empfang genommen und führte sie nun durch den leeren Zuschauerraum, während auf der Bühne die Band ein letztes Mal für das Konzert am Abend probte.

Auf der Bühne stand auch James.

Beim Hereinkommen hatte sie lediglich einen kurzen Blick auf ihn erhascht und das war schon fast zu viel. Er sah gut aus, mit seinen wilden lockigen Haaren im lockeren

Zopf und seiner Gitarre in der Hand. Unter dem kurzärmligen dunkelgrauen Shirt waren seine muskulösen Oberarme nicht zu übersehen und erinnerten sie daran, wie mühelos er sie hochgehoben und gehalten hatte.

Wieso hatte sie früher so sehr auf Frontsänger Bill gestanden? Jetzt verblasste der ebenfalls attraktive Sänger neben James.

Maja und Ray erreichten die Bühne, als die Band gerade ihren letzten Song beendete. Als der Sänger das Mikrofon auf den dafür vorgesehenen Ständer steckte, gab es eine kurze Rückkopplung, und sie hörte einen leisen Fluch des erfahrenen Sängers.

Aufgeschreckt von dem unangenehmen Klang, starrte Maja zu dem Sänger hinüber, bis James mit einem dumpfen Geräusch vor ihr auf dem Boden landete. Er war einfach von der Bühne gesprungen, ohne zu zögern.

»Maja«, flüsterte er heiser und sie konnte nicht anders, als ihn anzusehen.

Er war ernst und sichtlich überrascht. Hatte er denn nicht gewusst, dass sie kam? Einzelne seiner braunen Locken hatten sich bereits aus seinem Zopf gelöst und fielen ihm nun ins Gesicht. Seine graugrünen Augen waren geweitet vor Überraschung und blickten sie durchdringend an. Er stand in voller Größe vor ihr, sodass sie zu ihm aufsehen musste.

»James«, erwiderte sie nervös und ebenso heiser. Merkwürdigerweise fühlte sich dieses Aufeinandertreffen plötzlich gar nicht mehr so falsch an. Vielmehr war es eine Offenbarung.

Nervös strich sie über die Ärmel ihrer hellblauen Bluse. Was sollte sie sagen? Was wollte sie tun? Eigentlich waren ihre Ziele klar: James sollte einsehen, dass zwischen ihnen nichts war, dass sie eine schöne gemeinsame Nacht gehabt hatten und nun getrennte Wege gingen, und dass er kein

Recht hatte, ihr Privatleben ins Licht der Öffentlichkeit zu zerren.

James trat einen Schritt weiter an sie heran, sodass sie seinen ganz eigenen Duft wahrnahm – Leder und ein süßliches Aftershave. Dazu verströmte er diese angenehme Hitze, an der sie sich wärmen konnte.

Plötzlich legten sich seine kräftigen Arme um sie, und er zog sie eng an sich. Es war so gar nicht das, was Maja für dieses Wiedersehen geplant hatte. Sie hatte Distanz wahren wollen, um ihm ruhig und vernünftig zu erklären, dass es nichts mehr zwischen ihnen gab als die Erinnerung an eine wundervolle Nacht. Aber umschlossen von seinen Armen war der Gedanke an Distanz absurd. Sein Gesicht kam näher, und sie spürte seinen Atem auf ihrer Wange, dann auf ihren Lippen.

Sie sollte ihn nicht küssen! Ein Schlussstrich konnte doch nicht mit einem Kuss beginnen!

Aber als seine Lippen endlich ihre berührten, waren alle Einwände egal. Es war, als hätte sie ewig auf diesen Kuss gewartet – eine Erlösung, die den geplanten Schlussstrich unsinnig erscheinen ließ. Sie schlang die Arme um seinen Nacken und zog ihn näher zu sich heran. Ihr wurde ganz heiß, auf eine ungewohnte, aber doch wohltuende Art.

Das geräuschvolle Räuspern von Ray unterbrach den leidenschaftlichen Kuss und Maja zog sich hastig von James zurück. Der jedoch ließ sie nicht los, sondern gewährte ihr lediglich etwas mehr Bewegungsfreiraum. Seinen Arm hielt er weiterhin um ihre Mitte geschlungen.

»Ich denke, ihr habt einiges zu bereden. Am besten nur zu zweit«, erklärte Ray ruhig, ohne die beiden direkt anzusehen.

Alleinsein mit James.

Der Gedanke war gar nicht beruhigend. Die Zweifel in ihr kamen wieder zum Vorschein. Sie hatte gerade schon alle Vernunft und alle ihre guten Vorsätze vergessen, obwohl sie reichlich Zuschauer hatten. Ihr Verstand würde sich wohl kaum besser durchsetzen können, wenn sie erst allein mit ihm war.

Sie sah den Manager hilfesuchend an, aber der wandte sich demonstrativ den restlichen Bandmitgliedern auf der Bühne zu.

James' Griff um ihre Mitte lockerte sich, fast als wollte er sie loslassen. Wahrscheinlich könnte sie sich sogar befreien, wenn sie es wirklich versuchte, doch sie wollte ihm keine Szene vor so vielen Zeugen machen. Allerdings strahlte sein Arm, der um sie lag, mehr aus als nur einen primitiven Besitzanspruch. Es fühlte sich an, als würde er sie so viel tiefer berühren. Ihr war, als hätte sich ein Teil ihrer Bluse unter seiner Berührung in Luft aufgelöst und seine Hände würden auf ihrer nackten Haut liegen.

»Komm mit!« James lockerte seinen Griff weiter und ließ nur eine Hand, groß und stark, auf ihrem Rücken. Eine vertraute Geste, die sie unweigerlich an jenen Abend erinnerte. Schon da hatte es sich so gut angefühlt.

Er schob sie vor sich her, seitlich an der Bühne entlang, bis zu einer Tür am Rande des Zuschauerraums und durch diese hindurch. Beim Verlassen des Saals glaubte Maja, die stechenden Blicke der Band zu spüren. Bildete sie es sich nur ein oder war ihr Erscheinen dort nicht gerade gut angekommen?

In den hellerleuchteten Gängen hinter der Bühne herrschte geschäftiges Treiben. Schwarz gekleidete Techniker eilten umher, angestrengt und konzentriert. Keiner schien überhaupt Notiz von ihnen zu nehmen, dabei wussten sie zweifellos, wer James war. Würden sie später beim Feierabendbier darüber spekulieren, wer die Frau bei ihm war? Oder wussten sie es ohnehin? Es war wohl naheliegend nach James' Suchaktion.

Nach einigen Abzweigungen gingen sie eine schmale Treppe hinauf in einen verlassenen, weißgestrichenen Gang, den rechts und links Türen säumten, hinter denen sich der Beschilderung nach Garderoben verbargen. James öffnete die Tür zu einer davon und schob Maja hinein.

Unsicher trat sie in einen Raum, in den dank eines Fensters mit Milchglasscheibe zumindest etwas Tageslicht fiel. An der Seite stand eine schwarze Ledercouch und neben der Tür befand sich ein klischeehafter Spiegel mit Neonröhren zur Beleuchtung, mit einem Schminktisch davor. Eine ungeöffnete Sporttasche lag auf dem Boden in der Mitte des Raumes. An den Wänden hingen großformatige Fotografien von Theaterinszenierungen und an der geschlossenen Tür lehnte James – ganz entspannt, keine Spur von Nervosität war ihm anzusehen. Er beobachtete sie aus seinen graugrünen Augen, wie ein lauerndes Raubtier seine Beute.

Genauso fühlte Maja sich – wie seine Beute, zittrig und unsicher. Außerdem war ihr kalt, weil sie seine Hitze nicht mehr spürte und sich eigentlich danach sehnte, obwohl sie so fest entschlossen war, ihm Lebewohl zu sagen.

Ihr Fahrer wartete noch vor dem Theater, um sie wieder nach Hause zu bringen, und sie empfand es als unhöflich, ihn länger als nötig warten zu lassen.

War es mit einem Abschied nicht auch wie mit dem Abreißen eines Pflasters? – besser schnell und schmerzlos, als es quälend in die Länge zu ziehen?

»Ich bin froh, dass du gekommen bist«, brach James das Schweigen, bevor Maja sich dazu überwinden konnte.

»Ich wollte eigentlich nicht, aber Ray hat darauf bestanden.« Vermutlich hätte sie mehr Widerstand leisten sollen. Unbedingt sogar, so wie James' Gegenwart sie jetzt bereits verunsicherte.

»Dann muss ich mich wohl bei ihm bedanken.«

Maja dagegen verfluchte den Manager insgeheim. Nun, da sie James gegenüberstand, wusste sie nicht mehr, was sie wirklich tun sollte oder gar warum. »Warum hast du das getan?«, fragte sie gerade heraus. »Diese Sache mit dem Lied?«

James lehnte immer noch an der Tür und beobachtete sie von dort aus, während sie nervös durch den Raum ging. Es war so ungerecht, dass er offenbar gar nicht unsicher war. Dabei hatte sie sich in Gedanken fast zwei volle Tage lang auf dieses Gespräch vorbereitet. Sie sollte nicht so verunsichert sein. Sie sollte ihn selbstbewusst in seine Schranken weisen, unmissverständlich und unnachgiebig.

»Ich wollte dich wiedersehen«, verkündete er mit einem Mal ganz offen und geradezu feierlich, als würde das sein rücksichtsloses Vorgehen und die Missachtung von Majas Privatsphäre rechtfertigen. Bei ihm klang es, als wäre das eine ausreichende und vollkommen plausible Antwort, als bedürfte es keiner weiteren Diskussion, und als müsste alles, was er wollte, geschehen. Vielleicht war es für ihn wirklich normal, dass sein Wille anderen Befehl war und niemand Fragen stellte. Aber Maja gehörte nicht zu seinem Hofstaat und wollte das auch gar nicht.

Ihm gegenüber blieb sie in der Raummitte stehen.

»Warum?« Sie schaffte es sogar, ihm in die Augen zu sehen. Was gut so war, denn er sollte nicht denken, dass er sich irgendwie vor einer Antwort auf diese so wenig eloquente, aber doch zugleich vielschichtige Frage, drücken könnte.

James' sanftes Lächeln erstarb langsam. Schwungvoll stieß er sich plötzlich von der Tür ab und war mit wenigen Schritten bei ihr. Er sah ihr in die Augen, ernst und entschlossen. Obwohl sich in ihrem Bauch eine Mischung aus Sehnsucht und Entsetzen zu einem schweren Klumpen ballte, hielt Maja seinem festen Blick stand.

James legte seine raue Hand an ihre Wange. Sein Daumen lag unter ihrem Kinn, seine Finger waren breit aufgefächert und berühren ihre Wange und ihren Hals.

»Deshalb«, flüsterte er leise. »Weil ich dich jetzt küssen will und weil ich es auch morgen tun will.«

Maja wagte kaum, zu atmen, als er sich konsequent zu ihr herab neigte, bis seine Lippen schon wieder fast die ihren erreichten.

»Und weil ich sicher bin, dass du es auch willst.« Er legte seinen freien Arm erneut fest um ihre Taille und presste seinen Mund auf ihren. Aus dem Klumpen in Majas Bauch schlüpften abertausende Schmetterlinge, und sie schmiegte sich bereitwillig an ihn.

Sein Kuss war zart, viel zurückhaltender als seine Worte es hätten vermuten lassen. In Gedanken sah sie sich schon mit ihm auf der Couch liegen, doch sein Kuss war so keusch, dass selbst ihre konservativen Eltern nichts dagegen hätten sagen können. Abgesehen davon, dass sie nach wie vor noch auf die Traumhochzeit mit einem aufstrebenden Immobilienmakler hofften.

Viel zu schnell und ohne einen Versuch, sie auf die Couch zu werfen, zog er sich wieder zurück. Maja legte beide Hände flach auf seine Brust, unsicher, ob sie ihn jetzt nicht doch endlich von sich stoßen sollte.

Wo waren all ihre vernünftigen Vorsätze hin?

Was sollte das hier werden? Abschiedssex? Damit könnte sie leben, nein, vielmehr schien es das einzig Sinnvolle zu sein.

Stattdessen standen sie hier und sahen einander in die Augen wie ein naives, verliebtes Pärchen.

»Warum bist du einfach gegangen?« In seinen Augen stand ein Schmerz, mit dem sie nicht gerechnet hatte – oder doch nur verletzter, männlicher Stolz?

»Ich wollte uns einen peinlichen Abschied und höfliche Lügen ersparen.«
Aber dieses zweite Treffen und der nahende Abschied waren nicht peinlich, sondern vielmehr qualvoll. Würde sie später, wenn sie allein mit dem fremden Fahrer im Auto saß, heimlich weinen? Warum sollte sie denn weinen? Sie selbst wollte sich doch verabschieden. Keiner zwang sie dazu, es war ganz und gar ihre eigene, freie Entscheidung.
»Von meiner Seite aus hätte es keinen Abschied geben müssen.« In seinen schönen Augen sah sie, dass er das vollkommen ernst meinte.
»Wie stellst du dir das denn vor?« Natürlich hätten sie Abschied nehmen müssen, selbst wenn sie sich zu einem Wiedersehen verabredet hätten. Er war nur auf der Durchreise und würde wohl kaum alles aufgeben, nur um bei ihr in Limerick zu bleiben.
»Du wärst mit mir gekommen«, antwortete er, als wäre das selbstverständlich. Vielleicht war es das in seiner Welt sogar.
Maja starrte ihn fassungslos an, und sah, dass es ihm ernst war. Fast kam sie sich dumm vor, dass sie diesen Gedanken so sehr in Frage stellte, der für ihn scheinbar so einleuchtend war. Aber sie wusste, dass ihr Widerstand gegen diese Vorstellung absolut berechtigt war.
»Ich hätte doch nicht einfach mit dir durchbrennen können! Ich kenne dich kaum und weiß nicht, ob das, was vielleicht zwischen uns ist, auch von Dauer sein wird.«
Es machte keinen Sinn, dass sie nur wegen einiger Schmetterlinge im Bauch und dem erotischen Knistern ihren Job aufgab und mit einem Rockmusiker durchbrannte. Wie lange hatte es gedauert, bis sie mit David zusammengezogen war? Zwei Jahre?
»Wir werden nie wissen, ob das zwischen uns nur ein paar Stunden, Tage oder vielleicht den Rest unseres Lebens

hält. Aber ich habe keine Zeit, dich zu gewöhnlichen Dates auszuführen und mich langsam heranzutasten. Wenn wir uns kennenlernen wollen, musst du mit mir kommen.«
»Das kann doch nicht dein Ernst sein! Ich habe auch einen Job ... und Verpflichtungen.«
James lächelte amüsiert. »Es ist Wochenende, lass uns damit anfangen. Bleib übers Wochenende bei mir und lass uns sehen, wie wir in zwei Tagen über all das denken.«
Maja löste sich empört von ihm. »Ich werde nicht dein Groupie und reise dir durchs ganze Land hinterher! Nicht einmal für ein Wochenende.«
Sie ging auf das Fenster zu. Durch das Milchglas war die echte Welt kaum zu erkennen, so wie ihre eigene Welt, die angesichts der von James geäußerten, verwirrenden Vorschlägen in immer weitere Ferne rückte. Nun, hier, mit ihm, war der Gedanke an das Gerede der Kollegen und Davids Eifersuchtsdramen bizarr. Es schien kaum noch von irgendeiner Bedeutung. Aber selbst, wenn sie das Wochenende bei James bliebe, würde sie spätestens am Montag wieder mit ihrer ganz eigenen Realität konfrontiert werden.
»Ich stehe nicht wirklich auf Groupies.« James folgte ihr langsam. Obwohl sie ihn nicht ansah, spürte sie, wie nah er ihr inzwischen erneut kam. Er stand dicht an ihrem Rücken und könnte sie mit einer kleinen Bewegung schon berühren. Von hinten her legte er seine Hände auf ihre Hüften. »Du sollst als meine Freundin mit mir reisen, nicht hinter mir her.«
Die Vorstellung war so unwirklich – mit ihm reisen? In Hotels wohnen, im Tourbus fahren, ihn nach dem Konzert hinter der Bühne in Empfang nehmen? Das wäre kein Leben für sie. Sie hätte keine sinnvolle Aufgabe, und sie wäre nur ein Anhängsel. Und wer wusste, wie lange er überhaupt Verwendung für sie hatte?

»Ich glaube nicht …«
»Hast du andere Pläne für das Wochenende?«, unterbrach James sie abrupt.
Natürlich hatte sie keinerlei Pläne. Sie könnte vielleicht ihre Mutter besuchen, aber dann müsste sie sich sicher wieder wegen ihrer Trennung von David rechtfertigen. Zu ihren früheren Freunden hatte sie keinen Kontakt mehr, weil es schon lange ein gemeinsamer Freundeskreis von ihr und David gewesen war. Möglicherweise hätte sie nach einer neuen Stelle suchen können, aber das nahm sie sich bereits seit Monaten vor und hatte immer noch keine einzige Bewerbung geschrieben.
»Nein, keine Pläne«, gestand Maja leise und war sich dessen bewusst, dass sie ihm damit einen ungewollten Einblick in die Trostlosigkeit ihres Lebens gewährte.
»Gut.« Er küsste sie zart auf das offene Haar. »Ich habe genug Pläne für uns beide.«
An dem verruchten Klang seiner Worte erkannte sie, dass er damit gerade nicht das nahende Konzert meinte.
»Werden deine Freunde nichts dagegen haben, wenn ich übers Wochenende bleibe?«
Sie spürte an ihrem Rücken, wie James hinter ihr mit den Schultern zuckte. »Ich brauche ihre Erlaubnis nicht, und ich glaube, vorerst sind sie einfach nur froh, dass ich nicht mehr nach dir suche.«
Sie standen eine Weile an dem Fenster, durch das man kaum etwas erkennen konnte und schwiegen. Maja spürte eine seltsame Vertrautheit mit James und die unerwartete Erleichterung, bei ihm zu sein zu können. Und mit einem Mal war sie zu müde, um sich weiter zu wehren, nur weil ihre Vernunft das erforderte.
»Ich muss langsam zu den anderen zurück, das Konzert beginnt bald.«

»Sicher ...« Sie hatte ja gewusst, dass er noch seine Verpflichtungen zu erfüllen hatte. »Soll ich hier warten?«
»Nicht nötig. Ray wird dir ganz bestimmt einen guten Platz für das Konzert organisieren.«

8. KAPITEL

Bills Stimme hallte von den Wänden wider, bevor sie im tosenden Applaus unterging. Es war die dritte und letzte Zugabe gewesen, mehr hatten sie nicht vorbereitet, aber der Ruf nach mehr erschallte von Neuem. Vom Bühnenrand her gab Ray allerdings bereits deutliche Zeichen, zum Ende zu kommen. Jede zusätzliche Zugabe verzögerte den Zeitplan und bedeutete Überstunden für die Mitarbeiter.

Bill warf dennoch einen fragenden Blick in die Runde. Sie hatten untereinander abgestimmt, welche Lieder für eine weitere Zugabe in Frage kamen. Reihum nickten sie ihm zu, auch James, obwohl er sich eigentlich nach Maja sehnte. Er konnte sie sehen, im Rang oberhalb der Bühne. Sie hatte sich auf die Brüstung gelehnt und war trotzdem so weit entfernt. Wenigstens konnte er sie dort besser beobachten als bei dem Konzert in Limerick.

Trotz Rays genervter Miene begann Mike den nächsten, nun endgültig letzten Song anzuzählen. Der Manager wandte sich aufgebracht von der Bühne ab, dabei kannte er sie alle lange genug, um zu wissen, dass sie stets selbst entschieden, wann ein Konzert zu Ende war. Er hatte das schon oft mit ihnen durchgemacht.

Diesmal war es allerdings auch James, der den Schlussapplaus herbeisehnte. Er hatte Maja gerade erst wiedergefunden und wollte es jetzt endlich auskosten, weil er nicht wusste, wie viel Zeit ihm wirklich mit ihr blieb. Er hatte sie mit Müh und Not dazu überredet, das ganze Wochenende zu bleiben, auch wenn ihm das bestimmt nicht reichen würde. Nicht einmal annähernd. Wenn es nach ihm ging, wäre selbst das ganze nächste Jahr nicht genug. Und ein kleiner Teil von ihm sorgte sich immer noch, dass sie doch an diesem Abend fliehen würde. Vielleicht hätte er die

Sicherheitskräfte anweisen sollen, ein Auge auf Maja zu haben. Allerdings war es nicht nur die sexuelle Lust, die ihn so unruhig machte. Gewöhnlich war er am Ende eines Konzerts so geladen von der aufgenommenen Energie, dass er sprichwörtlich Bäume ausreißen konnte – das hatte er sogar vor einigen Jahren aus Neugierde einmal unter Beweis gestellt. Doch diesmal erreichte die Begeisterung des Publikums ihn nicht, stattdessen zehrte er immer noch von der Energie, die er von Maja, bei ihren letzten Küssen, geraubt hatte. Er fühlte sich seltsam ausgehungert, als könnte nur sie ihm das geben, was er brauchte. Als wäre ihre Lebensenergie so viel besser und mächtiger als die von allen anderen.

Das war kein gutes Zeichen. Und ein Geheimnis, das er vorerst besser für sich behielt. Für Bill wäre es erst recht ein Grund dafür, ihm den Umgang mit Maja zu verbieten.

Während Bill eine Liebeserklärung an die Fans und die Musik schmetterte, blickte James über die Bühne zu Maja. Der Zuschauerraum war kaum beleuchtet, aber er meinte, doch erkennen zu können, dass sie ihn ansah. Zumindest war sie noch da. Wäre er nicht so ausgehungert, wäre es kein Problem für ihn gewesen, sie im Halbdunkel bis ins letzte Detail zu sehen. Aber solche Fähigkeiten schwanden, wenn er Hunger hatte, und jetzt gerade hatte er sehr großen Hunger.

»Thank you!«, rief Bill noch einmal ins Publikum, bevor die Bühne in Dunkelheit versank und die Band endgültig die Bühne verließ. Vermutlich hatte Ray inzwischen die Anweisung gegeben, alle Mikrofone stummzuschalten und das Saallicht anzuschalten, damit sie gar keine Chance mehr hatten, noch eine weitere Zugabe zu spielen.

James und Charlie klatschten einander im blickgeschützten Seitenbereich der Bühne ab. »Spitzenkonzert!«, jubelte der sonst so ruhige Bassist freudig.

Ray nickte zustimmend und klopfte Bill anerkennend auf die Schulter. »Hätte kaum besser laufen können.« Bill blickte James mit einer Mischung aus Achtung und Missfallen an. Natürlich war ihm aufgefallen, dass sein Bruder auf Maja fixiert gewesen war. Allerdings wusste es ebenso, dass er dennoch keine Fehler gemacht hatte. Trotzdem würde seine Skepsis gegenüber Maja nicht so schnell verlieren und er machte auch kein Geheimnis daraus. Dazu hatte er keinen Grund. James und Bill waren nicht nur Brüder, sondern genauso Freunde. Natürlich sprachen sie nicht oft miteinander über ihre Gefühle, doch wenn sie es tun wollten, so wären sie füreinander da. Vor allem aber kritisierten sie einander ehrlich. Keiner in der Gruppe behielt seine Ängste und Sorgen für sich.

Sie beglückwünschten sich erneut zu dem gelungenen Auftritt und schlenderten dann davon, um sich in den Garderoben frischzumachen und umzuziehen. Die Anstrengung und die Hitze des Scheinwerferlichts hatten ihnen allen zugesetzt.

Aber James blieb noch kurz bei Ray stehen. »Kannst du nachsehen, wo Maja steckt?«

Der Manager lächelte väterlich wissend. »Ich habe jemanden von der Sicherheitsfirma geschickt, um sie einzusammeln. Wir bringen sie gleich zu dir. Geh ruhig erst mal duschen.«

James musste ebenfalls lächeln. Es war schön, zu sehen, dass zumindest der Manager seine Beziehung nicht in Frage stellte. »Danke, Ray.« Er hoffte, dass der Manager verstand, wie umfassend er das meinte. Schließlich hatte dieser dafür gesorgt, dass Maja zum Konzert gekommen war, und auch die Verbreitung von James' heimlich gepostetem Song hatte Ray mit Sicherheit vorangetrieben.

»Immer gern.« Damit wandte sich mit seiner geschäftsmäßigen Art ab und entfernte sich. Von der Bühne aus kontrollierte er noch, ob der Abbau der Bühnentechnik wie geplant vor sich ging, denn alles musste am nächsten Abend einsatzbereit in Dublin stehen. Daher musste der Abbau sofort beginnen, damit der Transport planmäßig im Laufe der Nacht starten konnte.

James ging in Richtung seiner Garderobe. Außen an der Tür lehnte Bill, der es offensichtlich nun doch nicht mehr so eilig hatte, unter die heiße Dusche und anschließend zu den ungeduldigen Groupies zu kommen.

»Du darfst dich da nicht zu sehr reinsteigern.« Der Sänger sprach leise und ruhig, beinahe einfühlsam, obwohl er kaum nachvollziehen konnte, was James empfand. Aber James wusste, was seinen Bruder nervös machte.

»Ich werde vorsichtig sein«, versicherte er Bill so gelassen wie möglich, weil er eigentlich gerade jetzt keine Ruhe für dieses Gespräch hatte.

»Ich weiß, dass du das versuchen wirst, aber wenn erst einmal Gefühle im Spiel sind, verliert man schnell die Kontrolle. Es ist nicht leicht, Geheimnisse zu haben, wenn man verliebt ist.«

Nicht, dass Bill oder irgendwer sonst aus ihrer Runde wirklich Erfahrung mit solchen Gefühlen hatte. Sie hatten sich nur gegenseitig immer wieder versichert, dass es besser war, sich nicht zu verlieben. Allen romantischen Vampirfilmen zum Trotz hatten doch die wenigsten Frauen Verständnis dafür, wenn ihr Liebster sich von der Lebensenergie anderer Menschen ernährte.

»Ich weiß, was ich tue.« Dabei war das eine der größten Lügen seines Lebens. Er wusste nicht, was er mit Maja vorhatte und was er sich von ihrer Anwesenheit erhoffte. Er folgte einfach einem Impuls und zweifellos auch seinen niederen Instinkten, ohne eine Vorstellung davon, wie das enden sollte. Doch allen Unsicherheiten zum Trotz, wollte er sich nichts von Bill verbieten lassen.

»Du darfst dich nicht verlieben. Hab deinen Spaß mit ihr, lass die Sau raus, aber denk daran, dass es besser bald vorbei sein sollte. Sie darf nicht erfahren, was wir sind.« Erstaunlich widerstandslos trat Bill zur Seite, sodass James nun endlich alleine in seine Garderobe gehen konnte.

In seiner Reisetasche wühlte James nach sauberer Kleidung und Duschgel, bevor er sich auszog und unter die Dusche eilte – er wollte fertig sein, wenn Maja ankam, damit er sie direkt wieder in seine Arme schließen konnte.

Als Maja dann tatsächlich erschien, eskortiert von einem Mitarbeiter der Security, hatte er bereits eine frische Jeans an und frottierte gerade sein nasses Haar. Ihre Eskorte verzog keine Miene, flüchtete aber verdächtig schnell, weil er wohl ahnte, wie privat dieser Moment war.

Das war auch gut so, denn James spürte sofort, wie sein Körper auf Majas Anwesenheit reagierte, wenngleich Maja mit ihrer schwarzen Hose und der hellblauen Bluse ziemlich bieder wirkte. Dennoch sah er ihre vollen Brüste, die sich unter der Bluse abzeichneten, und musste unweigerlich an den von ihr vergessenen BH denken, den er seit einer Woche in seinem Gepäck hatte.

Er ließ das feuchte Handtuch zu Boden fallen und ging mit wirrem Haar und nacktem Oberkörper auf sie zu. In ihren dunklen Augen stand die Überraschung über seinen Aufzug, aber auch die Bewunderung. Als er zielstrebig näherkam, wurden ihre Augen größer und Verunsicherung zeichnete sich auf ihren Zügen ab. Doch sie wich nicht zurück.

»Du warst super«, stammelte sie nervös. Allerdings hatte James keine Verwendung für ihr Lob. Er legte eine Hand besitzergreifend auf Majas runden Po und die zweite in ihren Nacken, bevor er sie kraftvoll an sich zog und seinen Mund fest auf ihren presste. Majas Hände bewegten sich zögernd und sanken dann auf seine Taille. Es war eine hauchzarte Berührung ihrerseits, als wagte sie es nicht, ihn anzufassen.

James drängte seine Zunge in ihren Mund und zog Maja noch enger an sich. Durch ihre Bluse hindurch spürte er ihre weichen Brüste und um seine Mitte herum ihre zittrigen Finger, die ihn festhielten, als wäre er ein rohes Ei. Der kurze Kuss weckte bereits Reaktionen in seinem Unterleib. Durch ihre Hände auf seiner nackten Haut hatte sie unwissend eine Verbindung geschaffen, die es ihm erlaubte, von ihrer pulsierenden Energie zu kosten. Berührungen waren der direkteste Weg, die Energie eines Menschen aufzunehmen.

Er könnte sie sofort dort auf der Ledercouch nehmen oder an die Wand gepresst. Sogar der Schminktisch kam ihm in den Sinn. Aber nichts davon passte zu seinem Versprechen, sie nicht wie ein Groupie zu behandeln.

Indessen drückte seine beginnende Erektion bereits gegen Majas weichen Bauch. Ihre Hände glitten auf seinen Rücken. Er spürte ihre Bereitschaft, sich ihm sofort hinzugeben, es schwang in der süßen Energie mit, die Maja ausstrahlte und es ihm schwer machte, dieser Verlockung zu widerstehen.

Widerwillig unterbrach James seinen wilden Kuss und schnappte nach Luft. »Lass uns ins Hotel fahren. Hier ist es nicht wirklich gemütlich.« Er lächelte sie verführerisch an. »Sonst fürchte ich, sind wir morgen früh noch hier.«

»In Ordnung.« Maja klang heißer und schien sichtlich erregt. Er war versucht, sie sofort wieder zu küssen, aber er beherrschte sich, bevor er doch endgültig die Kontrolle verlor.

Am Bühnenausgang des Theaters warteten bereits drei schwarze Wagen mit Mitarbeitern der Sicherheitsfirma. Ray musste sie gebeten haben, sich bereitzuhalten, obwohl die anderen Bandmitglieder noch mit den Technikern und den Groupies ein wenig feierten. Eine große Party kam diesmal nicht infrage, weil sie am kommenden Vormittag schon zum nächsten Konzert fahren mussten.

Einer der Männer in Schwarz öffnete ihnen prompt die Tür zum Rücksitz eines Mercedes und schloss sie kommentarlos, als sie eingestiegen waren.

»Ins Hotel«, wies James den Mann an, als dieser auf dem Fahrersitz Platz nahm, obwohl sich James sicher war, dass er ohnehin schon ahnte, wohin es gehen sollte. Natürlich würde auch Ray bald wissen, wohin James verschwunden war. Der Manager hatte seine Augen und Ohren überall und überwachte das Umfeld der Band sehr sorgsam. Nicht um sich einzumischen, sondern um auf alle erdenklichen Probleme vorbereitet zu sein.

James sah Maja an, wie unwohl sie sich während der Autofahrt fühlte. Er fasste sanft ihre Hand, um sie zu beruhigen. Allerdings errötete sie nur, und er realisierte, dass er mit dieser Geste die Situation für sie noch unangenehmer gemacht hatte.

»Du musst dir keine Sorgen machen. Ray engagiert nur verschwiegene Leute«, versicherte er, weil er vermutete, dass ihre Verunsicherung daher rührte, dass sie nicht mehr unter sich waren. Sie fühlte sich augenscheinlich unwohl dabei, was ein Außenstehender über sie beide denken könnte. »Wir sind gleich da«, ergänzte er, in der Hoffnung, es möge sie beruhigen.

Ray hatte diesmal ein Hotel in unmittelbarer Nähe zum Konzertort gewählt, um die Fahrtzeiten zu reduzieren, weil der Zeitplan an diesem Wochenende ohnehin schon ziemlich straff war.

Glücklicherweise war um diese Zeit kaum Verkehr, sodass der Wagen bereits nach zehn Minuten vor einem Fünf-Sterne-Hotel am Lough Atalia hielt. Es hatte eine sowohl praktische als auch wunderschöne Lage, denn es befand sich einerseits mitten in der Stadt, andererseits direkt an dem großen, ruhigen See. Nach außen präsentierte sich das Gebäude durch eine mehrfarbig beleuchtete Glasfront, die den Blick in ein einladend aussehendes Restaurant und eine modern eingerichtete Lobby freigab.

Maja folgte James schweigend aus dem schwarzen Wagen, vorbei an bereitstehenden Taxen zum Haupteingang des schicken Design-Hotels. Ihr Blick streifte die wartenden Fahrzeuge, als wären sie ihre letzte Chance, noch irgendwie zu fliehen. Sie hatte sich in den letzten Minuten während der Fahrt viele Gedanken über Ausreden gemacht, ohne eine wirklich überzeugende zu finden. Sie hatte keine Wechselkleider mitgebracht, nicht einmal ihre Zahnbürste. Sie hatte auch niemanden, der bei ihr zu Hause nach ihren Zimmerpflanzen sah. Allerdings beherbergte ihre Wohnung lediglich ein halbtotes Basilikumpflänzchen.

James zog sie an der Hand weiter. Bestimmt würde er keinen dieser Gründe, die sie für die Notwendigkeit ihrer Rückkehr anführen könnte, akzeptieren. Wie auch, wenn sie selbst es nicht tat? Außerdem wollte sie gar nicht gehen, wenngleich ein Stimmchen in ihrem Kopf immer wieder verwirrende Fragen stellte, auf die sie keine Antwort hatte: Wo soll das hinführen? Glaubst du etwa, er lässt dich am Sonntag einfach gehen? Willst du den Rest deines Lebens mit ihm durch die Weltgeschichte fahren?

Allerdings flüsterte auch eine ruhige, entspannte Stimme: Was hast du zu verlieren?

Berechtigte Frage. Der Respekt ihrer Kollegen war sowieso längst dahin, David war sauer, ihre Familie zweifelte ihre Entscheidungen an – nur eines blieb am Ende übrig, was sie jetzt noch verlieren könnte, und das war James.

Die Rezeptionistin hinter einer glänzend polierten Theke händigte James eine silberne Schlüsselkarte aus. »Wir wünschen einen angenehmen Aufenthalt, Mister Crawford«, flötete die junge Frau mit den platinblonden Haaren. Sie hatte einen hochroten Kopf – zweifellos hatte sie James erkannt.

Was sie wohl über Maja dachte?

»Danke«, erwiderte er geschäftsmäßig und zog Maja weiter zum Fahrstuhl. Dort gestellte sich ein Mitarbeiter der Sicherheitsfirma zu ihnen. Er musste in der Lobby auf ihre Ankunft gewartet haben. Musste die Band wirklich so gründlich bewacht werden? Gab es so viele Gefahren für eine Rockband? Oder war es eher eine Überwachung, um ihr Leben in geordnete Bahnen zu lenken?

Der schweigsame und erstaunlich kleine Bodyguard stieg mit ihnen in den Fahrstuhl. Vielleicht sollte Maja darüber froh sein, denn in James' Blick sah sie, dass er sich bis jetzt nur zurückhielt, weil sie einen Zuschauer hatten. Aber selbst, wenn sie unter sich gewesen wären, hätte Maja versucht, ihn hier auf etwas Abstand zu halten. Sie wollte nicht von unbeteiligten Hotelgästen im Aufzug beim Sex mit einem Rockstar ertappt werden.

Der stille Begleiter führte sie über einen langen Gang mit dickem Teppichboden, bis zu einer großen weißen Tür. James öffnete mit seiner Schlüsselkarte und schob Maja hinein. »Gute Nacht«, rief er dem todernsten Bodyguard grinsend zu.

Maja war nicht ganz so überschwänglich. Sie lächelte den Mann nur kurz an, weil er spätestens jetzt wissen musste, was James mit ihr vorhatte. Ihr war es unangenehm, dass ein Fremder so genau wusste, wo und mit wem sie die

Nacht verbrachte. Aber für James und den Bodyguard war es vermutlich Normalität.

Als die Tür endlich zufiel, atmete Maja erleichtert auf und sah sich in der Suite um. Gegenüber der Tür gewährte eine große Glasfront freie Sicht auf den Lough Atalia, in dessen schwarzer Oberfläche sich die letzten Lichter der kleinen Skyline von Galway spiegelten.

Fasziniert ging sie auf das Fenster zu, vorbei an einem kitschig goldfarben bezogenen Kingsize-Bett und einer hellen Sitzgarnitur mit lächerlich vielen Kissen. Die Aussicht war beeindruckend und der See schien umso mehr zu strahlen, als James das Licht im Zimmer ausschaltete.

Sie hörte seine Schritte auf dem dicken schwarzen Teppichboden nicht, aber sie sah sein Spiegelbild im Fenster größer werden. Im Gehen streifte er sein Shirt ab, und es fiel mit einem leisen Geräusch zu Boden.

Maja drehte sich überrascht zu ihm um. Obwohl sie ihn nun schon zum dritten Mal halbnackt sah, konnte sie den Blick kaum abwenden. Sein wirres gelocktes Haar, die breite, muskulöse Brust und die kraftvollen Oberarme fesselten ihre Blicke. Sie hätte sich nie träumen lassen, dass das Äußere eines Mannes einmal eine solche Wirkung auf sie haben könnte.

»Hast du es eilig?«, stammelte sie nervös, als James sie mit dem Rücken gegen das kühle Glas drückte, sodass sie nun zwischen seiner Hitze und der Kälte des Fensters einfangen war.

»Allerdings, sonst explodiere ich noch.« Er küsste sie leidenschaftlich und begann zugleich, ihre langweilige Bluse aus dem Hosenbund zu zupfen. Seine rauen Hände wanderten unter der Bluse über ihrer nackten Haut aufwärts. Bereitwillig schmiegte sie sich an ihn und legte den Kopf in den Nacken, um seinen drängenden Kuss zu erwidern.

Dieser Kuss brachte sie dazu, endgültig alle vernünftigen Gedanken zu verdrängen. Sie schlang die Arme um seinen Nacken und zog ihn näher zu sich. Seine Hände wanderten noch weiter nach oben, bis sie den BH erreichten. Zärtlich, aber dennoch besitzergreifend, massierte er ihre Brüste, deren Knospen sich erregt unter seiner Berührung aufrichteten. Unwillkürlich bog sie sich ihm entgegen.

Langsam bewegte James sich auf das verlockende, riesige Bett zu und zog Maja mit sich. Gleichzeitig wanderte eine Hand auf ihren Rücken und öffnete mühelos ihren BH. Bereitwillig fasste sie selbst den Saum ihrer Bluse und zog sie sich über den Kopf. Einen Moment später fiel auch ihr BH zu Boden, und sie stand halbnackt vor ihm.

James honorierte diesen Umstand mit einem zufriedenen Knurren, als er die Arme fest um sie schlang. Maja legte ihrerseits vorsichtig die Hände auf seine Brust. Eine Welle des Verlangens durchflutete sie. Ihre Finger krallten sich wie von selbst in seine Haut, als sie sich auf die Zehenspitzen stellte, um ihn zu küssen.

An ihrem Bauch spürte sie seine wachsende Erektion, die ihr vor Augen führte, wonach sie sich sehnte. Geradezu verzweifelt presste sie sich an ihn. Eine Hand legte er auf ihren Po und zwang so ihren hungrigen Unterleib noch enger an sich.

Er drehte sich mit ihr in den Armen um und dirigierte sie, sich auf das Bett zu legen. Er blieb indessen vor dem Bett stehen, wo sie ihn nur als dunklen Schatten sehen konnte. Das Geräusch des Reißverschlusses verriet ihr dennoch, dass er sich seiner Hose entledigte. Der Gedanke, dass er nun vermutlich vollkommen nackt vor dem Bett stand, ließ es heiß und feucht zwischen ihren Schenkeln werden, sodass sie diese reflexartig zusammenpresste. Dabei hatte sie eigentlich keinen Grund, sich für ihre Lust zu schämen oder diese auch nur irgendwie zu verstecken. Sie rutschte unruhig hin und her. Sie sehnte sich nach seinen Küssen, seiner Hitze und seiner Berührung, wollte ihn zu sich herabzerren, wollte aber zugleich nicht verzweifelt wirken – vor allem wollte sie ihm nicht offenbaren, wie sehr sie ihn begehrte, obwohl sie versucht hatte, ihn abzuweisen.

Endlich gab die Matratze neben ihr nach und sie fühlte seine Wärme, während seine Hände sich zielstrebig an ihrer Hose zu schaffen machten. Im Gegensatz zu ihr schien er nicht nervös zu sein. Er brauchte nur Sekunden, um sie aus dem Stoff zu befreien. Als Nächstes hakte er seine Finger seitlich in ihren Slip ein und streifte ihr diesen ebenfalls ab.

Entschlossen schob James sich zwischen ihre Schenkel, sodass sie seine Erektion bereits an ihrer Scham spürte, als er sich weit über ihr ausstreckte. Seine weichen Lippen berührten den unteren Rand ihrer linken Brust und zogen von dort eine Spur aus behutsamen Küssen über ihre Haut. Schließlich schlossen sich seine feuchten Lippen um ihre gereizte Brustwarze. Er saugte gierig und fest daran, sodass Maja lustvoll aufstöhnte.

Viel zu schnell richtete er sich zufrieden wieder auf, und sie hörte das verräterische Knistern einer Kondomverpackung. Als er sich gleich darauf auf sie niederließ, spürte sie bereits, wie er sich in Position brachte. Mit einem unerwartet kräftigen Stoß drang er tief in sie ein, sodass sie einen überraschten Laut von sich gab und ihm zugleich ihr Becken entgegen hob. James stützte sich mit einem Arm neben ihrem Kopf ab und legte die freie Hand erneut um ihre Brust. Seine fordernden Berührungen schickten heiße Blitze tief in Majas Unterleib. Immer wieder stieß er kraftvoll in sie. Ihr Innerstes zog sich um sein hartes Glied, das in ihr pulsierte, zusammen, als wollte sie ihn so noch viel tiefer in sich hineinziehen. Ein vorsichtiges Zupfen seiner Finger an ihrem Nippel brachte Maja dazu, sich ihm erneut entgegen zu heben. Dann glitt er für einen Moment aus ihr heraus.

»James«, hauchte sie ihm sehnsüchtig in sein Ohr, und das mit einem Verlangen, dass sie nie von sich selbst erwartet hätte. Sie wollte ihn jetzt ganz, ohne jede Zurückhaltung, nicht langsam und behutsam. Sie sehnte sich nach ihm, urtümlich und animalisch – und erschrak fast bei diesem Gedanken.

»Ja, Kleines?« Sein Mund kam näher, war nur einen Fingerbreit von ihrem entfernt, und seine Finger zwirbelten ihre Brustwarzen, wodurch sie so abgelenkt war, dass sie unmöglich antworten konnte. Mit einem einzigen Stoß drang er nun, so tief er konnte, in sie ein und steigerte sein Tempo. Er wurde immer schneller. Leidenschaftlich schlang sie ihre Schenkel um seine Hüften.

Mit jedem seiner ungeduldigen Stöße baute sich etwas in ihr auf, etwas, das aus ihr herausbrechen wollte und doch immer noch nicht ganz stark genug war. Sie kam ihm bei jedem neuen Eindringen entgegen und hielt sich verzweifelt an seinen breiten Schultern fest. Wieder ein zarter Kuss und zugleich erneut ein Kniff in ihre Brust, die schon so gereizt war. Ein weiterer Stoß, diesmal sogar tiefer, als sie es für möglich gehalten hätte, und doch immer noch nicht genug, um sie endlich zu erlösen.

»Gleich«, flüsterte er an ihren Lippen, als wüsste er genau, wie kurz sie vor dem Höhepunkt stand und welcher Sturm in ihr tobte. Gerade seine dominante Stimme, als wollte er ihren Orgasmus kontrollieren, führte dazu, dass sich ihr Innerstes immer weiter zusammenzog.

Noch mehr harte Bewegungen folgten und Maja stöhnte leise, direkt an seinen Lippen. Wie zur Belohnung küsste James sie unerträglich langsam und zärtlich. Seine Zunge glitt zwischen ihre Lippen und wand sich im selben, sich steigernden Rhythmus wie sein hartes Glied.

Er gab ihren Mund frei. »Ja ... jetzt!«, befahl er regelrecht und befreite damit endlich ihre angestaute Lust.

Ihr Körper zuckte unkontrolliert unter einem Höhepunkt, der so lange auf sich hatte warten lassen und von seinen harten Stößen weiter angetrieben wurde. Sie klammerte sich an ihn und keuchte fassungslos. Ihr Innerstes pulsierte, zog sich abwechselnd um ihn zusammen und ließ wieder locker. Das hielt James auch nicht mehr lange aus. Mit einem letzten kräftigen Stoß glitt er in sie hinein, hielt inne und kam in ihr.

Obwohl er noch in ihr zuckte, sank er über sie und bedeckte ihren Mund sofort mit seinem. Trotz seines unsteten Atems schob er erneut seine Zungenspitze zwischen ihre Lippen.

Auch Majas Puls raste immer noch und sie spürte, wie ihr Innerstes weiterhin seine Männlichkeit liebkoste. Es fühlte sich so an, als könnte sie sich gar nicht mehr beruhigen. Nie zuvor hatte sie ein Höhepunkt so lange im Griff gehabt, und sie hatte das Gefühl, als wollte auch James jede Sekunde davon genießen. Überall, wo ihre Körper einander berührten, prickelte ihre Haut.

Sie fühlte sich atemlos und so erschöpft, dass sie ihn kaum festhalten konnte, als sie endlich zur Ruhe kam. Trotzdem hatte sie immer noch das Bedürfnis, sich an ihm festzuhalten, als bedeutete es den Weltuntergang, wenn er sich nur ein paar Zentimeter entfernte.

»Muss ich dich jetzt fesseln, damit du nicht erneut abhaust?«, flüsterte er mit rauer Stimme, bevor er wie zu Untermalung eine Hand um ihr rechtes Handgelenk schloss.

»Nein,« flüsterte sie. »Ich bleibe hier, versprochen.«

In diesem Bett, eng mit ihm verbunden, schien es ihr kaum vorstellbar, ihn jemals wieder zu verlassen. Die vielen Gründe für eine schnelle Heimkehr, die sie vorher noch für so vernünftig gehalten hatte, erschienen unsinnig und falsch, jetzt so wie sie ihn in sich spürte – nicht so, als wäre er ein Teil von ihr, sondern vielmehr ihr perfektes Gegenstück.

9. KAPITEL

Maja fühlte den stechenden Blick von Frontsänger Bill, obwohl er in einer anderen Sitzgruppe saß und sie ihn nicht zu sehen vermochte. James hatte sie den anderen Bandmitgliedern vor der Abfahrt im Tourbus vorgestellt und sofort hatte sie die Skepsis in den Augen der anderen Musiker gesehen. Allein Manager Ray schien ihr gegenüber aufgeschlossen. James allerdings ignorierte die Blicke seiner Freunde geflissentlich. Er hatte sich mit Maja in einer Vierersitzgruppe mit Tisch niedergelassen und störte sich nicht daran, dass keiner seiner Freunde bei ihnen saß. Diese hatten sich auf zwei andere Sitzgruppen verteilt. In einer letzten Sitzgruppe saß Ray allein mit seinem Laptop und schien hochkonzentriert.

Der Tourbus war weniger luxuriös, als Maja es erwartet hatte – keine Bar, kein riesiger Fernseher oder Ähnliches. Lediglich bequeme Sitze, großzügig angeordnet in Vierergruppen mit Tischen, Jalousien an den Fenstern, kleine Schlafkojen im hinteren Bereich und ein Kühlschrank mit Erfrischungsgetränken. Die Musiker beschäftigten sich mit Tablets oder sahen einfach aus dem Fenster. Sie brauchten die Zeit zum Entspannen sicher dringend, weil sie noch am selben Abend in Dublin auf der Bühne stehen sollten.

»Erzähl mir von dir«, bat James, der dicht neben ihr saß, plötzlich. »Du hast gestern gesagt, ich wüsste nichts über dich, und damit hast du vollkommen recht. Das würde ich gerne ändern.«

Maja starrte ihn perplex an. Wollte er jetzt wirklich Smalltalk mit ihr machen, wie bei einem ersten Date? »Was denn?«, hakte sie irritiert nach, schließlich konnte sie ihm schlecht ihre ganze Lebensgeschichte erzählen, zumal sie besonders über den Teil mit David gar nicht sprechen wollte. Als würde es etwas ändern, wenn sie einfach nicht darüber sprach ...

»Womit verdienst du deinen Lebensunterhalt?«

Maja errötete, obwohl sie sich sonst nicht für ihre Arbeit schämte, doch gegenüber James' Leben erschien es ihr so fürchterlich langweilig. »Ich bin Assistentin in einem Maklerbüro. Nichts besonders Aufregendes.«

James sah sie nachdenklich an, während sich seine Hand zärtlich um ihr Knie legte. »Macht es dir Spaß?«

Wann hatte sie das letzte Mal an ihrer Arbeit Spaß gehabt, mit Kollegen gelacht oder sich über einen Erfolg gefreut? Seit ihrer Trennung von David war der Büroalltag eher eine graue Tristesse.

»Es ist in Ordnung.«

James sah sie skeptisch an. »Du sprühst nicht gerade vor Begeisterung für diesen Job.«

Maja zuckte mit den Schultern. »Es ist eben Arbeit.« Natürlich empfand James größere Leidenschaft für seine Arbeit, aber es konnte nun mal nicht jeder ein Rockstar sein. Hatten nicht die meisten Menschen ein eher zweckmäßiges Verhältnis zu ihrer Arbeit?

»Vielleicht solltest du dir einen anderen Job suchen, wenn du nicht glücklich bist.«

Er sprach ihr aus der Seele, aber das sollte er lieber nicht wissen. Es würde ihn nur in seiner Hoffnung auf eine längere Beziehung mit ihr bestärken und diese Hoffnung sollte er sich besser schnell aus dem Kopf schlagen.

»Irgendwann mache ich das«, bestätigte sie zurückhaltend und wandte den Blick ab.

»Warum nicht jetzt? Was hält dich dort? Bist du mit den Kollegen gut befreundet? Oder gibt es da einen Mann?« Aus seinen letzten Worten hörte sie eine gewisse Eifersucht heraus, obwohl er darauf nur wegen ein oder zwei leidenschaftlicher Nächte nun wirklich kein Recht hatte. Trotzdem kribbelte es warm in ihrem Bauch.

Was James wohl davon hielt, wenn sie ihm von David erzählte?

»Nein, nichts dergleichen. Aber ich bin einfach kein großer Fan von Veränderungen.« Dennoch wusste sie, dass es höchste Zeit dafür war. Ihre Trennung von David und die neue Wohnung konnten nur der Anfang sein. Sie musste sich auch von ihrem Job trennen.

»An Veränderungen kann man sich gewöhnen. Ich schlafe mehr in Hotelzimmern als in meinem eigenen Bett, aber ich komme gut damit klar.«

Maja nestelte nervös mit den Fingern an dem viel zu großen T-Shirt herum, das sie sich morgens von James geliehen hatte, weil sie keine Wechselkleider zu ihrem vermeintlich kurzen Treffen mit ihm mitgebracht hatte.

»Denkst du wirklich, dass du in diesem Leben Platz für eine dauerhafte Beziehung hast?«

James Antwort kam entschlossen und ohne ein Zögern. »Ja, da bin ich mir ganz sicher. Dafür gibt es immer einen Weg, man muss es nur versuchen.«

Majas Finger krampften sich erneut in den schwarzen Stoff, der ihr so deutlich bewusst machte, dass ein kleiner Teil von ihr hoffte, er habe recht. »Hattest du schon einmal eine längere Beziehung?«

Im Grunde ahnte sie die Antwort bereits, schließlich verfolgte sie den Werdegang der Band seit Jahren. Da hätte sie sicher erfahren, wenn er einmal eine Lebensgefährtin gehabt hätte. Wie auch? Die Musik stand an erster Stelle.

»Nein«, gab James nach einem Moment des Schweigens zu. »Aber vor dir habe ich noch nie eine Frau getroffen, mit der ich so etwas wie eine Beziehung führen wollte.«

Wieder dieses Kribbeln, weil er andeutete, sie könnte etwas Besonderes sein. Selbst bei David hatte sie oft den

Eindruck gehabt, dass er sie einfach als Gegebenheit betrachtete – erst seit der Trennung kämpfte er um sie und das nicht gerade auf eine romantische Art.

»Warum ausgerechnet ich?«

James fasste nun sanft ihre Hand und befreite ihre Finger von dem zerknüllten Stoff. »Ich weiß es nicht, es ist ein Gefühl.«

Sie spürte seinen durchdringenden Blick und sah zögernd zu ihm auf. Seine dunklen Augen waren fest auf sie gerichtet. Unerwartet einfühlsam sah er sie an, als wüsste er, wie schwer sie sich damit tat, ihm zu glauben. Dabei konnte er unmöglich ahnen, wie schwer ihr eine vernünftige Ablehnung seiner Worte fiel.

»Aber es ist ein starkes Gefühl«, setzte er leise hinzu. Wie zur Untermauerung seiner geflüsterten Worte küsste er sie zärtlich und in dieser Umgebung unerwartet lange. »Ich weiß, du glaubst nicht, dass ich eine feste Beziehung führen kann, aber du solltest mir eine Chance geben, dir zu zeigen, wie ich wirklich bin.«

Maja seufzte leise. Sie hatte das schonmal gehört. David hatte ihr auch versichert, dass er ganz anders sein konnte, wenn sie ihm eine zweite Chance gab. Der Unterschied war allerdings, dass sie ihn damals schon vier Jahre gekannt hatte und es besser wusste. James kannte sie nur ein paar Tage, deshalb hatte sie kein Recht, über ihn zu urteilen, denn das meiste, was sie über ihn wusste, basierte auf Gerüchten und Presseberichten. Er hatte eine faire Chance verdient.

Sie umfasste mit ihrer Hand die seine und lehnte sich in dem bequemen Sitz zurück. »Ich bin jetzt hier, und ich gebe dir die Chance.« Die Entschlossenheit in ihrer Stimme überraschte Maja selbst, schließlich tat sie sich sonst so schwer, ihre Gefühle für ihn zu verstehen.

»Uns«, widersprach James leise. »Du musst uns eine Chance geben.« Er lächelte sie voller Zuversicht an und Maja lächelte verlegen zurück. *Uns* klang so bedeutsam, so tiefgehend, viel zu viel für die kurze Zeit, die sie bisher mit ihm verbracht hatte, und die Art, wie sie diese Zeit verbracht hatten. Dieses Gespräch war das erste Mal, dass sie und James versuchten, einander auf persönlicher Ebene kennenzulernen.

Sie beobachtete sein Profil, während er aus dem Fenster sah und die Landschaft an ihnen vorbeizog. Unablässig hielt er ihre Hand, als wäre es das Selbstverständlichste auf der Welt. Obwohl diese Berührung weiterhin ungewohnt war, fühlte Maja sich plötzlich sicher und zu Hause in dieser fremden Umgebung.

Maja wurde von Ray in den Zuschauerraum geführt, und James lächelte. Es war bereits Nachmittag gewesen, als sie in der Konzerthalle in Dublin eintrafen. Bühne und Technik waren fertig aufgebaut und die Vorband schon beim Soundcheck. Die jungen Musiker hatten schnell dazugelernt, nachdem sie am Vorabend um einen großen Teil ihrer Probenzeit gebracht worden waren. Sie waren diesmal schon einige Stunden vor Children of an Unknown eingetroffen und hatten die Zeit genutzt. Mit dieser Einstellung standen ihre Chancen gut, dass Ray ihnen noch weitere Auftritte anbot.

Auch Bill nickte dem Sänger der Vorband anerkennend zu, während sie am Rand der Bühne warteten. Trotz des engen Zeitplans hatten sie keinen Grund, die Nachwuchsmusiker von der Bühne zu jagen. Diesmal hatten sie bequeme zwei Stunden zur Vorbereitung auf den Auftritt und würden diese Zeit nicht einmal ansatzweise benötigen, schließlich hatten sie erst gestern zusammen gespielt.

James lehnte sich gerade an eine der silbernen Trägerkonstruktionen der Bühnentechnik, als Bill ihn unsanft am Oberarm fasste und in einen der Gänge zum Backstagebereich zerrte.

»Wie lange soll das noch so gehen?«, blaffte er heraus, sobald sie außer Sicht- und Hörweite der Techniker waren. Obwohl Bill sich nicht gerade präzise ausdrückte, wusste James doch, dass der Sänger sich auf Majas Anwesenheit bezog. Er hatte längst geahnt, dass sein großer Bruder nur auf eine Gelegenheit für seine Standpauke wartete. Es war nur logisch. James hatte Bill und die anderen nicht vorgewarnt, sondern war am Morgen einfach zusammen mit Maja in den Tourbus gestiegen. Natürlich hatten seine Brüder sich bei der Begrüßung von ihrer höflichen Seite gezeigt, aber besonders Bill hatte seinen Unmut kaum verbergen können. Das dürfte auch Maja aufgefallen sein.

»So lange es funktioniert«, antwortete James mit einer Selbstverständlichkeit, die Bill vermutlich noch mehr aufregte.

Der Sänger gab ein verächtliches »Pfff« von sich. »Also so lange, bis uns die Dorfbewohner mit brennenden Fackeln und Mistgabeln jagen?«

James zog skeptisch die Augenbraue hoch. »Sind wir plötzlich im Mittelalter?« Er zwang sich, nicht zu lachen, obwohl ihm angesichts dieses Bildes durchaus danach war, aber es hätte wohl kaum dazu beigetragen, die Situation zu entspannen.

»Wenn es um Vampire geht, werden die Menschen schnell zu mittelalterlichen Primitivlingen.« Bill meinte es ernst, das sah James ihm an.

»Wir sind keine Vampire«, erinnerte Tims ruhige Stimme plötzlich von der Seite. Beide sahen sie den ältesten Bruder, das stille Familienoberhaupt, überrascht an, weil ihnen nicht klar gewesen war, dass er zuhörte. »Wir vergleichen uns gerne mit Vampiren, aber wir haben doch fast nichts mit ihnen gemeinsam. Wir beißen niemandem in den Hals, wir trinken kein Blut, wir zerfallen im Sonnenlicht nicht zu Staub, und wir fürchten uns noch nicht einmal vor Knoblauch.«

James nickte eifrig, weil er die Hoffnung hatte, dass Tim diesmal auf seiner Seite war. Obwohl er sich so gerne als Anführer gab, hörte Bill am Ende doch meist auf den Ältesten.

Noch allerdings wirkte Bill nicht überzeugt.»Trotzdem nascht unser Liebeskranker hier sicher gerne von seiner Eroberung und wird sich damit irgendwann verraten.«

Langsam trat ihr großer Bruder näher und musterte sie beide.»So lange er sich nicht dumm anstellt, wird sie nichts ahnen. Was sollte denn ihr Misstrauen wecken? Es gibt ja keine Bissspuren oder Ähnliches. Er darf sich eben nur nicht zu oft an ihr vergreifen, damit sie sich nicht fragt, warum sie sich so oft so ausgelaugt fühlt. Wobei ich sehr bezweifle, dass sie die Schuld dann bei uns sucht, eher wird sie es wohl zunächst auf den ungewohnten Stress schieben.«

Bill nickte widerwillig, war aber offenbar doch fürs Erste besänftigt.

»Danke«, raunte James seinem großen Bruder erleichtert zu, sobald der Sänger Richtung Bühne wanderte, vermutlich, um seinen Frust an der ahnungslosen Vorband auszulassen.

Tim legte ihm schwer eine Hand auf die Schulter und James blickte in die ernsten bernsteinfarbenen Augen seines Bruders – im Halbdunkel hatten sie wieder ihre natürliche Farbe angenommen, wohingegen sich im Tageslicht stets ein grauer Schleier darüberlegte. Die Veränderung ihrer Augenfarben, je nach Lichtverhältnis und Sättigungsgrad, war eines der verräterischsten Zeichen ihrer Natur. Aber bisher hatte es noch nie jemanden misstrauisch gemacht.

Die Menschen suchten sich ganz selbstverständlich irgendwelche logischen Erklärungen für Dinge, die über ihren Horizont hinausgingen. Niemand hielt sie wegen ihrer Augen für Monster, manch einer wunderte sich nur über die Lichtverhältnisse oder machte ihnen Komplimente wegen der vermeintlichen Effektkontaktlinsen.

Der ernste Ausdruck in Tims Augen warnte James, dass das unangenehme Gespräch noch nicht ausgestanden war, auch wenn der große Bruder gerade noch auf seiner Seite gewesen war.

»Du musst trotzdem auf der Hut sein, James«, begann er ernst. »Wir wissen nicht, wie sich eine längere Partnerschaft mit einem von uns auswirkt, auf dich oder auch auf Maja. Vielleicht ist es zu viel für einen Menschen, wenn er regelmäßig von einem von uns ausgesaugt wird.«

Etwas entsetzt über diesen Gedanken schluckte James. Der Gedanke war ihm tatsächlich noch nicht gekommen. Bisher hatte sich keiner von ihnen längere Zeit nur von einem Menschen ernährt, im Gegenteil, sie hatten sich bewusst auf größere Menschenansammlungen verlegt. Hin und wieder bedienten sie sich bei einzelnen Groupies, aber das waren immer einmalige Mahlzeiten gewesen.

»Ich werde vorsichtig sein«, versicherte James leise, verzichtete jedoch darauf zu gestehen, dass er beim letzten Konzert nicht in der Lage gewesen war, seine Energie von der großen Masse zu beziehen. Es war ein beunruhigender Gedanke, dass er möglicherweise abhängig von Maja war, aber es war zu früh, seinen Bruder damit zu belasten. Vielleicht hatte es daran gelegen, dass er zu sehr von Majas Anwesenheit gefesselt gewesen war. Ein einmaliges Ereignis war noch kein Grund zur Sorge.

Viel mehr beunruhigte ihn die Vorstellung, dass er Maja schaden könnte. Es war daher dringend nötig, dass er sich wieder auf die Energie der Zuschauermassen verlegte, zum

Schutz seiner ahnungslosen Freundin. Das war richtig, auch wenn ihre Energie so viel süßer war als alles, was er sonst kannte.

Im Zuschauerraum verfolgte Maja den Soundcheck der Vorband, dann den der Band und zum Schluss die zahlreichen Tests und Anpassungen der Techniker. Erst in letzter Sekunde waren diese fertig, ehe die ersten Groupies in den Saal stürmten.

Dank Ray hatte Maja einen bequemen Sitzplatz auf einer Empore, von der aus sie eine gute Sicht auf die Bühne hatte und sich zugleich aus dem größten Gedränge heraushalten konnte. Es war ja nicht, dass sie keinen Spaß an der Konzertatmosphäre gehabt hätte, am Tanzen und Mitsingen, doch sie fürchtete irrationalerweise, dass sie wiedererkannt werden könnte, weil irgendein Groupie sie auch am Vorabend gesehen hatte. Sie war noch nicht bereit, sich Fragen über James oder ihre Beziehung zu ihm zu stellen, weil sie sich ja ihre eigenen Fragen nicht beantworten konnte. Die Sitzplätze auf der Empore waren so unbeliebt, dass die meisten Platzkarteninhaber doch lieber auf einen Stehplatz in der Saalmitte wechselten. Die Zuschauer wollten Party machen, nicht stillsitzen wie im Theater.

Es war ein merkwürdiges Gefühl, eine von tausend Zuschauern zu sein und doch nicht richtig dazuzugehören. Sie wusste in diesem Moment nicht, ob es ihr lieber wäre, wieder nur eine von denjenigen zu sein, die durch dieses Konzert für einen Abend dem Alltag entflohen, oder ob sie ihre neue Rolle vielleicht doch mochte.

Mit James zu gehen war befremdlich, aber irgendwie auch beruhigend. Sie war froh, nicht zu Hause zu sein – in einer noch fast fremden Wohnung – und sich endlich frei von David zu wissen. Im Moment war er schlicht so weit entfernt, dass er ihr das Leben gar nicht schwer machen konnte. Das wäre zweifellos ein Vorteil davon, wenn sie wirklich James' verrückte Idee in die Tat umsetzen und mit ihm herumreisen würde.

Entspannt lehnte sie sich zurück und beobachtete, wie der Saal sich füllte, wie die Vorband unter verhaltenem Beifall auf die Bühne trat und ihr Bestes gab, und schließlich wie James, Bill und die anderen ans Werk gingen.

Diesmal sah sie das Konzert mit anderen Augen. James, der für sie früher eher eine Figur im Hintergrund gewesen war, schien nun die Bühne zu dominieren. Er wirkte kraftvoll und hatte eine einnehmende Ausstrahlung, sodass sie Frontsänger Bill, trotz seiner gewaltigen Stimme, kaum noch Beachtung schenkte.

Hatte sie James immer nur übersehen? Oder hatte er sich verändert, sodass er nun mehr herausstach? War sie nun einfach mehr auf ihn fixiert als früher? Hatte vielleicht gar nicht er sich verändert, sondern sie selbst?

Ja, sie hatte sich auf jeden Fall verändert. Sie hatte spontan mit einem Fremden geschlafen, reiste nun für ein Wochenende mit ihm umher und lebte einfach in den Tag hinein, obwohl sie nicht daran glaubte, dass dieses Leben eine Zukunft hatte. Sie hatte immer noch ihre Zweifel. In ihrem bisherigen Leben gab es eine gewisse Ordnung. Alles war nach einem Plan verlaufen, doch dass die Zukunft in dieser Sache ungewiss war, regte Bedenken in ihr an.

Während der letzten Zugabe wurde Maja vorsichtig von der Seite angestupst und erkannte einen inzwischen vertrauten Mitarbeiter der Sicherheitsfirma. Sie folgte ihm bereitwillig, unter einigen irritierten Blicken anderer Zuschauer durch eine bewachte Tür hinein in den Backstagebereich.

Dort wartete Maja unerträglich lange in einer modern eingerichteten Lounge. Getränke und Snacks waren bereits zu einem Buffet für die Party nach dem Konzert aufgebaut worden. Doch immer noch stand die Band auf der Bühne und genoss den letzten Applaus.

Gedämpft durch die dicken Wände ertönten Bills Worte »Gute Nacht! Bis zum nächsten Mal!«, mit denen sich die Band nun endgültig verabschiedete.

Gerne wäre Maja ihnen entgegengegangen, aber Ray hatte sie sicher bewusst nicht direkt am Bühnenrand warten lassen. Vermutlich war auch ihm die Gefahr zu groß, dass sie dort von den Fans entdeckt wurde. Man sollte nicht über die Beziehung zwischen ihr und James spekulieren, solange sie selbst nicht wussten, von welcher Art diese war.

Andererseits hätte sie ihn gerne empfangen, zum gelungenen Konzert beglückwünscht und in die Arme geschlossen, bevor irgendein anderes Groupie ein Auge auf ihn warf.

Immer noch ebbten der Applaus und die Rufe nach einer weiteren Zugabe nicht ab. Ob die Musiker nachgaben?

Von einem anderen Gang her kam eine kleine Gruppe Groupies, die sich wohl bereits an den Wachleuten vorbeigeschummelt hatten. Wie selbstverständlich nahmen sie den fast leeren Raum in Beschlag, bedienten sich an den Getränken und Knabbereien, und bei Chips und Bier tuschelten sie dann aufgeregt.

»Ich will Bill«, verkündete eine entschlossen.

»Den will ich aber!«, kam sofort der Widerspruch ihrer Freundin.

»Ich finde ja Mike viel süßer«, setzte eine Dritte hinzu.

Maja bemühte sich, nicht länger hinzuhören, bevor auch noch James' Name fiel. Sie war sich absolut sicher, dass er von der einen oder anderen begehrt wurde – obwohl er für einige möglicherweise nur zweite Wahl war, weil Bill zu heiß umkämpft war. Was sollte sie tun, falls die Groupies sich gleich auf ihn stürzten? Was, wenn sie ihn schneller umringten, als Maja ihn in Empfang nehmen konnte? Sollte sie sich dann hindurchzwängen? Oder besser warten, bis er sich befreite und zu ihr kam? Sollte sie zusehen, wie er Autogramme verteilte und flirtete?

Zuerst kam Ray in den Backstagebereich. Er wurde von den Groupies mit einem kurzen Blick, gefolgt von offensichtlichem Desinteresse, begrüßt.

Lächelnd trat er zu Maja am anderen Ende des Raumes, wo sie immer noch mit deutlichem Abstand zu den jungen Frauen stand.

Er blieb bei ihr stehen und beobachtete von dort die Groupies bei ihrer Beuteverteilungsdiskussion. »Solche gibt es fast immer«, versicherte er besänftigend. »Ganz egal, wo wir hinkommen. Aber die wollen nur ein bisschen flirten und ein Autogramm haben.«

Maja nickte, dankbar dafür, dass Ray sie beruhigen wollte, wenngleich er damit keinen Erfolg hatte. Sie hatte James schließlich auch auf so einer Party erst richtig kennengelernt und war dann mit ihm ins Hotel gefahren. Ein kleiner Teil von ihr befürchtete, dass sie nun zusehen musste, wie eine andere den Gitarristen eroberte.

Allerdings veränderte Rays Anwesenheit das Verhalten der Groupies. Sie beäugten Maja nun misstrauisch, nachdem sie zuvor ignoriert worden war. Wahrscheinlich fragten sie sich, wer sie war und was sie wollte. Vielleicht erkannten sie Maja auch und wollten es sich nicht anmerken lassen.

Schließlich kündigte raues Stimmengewirr und Gelächter die Musiker an, woraufhin die jungen Frauen sich sofort um den Eingang herum postierten, um ihren Opfern aufzulauern. Bill kam als Erster herein und wurde augenblicklich umzingelt. Die Aufmerksamkeit schien ihm so gar nicht unangenehm zu sein, entweder er war daran gewöhnt oder er genoss es sogar. Wie James wohl darüber dachte?

Der schob sich indessen entschlossen am Frontsänger sowie den Groupies vorbei und kam direkt auf Maja zu. Sofort trat Ray diskret den Rückzug an.

Die Blicke der Fans folgten James alles andere als unauffällig und spießten Maja regelrecht auf, als er vor ihr zum Stehen kam. Stürmisch schlang er einen Arm um ihre Taille, den anderen um ihre Schultern und presste sie in einem gierigen Kuss an sich, geradeso als hätte er ewig auf diesen Kuss gewartet. Ihr wurde umgehend heiß, ihre Beine wurden weich, und sie fühlte sich, als würde sie zusammenbrechen, sobald er sie losließ. Trotzdem bremste sie ihn nicht. Es hatte etwas Befreiendes, wie er ihre Welt ins Wanken brachte.

Er war noch erhitzt und verschwitzt vom Konzert und hatte scheinbar vergessen, dass sie nicht allein waren. Maja aber realisierte immer mehr, wie still es um sie herum wurde. Sanft legte sie die Hände auf seine Schultern und schob ihn ein Stückchen von sich, obwohl sie es eigentlich gar nicht wirklich wollte.

»Die starren uns an«, flüsterte sie. James müsste das ohnehin klar sein, schließlich kannte er seine Fans besser als sie.

Er zuckte desinteressiert mit den Schultern und lächelte, ohne sich einen Schritt von ihr fortzubewegen. »Lass sie starren, die werden sich gleich wieder mit Bill und den anderen beschäftigen. So interessant sind wir beide gar nicht.«

Er neigte sich herab, als wollte er sie wieder küssen, doch Maja wandte hastig das Gesicht ab. Sie wurden immer noch angestarrt. Nicht nur von der Meute, sondern auch von den anderen Musikern. »Wird es ständig so sein?«

James strich behutsam mit den Fingerspitzen über ihre Wange. »Wir können ins Hotel fahren, da sieht uns keiner«, bot er lächelnd an.

»Aber es werden immer Frauen da sein, die mich ansehen, als hätte ich ihnen eine besonders fette Beute weggeschnappt.«

Widerwillig warf James einen Blick über die Schulter auf die tuschelnden Groupies, die sich daraufhin demonstrativ ihrem nächsten Opfer zuwandten, fast als hätten sie Angst vor ihm.

»Vermutlich schon, aber die werden sich schnell jemand anderen suchen, wenn sich herumspricht, dass ich in Begleitung bin.«

Maja spürte immer noch die eifersüchtigen Blicke, die nun zwar weniger auffällig, aber nicht weniger intensiv waren. Vermutlich würde er Recht behalten, dass die meisten sich gerne den anderen Bandmitgliedern zuwandten, doch sicher gab es auch den einen oder anderen James-Fan, der sich nicht so einfach ablenken ließ. Würden diese Fans Maja nicht immer eifersüchtig beobachten? Würden sie nicht sehnsüchtig darauf warten, dass sie sich von James trennte? Oder eher darauf, dass er genug von ihr hatte?

Dabei bezweifelte sie noch nicht einmal, dass er sich bemühen wollte, ihr treu zu sein. Aber er bekam ständig andere willige Frauen vor Augen geführt, und obendrein schienen seine Bandkollegen auch nicht gerade begeistert von seinem Arrangement mit Maja.

»Lass uns gehen, die Groupies tun dir offensichtlich nicht gut.« James legte einen Arm um ihre Mitte und suchte Blickkontakt zu Bill.

Sofort kam der Sänger auf sie zu. In seinen Augen stand offenkundiges Missfallen, sogar Wut – im Gegensatz zu den Groupies, deren Gesichter eher von Eifersucht geprägt waren.

»Ihr wollt schon gehen?« Bills Tonfall ließ erahnen, dass für ihn die einzig akzeptable Antwort ein Nein war.

»Es war ein langer Tag und ich bin müde.« James' Lüge klang wenig überzeugend und Bill nickte mit unverkennbarem Widerwillen. Im Blick des Sängers sah Maja die unausgesprochenen Schuldvorwürfe, von denen sie insgeheim wusste, wie berechtigt sie waren. Aber sie konnte James jetzt nicht in den Rücken fallen, zumal sie es war, die gerne fort von den neugierigen Fans wollte. Ihre Zeit mit James war schließlich vorerst auf dieses Wochenende beschränkt. Da wollte sie möglichst keine Minute an eifersüchtige Groupies verschwenden. Letztlich spielte es keine Rolle, wie sie in einer jahrelangen Beziehung mit den aufdringlichen Verehrerinnen fertig werden würde, weil sie insgeheim immer noch nicht an diese gemeinsame Zukunft glaubte.

»Wir sehen uns zum Frühstück«, verabschiedete Bill sie schließlich, bevor er sich ins weiter anwachsende Getümmel stürzte.

Sofort zog James sie entschlossen zum Hinterausgang, wo bereits der obligatorische Fahrer am schwarzen Wagen wartete.

10. KAPITEL

Es war eher Mittag als morgen, als die Musiker sich in einem privaten Speisesaal an einem langen Tisch zum Frühstück versammelten. Auf dem Tisch waren duftende Brötchen und Croissants angerichtet, ebenso standen Aufstriche, Müsli und diverses Obst bereit. Zwei Kellner warteten diskret am Durchgang zur Küche, bis sich einer nach dem anderen setzte. Maja ließ sich träge neben James an einer Ecke des Tisches nieder – obwohl die anderen bei Weitem länger gefeiert hatten, bezweifelte Maja, dass sie weniger geschlafen hatten, als sie und James.

Als einer der Kellner zu ihnen herantrat und nach Getränken oder Sonderwünschen fragte, bestellte James wie selbstverständlich Milchkaffee und Pfannkuchen für sie beide. Maja war für einen Moment sprachlos, vor allem, weil James scheinbar ihre Gedanken gelesen hatte. Obendrein nahm plötzlich Bill an ihrer freien Seite Platz, ausgerechnet er, der bisher kein Geheimnis aus seiner Abneigung ihr gegenüber gemacht hatte.

Nach und nach trafen auch die anderen Musiker ein. Zuletzt stieß Ray zu ihrer Runde, mit einem Stapel Papier in der Hand. Kaum saßen alle, brachten die Kellner die diversen Bestellungen: Pfannkuchen, frischen Orangensaft, Baked Beans und Spiegeleier.

»Gestern wurden wieder zahlreiche Briefe für euch abgegeben«, verkündete Ray, als Maja gerade ihren ersten Pfannkuchen aufgegessen und James einen zweiten Kaffee geordert hatte.

Bill lehnte sich auf seinem Stuhl zurück und sah den Manager erwartungsvoll an. »Wer hat die meisten Liebesbriefe bekommen?« Offenbar amüsierte ihn diese Frage.

»Es sind wieder viele Ich-bin-die-Frau-die-du-suchst-Briefe für James dabei, aber du bist natürlich wie immer unser Herzensbrecher Nummer eins.«

Ray ging um den Tisch herum, mit den Briefen in der Hand. Er reichte jedem die an ihn adressierte Post und es erhielt tatsächlich jeder einen Stapel. Bills Post war unbestreitbar der größte Berg, dennoch blieb Ray bei James stehen. Lautes Rascheln erfüllte den Raum, als die ersten Umschläge geöffnet wurden.

»Wir müssen uns unterhalten«, sagte Ray leise zu James. »Du musst eure Fans auf dem Laufenden halten.«

Maja lauschte angestrengt, denn schließlich konnte es nur um ihre Affäre mit James gehen. Natürlich war es auch in ihrem Interesse, dass er die Suche offiziell einstellte, möglichst ohne noch mehr Schaden in ihrem beruflichen und privaten Alltag anzurichten.

»Bist du dir sicher, dass du das alles willst?« Bills Stimme riss sie plötzlich aus ihren Gedanken. Seine Worte waren nicht an James, sondern direkt an sie gerichtet. »Du sollst nicht denken, dass ich etwas dagegen habe, wenn ihr euch liebt. Und sicher will ich mich euch nicht in den Weg stellen, aber ich will verhindern, dass ihr euch in Illusionen verrennt und unumkehrbaren Schaden anrichtet.«

Maja musterte den attraktiven Sänger, mit seinen berühmten graublauen Augen, eindringlich. Er hatte nie ein Geheimnis aus seinem Unmut über ihre Anwesenheit gemacht, aber nun sah sie in seinem Gesicht vor allem Besorgtheit. Sorgte er sich um die Band? Um James?

»Ich weiß es nicht«, gab sie offen zu, zumal James immer noch im Gespräch mit Ray war – nahm er trotzdem wahr, dass sie sich mit Bill unterhielt?

Bill nickte unerwartet verständnisvoll. »Das dachte ich mir, nur leider ist in unserer Welt kein Platz für ein ‚vielleicht'. Wenn du mit James zusammen sein willst, musst du es richtig machen, egal wo und wann. Wenn du dazu nicht bereit bist, solltest du gehen, bevor er sich selbst alles kaputt macht.«

Der Sänger sah sie ernst an, als erwartete er eine Antwort, doch Maja wusste gar nicht, was sie sagen sollte. Natürlich wollte sie James nicht schaden, aber der Gedanke daran, was es möglicherweise mit sich brachte, seine Freundin zu sein, erfüllte sie unweigerlich mit Zweifeln, ob sie die Richtige dafür war.

»Ich weiß, du willst das nicht«, fuhr Bill nun fort, eher an seine Kaffeetasse als an sie gerichtet. »Aber schon jetzt gibt es Spannungen in der Band. James distanziert sich von uns und löst so Verunsicherung aus. Wenn es mit euch ernst ist, dann wird sich das sicher wieder legen, aber wenn es nur eine Affäre ist, ist der Preis dafür zu hoch.«

Bevor sie etwas erwidern konnte, hatte James behutsam eine Hand auf ihr Knie gelegt und so ihre Aufmerksamkeit auf sich gelenkt.

»Worüber redet ihr?«, hakte er entschlossen und offenbar verstimmt nach.

»Ich habe Maja nur bewusst gemacht, dass ihr beide euch darüber klar werden solltet, wie es weitergeht.« Bill zeigte nicht einmal das geringste Schuldbewusstsein, weil er sich ungefragt in James' Liebesleben einmischte. Wäre Maja an seiner Stelle, hätte sie sich zweifellos geärgert, aber vielleicht brachte es Bills Position als Frontmann einfach mit sich, dass er das Gesamtbild betrachtete und die Kontrolle beanspruchte.

»Keine Sorge, das ist uns bewusst«, betonte James mit Nachdruck und unverkennbarem Ärger in der Stimme. »Und wir sind durchaus in der Lage, das ohne deine Einmischung zu klären.« Maja verstand zwar gut, dass James verärgert war, fühlte sich aber auch unwohl dabei, am Frühstückstisch schon Streit zu verursachen.

Bill nickte, scheinbar gänzlich unbeeindruckt von James' Unmut. »Ihr solltet euch damit nur nicht allzu viel Zeit lassen.«

Maja drückte besänftigend James' Hand, weil es ihr durchaus vorstellbar schien, dass er handgreiflich wurde. Sagte man Rockmusikern nicht nach, dass sie heißblütig und temperamentvoll waren? Natürlich würden die zwei sich nicht hier prügeln, aber ein Schlag mit der Faust auf den Tisch, wäre auch nicht hilfreich für eine Versöhnung.

»Kümmere dich um deinen Kram, Bill. Du hast doch keine Ahnung davon, was wir denken und empfinden. Du machst es für uns nur noch schwerer, als es sowieso schon ist«, erwiderte James so laut, dass auch die anderen Musiker in ihre Richtung blickten.

Der Sänger hob beschwichtigend die Hände. »Schon gut.«

Manager Ray räusperte sich laut und beendete den beginnenden Streit so. »Wir sollten noch über die Termine für den Herbst sprechen.« Seine ruhige, besonnene Art bewirkte sofort eine gewisse Entspannung in der Runde. Langweilige organisatorische Fragen lenkten vom schwelenden Konflikt ab. Die Musiker ließen sich von ihrem Manager zahlreiche Terminanfragen vortragen. Vorrangig ging es um die Frage nach Auftritten in den Medien und bei Veranstaltungen auf dem europäischen Festland. Offenbar plante die Band dort im nächsten Jahr sogar eine Tour.

Maja spürte ein Unwohlsein bei dem Gedanken, dass sie James dann monatelang nicht sehen würde, selbst wenn sie ein Paar wären. Es sei denn, sie würde ihr bisheriges Leben aufgeben und mit der Band reisen. Zog sie das etwa in Betracht? Zweifellos müsste sie es tun, damit sie James nicht ungewollt weiter von der Band entfremdete und so möglicherweise die Spaltung der Band provozierte. Wollte sie wirklich in Kauf nehmen, dass James ihretwegen seinen wahrgewordenen Lebenstraum riskierte? Waren ihre undurchsichtigen Gefühle für ihn das wert? Sicher sagen konnte sie im Moment lediglich, dass ihre Anwesenheit der Band, und so auch James, schadete.

Die organisatorischen Fragen beschäftigten die Runde bis nach dem Mittagessen. Danach zogen sie sich gemeinsam in Bills luxuriöse Suite zurück. Diese bestand aus mehreren Zimmern, darunter auch ein Wohnzimmer mit großer Sofalandschaft, eine schicke Bar und eine eigene Terrasse, von der aus man einen Blick auf die belebte Innenstadt von Dublin hatte. Während die Männer auf dem riesigen Sofa lümmelten und neue Songtexte diskutierten, zog Maja sich nach draußen zurück. Obwohl der Ausblick auf das Trinity College zwar ziemlich beeindruckend war, lehnte sie lieber mit dem Rücken am Geländer und beobachtete die Band bei der Arbeit.

Die Spannungen vom Morgen schienen gelöst. Bill sang spontan eine Liedzeile über schlaflose Nächte und verwirrende Träume. James hatte sich einen Bleistift geschnappt und kritzelte einen weiteren Text, den sein Freund gleich vorsang. Mike, Tim und Charlie lauschten mit geschlossenen Augen, bis Bill verstummte. Anschließend diskutierten sie ruhig über mögliche Melodien und Formulierungen. Die Worte drangen allerdings nur vereinzelt durch die offene Tür bis zu Maja.

Keiner erhob die Stimme oder wirkte gestresst. Es war ein friedliches Miteinander, in dem jeder angehört wurde und seinen Teil beisteuerte. Es zeigte, wie perfekt sie zusammenpassten.

James strich einiges, was er bisher aufgeschrieben hatte, durch, fügte Änderungen ein, steckte sich den Bleistift hinter sein Ohr in die dunkelbraunen Locken und gab den Notizblock wieder an Bill.

Bill vertiefte sich erneut in den Text und Tim begann, auf einem Keyboard, das er auf Schoß hielt, verschiedene Melodien auszuprobieren. Es war ein so harmonisches Zusammenspiel, dabei hatten Bill und James sich zuvor so sehr gestritten, dass Maja befürchtete, sie könnten aufeinander losgehen.

Maja könnte ihnen ewig bei der Arbeit zuhören und vielleicht Liedfragmente aufschnappen, die nie ein anderer zu hören bekam. Aber es war bereits Sonntag, der letzte Tag ihres gemeinsamen Wochenendes mit James. Am nächsten Morgen sollte sie schon wieder an ihrem Schreibtisch sitzen und E-Mails beantworten. Diese Rückkehr war unausweichlich, und im Grunde war es höchste Zeit, dass sie Abschied nahm. James musste genauso zu seiner Routine zurückkehren wie sie und sie sollte diesen Schritt nicht unnötig hinauszögern. Das machte es vielleicht ein bisschen einfacher.

Andererseits begann sie gerade, sich bei James wohlzufühlen. Es störte sie auch nicht mehr, dass sie an diesem Wochenende in zwei verschiedenen Hotelzimmern geschlafen hatte und nach wie vor nur übergroße Shirts von James als Wechselkleider hatte. Inzwischen erschien ihr dieses Wochenende so kurz.

Als hätte er ihre Gedanken gelesen, trat James plötzlich zu ihr auf die Terrasse, immer noch mit dem Bleistift im Haar. Indessen probierten Bill und Tim verschiedene Text-Melodie-Kombinationen aus.

»Solltest du nicht mit den anderen arbeiten?«

Er kam direkt auf sie zu, stellte sich dicht vor sie und beugte sich für einen Kuss zu ihr herunter. »Die musikalische Untermalung liegt Tim mehr als mir. Und du siehst so trübsinnig aus.« Er küsste sie erneut. »Worüber hast du gerade nachgedacht?«

Warum musste er so etwas so treffsicher bemerken?

Maja schluckte den Kloß in ihrem Hals hinunter. »Es ist schon fast drei Uhr, und ich sollte langsam nach Hause fahren.« Sie bemühte sich, es selbstverständlich klingen zu lassen, damit James ihren Entschluss gar nicht erst in Frage stellte.

»Du musst noch nicht gehen«, widersprach er sofort und stützte sich neben ihr auf dem Geländer ab, als wollte er ihr den Weg versperren. Dabei hatte sie in diesem Moment eigentlich gar nicht vor, zu gehen.

»Leider doch. Es ist Sonntag, und ich muss morgen arbeiten.«

James sah sie ernst und nachdenklich an. Konnte er überhaupt nachvollziehen, wie das Leben mit einem geregelten Job war? Hatte er so etwas jemals gehabt? »Mir kommt es vor, als wärst du erst ein paar Stunden hier. Ich will dich nicht schon wieder gehen lassen.«

Maja konnte nachempfinden, wie er das meinte. Ihr kam die Zeit mit ihm auch nicht vor wie ein komplettes Wochenende und sie wollte eigentlich bleiben, um länger an seinem Leben teilzuhaben und ihn besser kennenzulernen. Vielleicht könnte sie demnächst noch mal ein Wochenende mit ihm verbringen?

»Ich weiß, was du meinst«, bestätigte sie leise und lächelte. »Aber ich habe Verpflichtungen und kann leider nicht länger bleiben.« Die vereinsamte Basilikumpflanze in der Küche überlebte zweifellos nicht noch einen Tag alleine und ihr Chef tolerierte es in der angespannten Lage mit David wohl bestimmt nicht, wenn sie erst im Laufe des nächsten Morgens zurückkam.

»Würdest du bleiben wollen, wenn du könntest?«

Überrascht blickte sie in James' ernste Miene. »Natürlich«, antwortete sie, bevor sie richtig nachgedacht hatte. Eigentlich sollte James nicht erfahren, wie sie darüber dachte, weil es ihn auf dumme Ideen bringen könnte.

»Dann bleib einfach«, erwiderte er trocken und mit der Selbstverständlichkeit eines Mannes, der offensichtlich nie einem Bürojob nachgegangen war, der sich keine Sorgen um Miete und Lebenshaltungskosten machen musste.

»Das geht nicht, ich kann nicht meinen Job aufs Spiel setzen.« Obwohl sie nicht gerade an ihrer Stelle hing, schließlich war damit unweigerlich die ständige Konfrontation mit David verbunden, wollte sie nichts riskieren, solange sie noch keine neue Stelle in Aussicht hatte – sie brauchte das gesicherte Einkommen.

»Du scheinst mir aber nicht sonderlich an deinem Arbeitsplatz zu hängen.«

Sie wünschte, James hätte sie nicht so mühelos durchschaut. »Ich brauche das Geld.«

Behutsam strich er mit einer Hand über ihre Wange. »Nicht, wenn du bei mir bleibst. Ich habe mehr als genug für uns beide.«

Bevor sie etwas darauf erwidern konnte, hatte er sie bereits fest mit beiden Armen umschlossen und presste sie eng an sich. Sein Mund verschloss ihren mit einem brennenden Kuss, und mit seiner Zunge ergriff James Besitz von ihr.

Dieser Kuss ließ sein Angebot noch verlockender erscheinen. Wie gerne würde sie ihren unliebsamen Job hinschmeißen und so ihre Vergangenheit mit David abschütteln, um sich Hals über Kopf in etwas Neues zu stürzen. Mit James und der Band durch das Land reisen, ihre winzige Wohnung aufgeben und in wechselnden Hotelsuiten leben. Die Aussicht war alles andere als schlecht.

Das Angebot erschien ihr wie eine Offenbarung, obwohl sie sich bisher so sehr an ihrer gewohnten Umgebung festgeklammert hatte. Atemlos schmiegte sie sich an ihn, als er ihre Lippen freigab.

»Vielleicht könnte ich kurzfristig die nächste Woche freinehmen«, dachte sie laut nach. Sie könnte behaupten, es habe einen Vorfall in ihrer Familie gegeben. Das könnte ihr sicherlich einige Tage Urlaub verschaffen. Ihre beiden Kolleginnen waren ja da und konnten sie vertreten, und ohnehin hatte sie bisher nicht einmal die Hälfte ihres jährlichen Urlaubs verplant. Womit auch?

»Tu es einfach«, forderte James kühl, als hätte er darüber zu bestimmen. »Ich lasse dich jetzt noch nicht gehen.«

In seinen Augen sah sie eine wilde Entschlossenheit, die sie erahnen ließ, dass er sich mit rationalen Argumenten nicht umstimmen lassen würde. Eigentlich wollte sie ihn auch gar nicht umstimmen, sondern sich bereitwillig auf sein Angebot eingelassen. Doch zugleich widerstrebte es ihr, ihr gewohntes Leben aufzugeben, in der Hoffnung darauf, dass aus heißen Küssen und überwältigendem Sex eine Bindung fürs Leben wurde.

Das vernünftige Stimmchen in ihrem Hinterkopf verschränkte zornig die Arme. Was soll sich denn innerhalb von zwei oder drei Tagen ändern? Hoffte sie innerlich doch darauf, dass sie am Ende dieser Woche genug von James hatte und bereitwillig die Heimkehr antrat? Wäre sie andernfalls etwa bereit, alles für ihn aufzugeben?

Nein. Es passte nicht zu ihr, ihr Leben ganz einem Mann unterzuordnen und sich obendrein finanziell von ihm abhängig zu machen. Sie hatte immer einen eigenen Job und eigenes Geld gehabt, und daran sollte sich jetzt auch nichts ändern. Das war ihr kleines bisschen Freiheit.

»Ich habe nicht einmal Wechselsachen dabei.« Sie glaubte nicht wirklich, dass sie James mit derartig banalen Argumenten umstimmen konnte, aber etwas Besseres wollte ihr nicht einfallen und sie konnte auf keinen Fall einfach nachgeben.

Lächelnd legte er den Kopf schief, und sie rechnete schon mit einer flapsigen Antwort nach dem Motto: Meinetwegen musst du gar nichts anziehen. »Da wird sich sicher etwas machen lassen.«

Im Grunde traute Maja ihm sogar zu, dass er noch am Sonntagabend einen Schneider auftrieb, der ihr eine komplett neue Garderobe anfertigte. In seinem Blick stand die wilde Entschlossenheit, alles zu tun, damit sie blieb.

Zögernd nickte sie. »Ich bleibe noch ein paar Tage«, wiederholte sie leise, »aber dann muss ich gehen.«

James küsste sie. »Wir werden sehen. Ich kann sehr überzeugend sein.«

Unweigerlich musste sie lächeln. »Ich weiß.«

Aber er würde erkennen, dass auch sie durchaus standhaft sein konnte. In diesem Fall würde sie es sogar sein müssen. Es sei denn, James erkannte im Laufe der nächsten Tage, dass sie nicht in sein Leben passte. Das wäre wohl das Beste für sie beide und für die Band.

»James!«, rief Tim aus der Suite und winkte ihm ungeduldig zu, sich wieder an der gemeinsamen Arbeit zu beteiligen.

James fasste Maja an der Hand und zog sie mit zu den anderen. Unschlüssig ließ sie sich auf dem Sofa neben James nieder, während er wieder den Notizblock nahm und den Stift aus seinem Haar zog.

Ohne Überleitung begann Bill erneut zu singen, obwohl Maja fest damit gerechnet hatte, dass er sie als unwillkommene Zuhörerin rauswarf. Trotz seiner kritischen Worte am Morgen nahm der Sänger ihre Anwesenheit nun als selbstverständlich hin. Vielleicht wäre alles einfacher, wenn er sie weiter als Störenfried behandelte. Stattdessen fühlte sie sich plötzlich, als wäre sie ein Teil der Band. James gab ihr sogar eine Aufgabe, indem er ihr seinen Bleistift zum Halten gab, wenn er ihn gerade nicht verwendete. Die

Aufgabe war zwar nicht weltbewegend, aber sie gab Maja das Gefühl, hier einen Platz zu haben.

Während sie so friedlich am Rande des Geschehens saß, kam es ihr erschreckend einfach vor, sich an dieses Leben zu gewöhnen.

11. Kapitel

Maja warf nervös einen Blick auf die Uhr. Es war schon halb zehn. Bald würde die Boutique offiziell öffnen und bis dahin mussten sie fort sein. Ray hatte ihnen diese private Einkaufsgelegenheit außerhalb der Öffnungszeiten verschafft, damit Maja nicht länger in geliehenen Shirts von James herumlaufen musste. Aber obwohl sie bereits einige Kleidungsstücke ausgesucht und anprobiert hatte, reichte James ihr immer wieder neue Sachen in die Umkleide. Er war regelrecht in einem Shoppingwahn.

Dabei hatte Maja sich längst für ein paar bequeme Jeans und schicke Shirts entschieden – genug Ausstattung für ein oder zwei weitere Tage. Doch James brachte immer mehr elegante und teure Kleider, sodass es mittlerweile genug für eine Woche war. In etwa einer Stunde mussten sie auch schon wieder zum nächsten Termin nach Cork weiterfahren.

Als sie in einem engen und viel zu kurzen grauen Kleid aus der Umkleide trat, hielt James ihr bereits ein längeres in Dunkelblau hin. »Das steht dir bestimmt super.« Er grinste. »Dir steht einfach alles.«

Maja wurde rot, weil ihr dieses Kompliment unglaubwürdig erschien. James hatte schon so viele Frauen gehabt, davon auch einige mit besserer Figur, ohne irgendwelche Fettpölsterchen – was sollte er gerade an ihr finden?

»Es eignet sich aber schlecht für eine stundenlange Fahrt im Tourbus«, erwiderte sie lächelnd, in Gedanken an den weiteren Tagesplan.

Den ganzen Tag über nagte das schlechte Gewissen wegen ihrer versäumten Arbeitszeit kein bisschen an ihr. Sie hatte früh im Büro angerufen und um kurzfristigen Urlaub gebeten unter dem Vorwand, sie müsste dringend Verwandte besuchen. Dabei redete sie mit den meisten ihrer Verwandten nicht mehr, weil sie weiterhin David als Traummann verehrten und Maja für das Scheitern der Beziehung verantwortlich machten. Was sie wohl von einem Rockstar halten würden?

Bis auf Weiteres hatte man ihren Urlaubswunsch akzeptiert, allerdings musste sie damit rechnen, dass ihr Chef irgendwann anrief und sie zurückbeorderte. Wahrscheinlich war es so sogar das Beste, dann musste nicht sie entscheiden, wann es Zeit war zu gehen. Sonst würde sie vielleicht nie wieder gehen.

»Es würde mir die Fahrt aber sicher versüßen.« Grinsend drückte James ihr das Kleid in die Hand. »Probier das noch an, dann müssen wir los.«

Lächelnd zog sie sich wieder in die Kabine zurück und schlüpfte in das knielange Kleid aus weichem, jeansähnlichen Stoff. Es saß tatsächlich perfekt und ließ die Fettpölsterchen am Bauch unsichtbar werden. Zudem hatte es einen Ausschnitt, der zwar großzügig ihren Busen zeigte, aber auch so eng anlag, dass sie keine Angst vor ungewollten Einblicken bei unbedachten Bewegungen haben musste.

Unerwartet glücklich in diesem Outfit, trat sie wieder durch den Vorhang und präsentierte sich James, der gegenüber der Kabine zufrieden in einem schwarzen Ledersessel saß.

Er musterte sie geradezu unverschämt gierig von Kopf bis Fuß. Die Sekunden zogen sich endlos hin, während seine Blicke über sie glitten. Trotz dessen, dass er sich so viel Zeit ließ, störte sie sich nicht an dieser Begutachtung, weil es offensichtlich war, dass sie ihm gefiel. Nicht im Geringsten verstand sie, was er an ihr fand, aber sie genoss es, das Objekt seiner Begierde zu sein.

Ganz plötzlich stand er schwungvoll auf und kam zu ihr herübergeeilt, sodass sie unweigerlich einen Schritt zurückwich.

»Ich hätte dir schon längst neue Kleider besorgen sollen. Das steht dir so viel besser als mein Zeug.«

Dabei hatte Maja sich in seinen Sachen wohlgefühlt, auch wenn es alles andere als gut gepasst hatte, denn es hatte ihr ein Gefühl von Geborgenheit vermittelt. Im Gegensatz dazu behagte es ihr nicht, dass er ihr nun neue Kleider kaufen wollte. Eigentlich verlangte es ihr Stolz von ihr, wenigstens selbst zu bezahlen, aber von ihrem Gehalt könnte sie sich unmöglich mehr als ein paar Strümpfe in dieser Boutique leisten. In der Umkleide allerdings sammelten sich Unterwäsche, Strümpfe, Kleider, Shirts und Hosen, für die sie sicher einen Monat lang arbeiten müsste. Dabei war sie noch nicht einmal sicher, was sie im Büro nach ihrem kurzfristigen Urlaubsersuchen erwartete. Gewiss keine Gehaltserhöhung.

James drängte sie weiter zurück in die Kabine, sodass sie auf dem engen Raum vollkommen ungestört waren, sogar vor den Blicken der neugierigen Ladenbesitzerin waren sie so geschützt. Dort umschloss er sie fest mit seinen starken Armen, presste sie an sich und küsste sie ungeduldig. Sie schlang die Arme um seinen Nacken, um nicht von der Wucht seines Kusses umgeworfen zu werden. Ihre Brust wurde flach an seine gepresst, und sie konnte sich kaum rühren.

»Wir sollten gehen«, unterbrach sie ihn schwer atmend, wie die menschgewordene Stimme der Vernunft, weil sie ahnte, dass er sie sogar gleich hier in der Umkleidekabine nehmen würde.

»Ich weiß. Behalt das Kleid einfach an.« Wieder küsste er sie so wild, dass seine Worte unglaubwürdig schienen, bis er sie abrupt freigab. Ohne nachzufragen, sammelte er die verschiedenen Kleidungsstücke in der Garderobe ein.

Vor der Umkleide wartete die sichtlich nervöse Verkäuferin, die vermutlich ihre ganz eigene Vorstellung davon hatte, was sie gemeinsam in der Kabine getan hatten.

»Wir sind fertig«, verkündete James ruhig und geschäftsmäßig. War er sich dessen bewusst, dass die Mitarbeiterin wohl eher nicht glaubte, dass er von einer Anprobe sprach?

Maja biss die Zähne zusammen, um das nicht klarzustellen. Sie wollte nicht, dass diese Frau sich einbildete, irgendetwas davon zu wissen, was sie in der Ankleidekabine getan hatten. Andererseits erfüllte es sie mit einer gewissen Befriedigung, dass diese großgewachsene Schönheit wusste, dass James zu ihr gehörte. Wenn sie nur die Wahl hatte zwischen Groupies, die bei James' Anblick beinahe sabberten, und Frauen, die davon fantasierten, was er mit ihr trieb, dann war ihr die letztere Variante um einiges lieber.

Die Verkäuferin stammelte eine Bitte, ihr an die Kasse zu folgen, bevor sie voranging. Offensichtlich peinlich berührt scannte sie die Ware an der Kasse ein, bemüht weder Maja noch James anzusehen.

Der Musiker schien amüsiert. Mit einer Hand zog er das Preisschild aus Majas Rückenausschnitt und löste den Bindfaden, mit dem es befestigt war, bevor er es der Verkäuferin reichte.

»Nicht, dass Sie das hier vergessen.«

»Da-danke«, stammelte die Blondine, erneut ohne sie anzusehen. Ob sie wohl auch ein Fan war? Ob sie eifersüchtig war?

James bezahlte den vierstelligen Betrag, ohne mit der Wimper zu zucken, mit einer Kreditkarte, bevor er bereitwillig die zwei prallgefüllten Tüten an sich nahm.

Maja blickte erneut auf die Uhr. Es war bereits einige Minuten nach Beginn der üblichen Öffnungszeiten und vor der gläsernen Tür standen die ersten ungeduldigen Kunden. Dort hatten sich jedoch auch zwei Mitarbeiter einer Sicherheitsfirma postiert, die Ray zu ihrem Shoppingtrip abgestellt hatte, und die ihnen nun die ungewollten Besucher vom Leib hielten. Allerdings wurde Maja ganz flau im Magen bei dem Gedanken, dass sie an den Schaulustigen vorbei mussten, um zu ihrem Wagen zu gelangen. Dabei hatte sie gehofft, der morgendliche Shoppingtrip würde unbemerkt bleiben, indes waren die schwarzgekleideten Bodyguards vor dem Laden alles andere als unauffällig.

James legte einen Arm um sie und drückte die Tüten einem der Wachmänner im Vorbeigehen in die Hand. Die großen Männer schirmten sie routiniert von den umstehenden Besuchern ab. Vereinzelt sah Maja jedoch erhobene Handys, mit denen sie und James auf dem Weg zum Wagen fotografiert wurden. Eilig blickte sie zu Boden, wohlwissend, dass das Interesse hauptsächlich ihrem Begleiter galt.

Einer der Wachmänner öffnete ihnen die Autotür, und Maja schlüpfte fluchtartig hinein. Sie war froh, hinter getönten Scheiben zu sein, sicher vor neugierigen Blicken. Sie wusste kaum, was aus ihr und James werden sollte, da konnte sie sich nicht auch noch darüber den Kopf zerbrechen, was andere von ihnen denken mochten.

James hingegen blieb vollkommen gelassen. Er ließ sich Zeit und winkte sogar der Masse kurz zu, bevor er in den Wagen stieg. Aufmunternd drückte er ihre Hand, sobald er neben ihr saß. »Keine Sorge, wenn die Tour erst vorbei ist, wird der Trubel nachlassen.«

Maja nickte, obwohl sie sich nicht sicher war, ob sie daran glauben sollte, dass sein Leben jemals ruhig sein konnte. Auch nach der Tour würden die Fans Autogramme wollen, er würde auf der Straße immer erkannt werden und er würde auch nie Verständnis für ihren Alltag haben.

James beobachtete Maja, die auf einem der bequemen Sitze im Tourbus eingeschlafen war. Sie trug immer noch das enge, dunkelblaue Kleidchen, das er ihr gekauft hatte. Es ließ sie zart und weiblich wirken, genauso wie er sie nachts in seinen Armen empfand, obwohl sie wohl gerne tough und selbstständig wäre. Sie wollte stark und kämpferisch sein, eine vernünftig denkende Karrierefrau, aber sie war weich und sanft, ein Wesen zum Lieben und Geliebtwerden. Es tat ihm gut, sie dabei zu haben, und es verschaffte ihm eine Ruhe, die er sonst nie während einer Tour empfand und selbst im Bandhaus nur selten hatte. Dieses Kleid präsentierte sie genauso, wie er sie sah, deshalb mochte er es.

»Euer Shoppingtrip war wohl erfolgreich.« Ray ließ sich neben James auf einen freien Sitz fallen. »Es steht ihr ausgezeichnet.«

James richtete sich auf. Zweifellos war Ray nicht gekommen, um über Majas neue Kleider zu sprechen. Dass der Manager das Gespräch unter vier Augen auf der Fahrt suchte und nicht erst später im Hotel, ließ nichts Gutes erahnen.

»Ihr habt heute Morgen etwas Aufmerksamkeit erregt«, fuhr Ray fort.

James dachte an die Schaulustigen vor dem Laden zurück. »Es waren ein paar Gaffer da.« Allerdings war er ganz andere Mengen gewohnt und hatte sich deshalb bisher keine Sorgen gemacht. Verständlicherweise hatte Maja sich damit nicht so leichtgetan.

»Und offensichtlich haben einige fotografiert.« Ray reichte ihm ein Tablet mit geöffneten Klatsch-Webseiten. Dort wurden Handyfotos vom tütenbepackten James zusammen mit Maja in ihrem neuen Kleid präsentiert, als wäre es die Nachricht des Tages.

Er zuckte unbeeindruckt mit den Schultern. Bilder von ihm und Maja beim Einkaufen waren nun wirklich kein Weltuntergang. Er hatte sich in der Vergangenheit weit Schlimmeres geleistet. Allerdings schwante ihm bereits, dass Maja nicht so entspannt bleiben würde, wenn sie die Fotos zu sehen bekam.

»Ich habe schon einige Anfragen bekommen. Die Leute wollen wissen, wer Maja ist und in welchem Verhältnis sie zu dir steht.«

»Das wüsste ich auch gerne.« Erneut betrachtete er Maja. Ihm war bewusst, dass sie nicht vorhatte, dauerhaft bei ihm zu bleiben. Zweifelsohne empfand sie Zuneigung für ihn und genoss das Beisammensein, aber sie sah es bestimmt nur als ein Abenteuer. Sie hatte lediglich Urlaub genommen, obwohl sie auch hätte kündigen können. Er würde hinter ihr stehen, wenn sie das tun wollte.

»Ich fürchte, du schuldest den Fans eine baldige Erklärung. Sie haben dich bei der Suche nach Maja unterstützt und sind nun neugierig, wie die Geschichte weitergeht. Du musst sie auch jetzt teilhaben lassen, ob es nun gut ausgeht, oder nicht.«

James beobachtete Majas friedlichen Schlaf. »Ich weiß, aber Maja ist noch nicht bereit dafür.«

»Dann musst du erst recht mit ihr sprechen. Sie muss wissen, auf was sie sich einlässt.« Rays Miene war weniger väterlich als sonst. »Wenn du den Fans keine Informationen lieferst, wird es ständig Gerüchte geben, und dann wirst du Maja möglicherweise deshalb verlieren.«

James sah noch einmal auf die Fotos im Internet. Maja hatte darauf den Blick so gesenkt, dass man kaum ihr Gesicht erkennen konnte. Ihre Abneigung gegen die öffentliche Zurschaustellung war unverkennbar zu sehen.

Wie würde sie auf diese Bilder reagieren? Und auf die Aussicht, dass es auf Dauer nicht die Einzigen bleiben würden?

»Ich werde mit ihr reden«, versicherte James, um Ray zu beruhigen, obwohl er so gar nicht wusste, was er zu ihr sagen sollte. Er befürchtete, sie mit jedem Wort weiter in die Flucht zu schlagen. Allein der Gedanke, dass sie ihn verließ, nicht weil sie ihn nicht liebte, sondern weil sie Angst vor der Öffentlichkeit hatte, entfachte einen stechenden Schmerz in ihm. Dabei war die Öffentlichkeit in seinem Leben ein notwendiges Übel. Was sollte er tun, wenn Maja so gar nicht in dieses Leben passte? War sie dann die Falsche für ihn? Oder würde er vielleicht sogar sein Leben für sie ändern?

Realistisch betrachtet wollte er wohl kaum den Rest seines Lebens durchs Land touren – zumal er keine Vorstellung davon hatte, wie lange er leben würde. Ihre Lebenserwartung gehörte zu den vielen Dingen ihrer Natur, die sie nicht wussten. Zumindest hatten er und seine Brüder keine Probleme mit Krankheiten, nicht einmal einen Schnupfen bekamen sie. Es war nicht auszuschließen, dass sie eine mehr als gewöhnliche Lebensspanne vor sich hatten. Angesichts dessen würde er nicht drum herumkommen, eines Tages sein Leben neu zu planen. Als Berühmtheiten würde es bestimmt auffallen, wenn sie nicht mehr alterten. Denn Tims seit Jahren stagnierender Alterungsprozess war ein Hinweis auf ein längeres Leben. Aber bevor er sich über all diese Dinge den Kopf zerbrach, musste er Maja überzeugen, sich auf sein Leben einzulassen.

»Ray, du musst mir versprechen, dass du erst eine Stellungnahme rausgibst, wenn Maja und ich uns einig sind, wie es weiter gehen soll.« Er spürte den prüfenden Blick seines Managers und wusste, dass er Einwände gegen dieses Vorgehen hatte.

»Ich werde nichts hinter eurem Rücken tun, das weißt du, aber je mehr Zeit vergeht, desto eher bilden sich eure Fans eine eigene Meinung und, dass diese der Wahrheit entspricht oder ihr wenigstens nahekommt, kann ich dir nicht sagen.« Ray sank nachdenklich in seinen Sessel zurück.

»Morgen Abend beim Konzert werden die Fans nach der Frau von den Fotos Ausschau halten und Schlüsse daraus ziehen, wenn sie sie dort sehen – oder eben nicht.«

James nickte. Seine Zeit mit Maja war so begrenzt und verging obendrein so schnell, da wollte er sie nicht mit Themen belasten, die den drohenden Abschied noch näherbrachten. Jedes Wort über das Interesse der Fans würde ihm Maja wahrscheinlich entfremden. Er wollte, sie könnten einfach weiter in diesem Bus durchs Land reisen und so das Gespräch über Medieninteresse, Fans und Pressemitteilungen hinauszögern.

»Letztlich ist es ja nicht nur deine Angelegenheit, denn es könnte Auswirkungen auf die ganze Band haben«, fügte Ray hinzu.

Das hatte es ja ohnehin schon. Auch wenn Bill sich im Moment mit seinen Kommentaren zurückhielt, war er doch weiterhin skeptisch im Hinblick auf Maja. Vermutlich wäre er nicht begeistert, wenn James einen Gedanken über einen Austritt aus der Band äußern würde, um seine Zukunft mit Maja besser verwirklichen zu können.

Maja war erleichtert, als sie nachmittags in ihrem Hotel in der Nähe von Cork eintrafen. Diesmal hatten sie eine Unterkunft außerhalb der Stadt, dafür aber komplett für die Band, die Techniker und sonstige Mitarbeiter reserviert. Es war ein Cottage mit vielen kleineren Zimmern, verteilt auf drei Stockwerken. Alle Zimmer waren modern und edel ausgestattet, mit jeweils einem schicken Bad, wo sich auch die hotelverwöhnten Musiker wohlfühlen konnten.

Am Abend war der örtliche Fanclub der Band zu einem Meet and Greet mit Autogrammstunde und Grillparty im Garten des Cottages eingeladen. Wie auf Bestellung klarte der Himmel allmählich auf und die Abendsonne lockte in großzügigen Garten, den Maja und James von ihrem Fenster aus erblicken konnten. Trotzdem blieb Maja auf dem großen Bett mit blümchenverzierter Tagesdecke, unzähligen rüschenverzierten Kissen und goldenem Baldachin sitzen. James indessen sah aus dem Fenster auf die eintreffenden Fans herab.

»Willst du wirklich nicht mitkommen?« Er fuhr sich noch einmal durch seine dichten Locken, bevor er sein Haar in einem lockeren Zopf zusammenfasste.

»Nein, ich glaube, das ist mir heute zu viel.« Maja lächelte ihn an, während sie in einer Modezeitschrift blätterte, die sie in der Lobby gefunden hatte. Natürlich musste er längst ahnen, dass sie nicht einfach nur müde war, sondern die Begegnung mit den Fans vermeiden wollte. Sie war noch nicht dazu bereit, mit ihrer Beziehung zu James in die Öffentlichkeit zu treten, und zweifellos würden die Fans Schlüsse ziehen, wenn sie an seiner Seite auf der Party erschien.

»Du kannst auch später nachkommen und dich einfach unters Volk mischen, die sind heute alle so aufgeregt, dass sich keiner deinetwegen Gedanken machen wird.«

Maja lächelte ihn erneut an. »Geh und kümmere dich um eure Fans, denn wenn ich dabei bin, lenke ich dich nur ab, und die anderen sind sicher auch froh, wenn ihr mal wieder etwas ohne mich macht.« Sie war überzeugt, dass zumindest Bill erleichtert darüber war, wenn sie nicht zu der Party kam. Es sollte ja um die Band und die Fans gehen, und wenn sie James begleitete, würden sie den anderen möglicherweise die Show stehlen. Ihn dorthin zu begleiten, würde ihre Beziehung auch irgendwie offiziell machen.

James zuckte mit den Schultern und kam zu ihr herüber. »Ich werde auch abgelenkt sein, wenn ich ständig daran denke, dass du hier auf mich wartest.« Mit einem flüchtigen Kuss verabschiedete er sich. Die anderen Bandmitglieder erwarteten ihn in der rustikalen Lobby, um sich dann gemeinsam der wartenden Meute von Fans im Garten zu stellen.

Maja blieb indessen im Zimmer. Sie ging zwar nicht ans Fenster, doch sie hörte den Applaus, als die Musiker vor ihre Verehrer traten. Ob wieder Groupies dabei waren? Ob sie ihn schon umringt hatten?

Vom Fenster aus könnte sie sicher das meiste beobachten, allerdings könnte sie auch gesehen werden. Welche Fragen das wohl aufwerfen würde? Warum war sie am Fenster? Hatte James sie verstecken wollen?

Um sich abzulenken, zückte sie ihr Handy, das sie seit Tagen auf stumm gestellt und ignoriert hatte. Sie hatte es lediglich benutzt, um im Büro anzurufen, und seither hatte sie ständig Angst vor einem Anruf, der ihre Zeit mit James beenden würde.

Noch hatte tatsächlich niemand angerufen. Ein paar Nachrichten waren allerdings eingegangen. Ihre Mutter fragte, wie es ihr ging, Maja antwortete ehrlich, dass sie sich kurzfristig freigenommen hatte und verreist war.

»Allein?«, hakte ihre Mutter sofort nach. Sie kannte Maja und wusste, dass sie in den letzten Jahren stets mit David verreist war. Sie war einfach nicht der Typ, um tagelang allein unterwegs zu sein. Dabei wäre das vielleicht genau das Richtige gewesen, um die Trennung von David zu verarbeiten.

»Mit Freunden«, antwortete sie ausweichend, obwohl sie weder James noch Bill oder Ray als Freund bezeichnen konnte. Ihre Bindung zu James war von Anfang an viel intensiver als jede Freundschaft gewesen. Bill wollte sie eigentlich nur schnell wieder loswerden und für Ray war sie wohl nur Teil seiner Arbeit.

Ihre Mutter wäre zurecht überrascht zu hören, wer diese neuen Freunde waren – beim nächsten gemeinsamen Kaffeetrinken hatte Maja ihr einiges zu erzählen, so ging es zur Abwechslung dann einmal nicht um ihren Ex. Allerdings machte Maja sich nichts vor, bis zu ihrem nächsten gemeinsamen Kaffeetrinken würde ihre Mutter bereits wissen, wie diese Reise aussah. James hatte ihr Bilder von ihrem gemeinsamen Shoppingtrip gezeigt, die irgendwer ins Internet gestellt hatte. Irritierenderweise hatte es sie kaum aufgewühlt. Auf den Bildern war von ihr nicht viel zu sehen und da keiner ihren Namen kannte, würden sie nur wenige Leute auf diesen Bildern erkennen.

Eine weitere Nachricht wartete darauf, gelesen zu werden. David.

Sie hätte ihn längst blockiert, wenn sie nicht Arbeitskollegen wären. Derartige Maßnahmen würden nur zu neuen Lästereien führen und dem Betriebsklima schaden. Im Grunde strebte sie ja immer noch einen freundlichen Umgang mit David an, wenigstens, bis sie einen neuen Job fand.

Widerwillig öffnete sie die Nachricht.

»Wo treibst du dich rum?«, stand da.

Maja antwortete nicht, sondern legte das Handy wieder weg – weit weg.

Es hatte etwas Beruhigendes, dass David offenbar nicht ahnte, dass sie mit James unterwegs war. Also hatten die Bilder bisher weder ihn noch ihre Mutter erreicht. Das würde sicher nicht lange so bleiben, wenn sie weiter mit James herumreiste. Wenn sie diese Episode beenden wollte, sollte sie es besser bald tun.

Nachdenklich schlenderte sie nun doch zum Fenster. Im Garten gab die Band fleißig Autogramme an die Fans, stets im Blick von Ray. Die Fans warteten in einer geordneten Schlange und schienen bester Laune. Es waren so viele, dass James wohl recht behalten könnte, dass Maja dort nicht auffallen würde. Allerdings hätte sie keinen Grund, sich in die Warteschlange zu stellen, und dadurch würde sie dann doch aus der Masse herausstechen. Erst recht, wenn sie zu James gehen und sich mit ihm unterhalten würde. Im Zimmer war sie besser aufgehoben.

Es konnte eigentlich nicht so schlimm sein, einige Stunden ohne James zu verbringen. Immerhin hatte sie bisher ein ganzes Leben ohne ihn ertragen und würde es vermutlich bald ohne ihn fortsetzen.

Sie ließ sich mit der Modezeitschrift wieder auf das große Bett fallen. Eigentlich mochte sie diese Zeitschriften nicht besonders, deshalb blätterte sie gelangweilt durch zahlreiche Fotostrecken und Bilder von Prominenten, die gelungene oder misslungene Outfits trugen. Nichts davon sagte ihr zu, zudem war nichts in ihrer Preiskategorie dabei. Was James wohl von diesen Modeempfehlungen halten würde?

Sie hätte nach unten gehen können, um sich in der Lobby eine andere Zeitschrift oder eine Tageszeitung zu holen, aber sie wollte es nicht riskieren, den Fans zu begegnen. Also schaltete sie den Fernseher ein und zappte durch die Programme, bis die Wiederholungen einer alten Sitcom ihre Aufmerksamkeit erregten. Genug Unterhaltung und Ablenkung, keine unangenehmen Gedanken.

James' Blick glitt erneut hinauf zu dem Fenster, hinter dem sich Maja verbarg. Inzwischen war es dunkel, Köche zauberten an verschiedenen Grills saftige Steaks und leckere Gemüsespieße, während die Fans sich mit einer kleinen Karaoke-Station vergnügten.

Bill und Mike flirteten offensiv mit wechselnden Damen. James hätte keine Wette darauf abgeschlossen, dass die beiden die Nacht allein verbrachten.

Natürlich gab auch er Autogramme und unterhielt sich mit den Fans, doch er beendete jedes Gespräch relativ schnell. Dabei würde Maja es ihm vielleicht nicht einmal verübeln, wenn er etwas flirtete – immerhin gehörte das einfach zum Image der Band – aber er hatte kein Interesse daran. Insgeheim suchte er bereits nach Ausreden, um sich bald zurückzuziehen.

»Sehnsucht?« Tim stellte sich neben ihn an den Rand des Geschehens. Sein großer Bruder hielt sich bei solchen Ereignissen meistens zurück, aber James wusste, dass er trotzdem währenddessen ein wenig Lebenskraft aus der aufgekratzten Stimmung der Fans zog. Er selbst hatte gar keinen Bedarf, zumal er sich auch später an Maja satt trinken könnte. Natürlich nur, wenn es nötig war, denn er wollte ihr ja nicht schaden.

»Ist das so offensichtlich?« James zwang sich, nicht erneut zu dem dunklen Fenster hinaufzusehen. Maja musste bereits schlafen, das war die naheliegendste Erklärung dafür, dass dort im Zimmer kein Licht brannte. Weitaus beunruhigender war der Gedanke, dass Maja in einem Anfall von Panik geflüchtet sein könnte.

»Nur wenn man darauf achtet, wie wenig Interesse du heute an kurzen Röcken und knappen Oberteilen hast.«

James zuckte mit den Schultern. »Ist es denn direkt ein Kapitalverbrechen, wenn ich mal etwas mehr als nur eine Nacht will?« Er sah Tim in der lockeren Kluft aus schwarzer Lederhose und weißem Kurzarm-Shirt an. Eigentlich hatte er mindestens genauso gute Voraussetzungen, ein großer Frauenschwarm zu werden, wie Bill, aber bisher hatte er sich in dieser Hinsicht ziemlich bedeckt gehalten.

»Nein, ich habe immer befürchtet, dass irgendwann einer von euch in eine solche Situation kommen würde.«

James schüttelte den Kopf. »Bei dir klingt es, als ginge es um eine Geschlechtskrankheit.«

Zur Antwort zuckte Tim mit den Schultern, während einige Fans mit gesenkten Köpfen an ihnen vorbeihuschten. Sie lächelten den ernsten Keyboarder neugierig an, trauten sich jedoch nicht, ihn anzusprechen.

»Letztlich wäre eine Krankheit nicht so problematisch. Ich gönne dir dein Glück, James, aber ich habe Angst, dass es ein böses Ende nehmen wird. Vor allem für deine Maja.« Tim hatte mit diesen Worten bewusst gewartet, bis die Fans weitergezogen waren. Sie hatten jahrelange Übung darin, solche Gespräche heimlich zu führen, schließlich wusste nicht einmal Ray etwas von ihren Besonderheiten.

»Warum gehst du davon aus, dass es so sein muss? Vielleicht ist deine Sorge vollkommen unbegründet.« Wieder sah er zum Fenster. Wäre er bei dort oben bei Maja, müsste er dieses Gespräch nicht führen.

»Hast du ihr die Wahrheit gesagt? Über uns? Warum wir uns kaum einen Tag frei nehmen, nie krank sind und möglicherweise uralt werden?«

James schüttelte entschlossen den Kopf. Natürlich hatte er Maja nichts gesagt – sie wäre schreiend davongelaufen.

»Wenn das mit euch funktionieren soll, musst du es ihr irgendwann sagen. Das heißt, du musst dir sicher sein, dass sie diese Tatsachen verkraftet und dich trotzdem nicht verlässt.«

An solche Dinge wollte James im Moment kaum denken. Er war ja nicht einmal sicher, ob sie bei ihm bleiben würde, selbst wenn sie glaubte, er wäre ein gewöhnlicher Mensch.

»So weit sind wir noch nicht. Ich bin ja nicht einmal sicher, ob sie damit klarkommt, dass ich berühmt bin. Wie soll ich ihr dann sagen, dass ich kein Mensch bin und nicht einmal weiß, was ich überhaupt bin?«

Wenn überhaupt einer von ihnen etwas wusste, dann wohl Tim, doch er stritt es stets ab. Ihre Mutter wäre die beste Informationsquelle gewesen, allerdings war sie nicht grundlos in einer Nervenheilanstalt untergebracht. Eine besonders zuverlässige Informationsquelle war sie daher nicht, außer man glaubte an Außerirdische. Nicht, dass einer von ihnen eine bessere Erklärung für ihre Existenz hatte, aber selbst die Vorstellung, dass sie entfernt mit einem Vlad aus Transsilvanien verwandt waren, schien plausibler als die Behauptung, ihr Vater wäre ein Alien.

»Aber du kannst es nicht ewig vor dir herschieben. Maja muss zumindest wissen, dass du kein normaler Mensch bist. Es ist nicht in Ordnung, wenn du ihr jede Nacht Lebenskraft raubst und sie nichts davon weiß. Sowas ist keine Grundlage für eine Beziehung.«

James hätte gerne erwidert, dass es noch nie einen von ihnen gestört hatte, dass sie ahnungslose Zuschauer aussaugten, aber auch ihm war klar, dass das etwas anderes war, weil sie gewöhnlich niemanden mehrmals heimsuchten. »Ich will sie nicht verlieren.«

Tim legte ihm mitfühlend eine Hand auf die Schulter. »Wenn du ehrlich bist, hast du sie bisher gar nicht wirklich erobert, oder? Maja ist immer noch nur zu Besuch bei uns. Vielleicht wäre es besser, du versuchst gar nicht, sie zum Bleiben zu überreden.«

James antwortete nicht. Es war schlimm genug, dass Tim etwas aussprach, das ihm durchaus bereits selbst durch den Kopf gegangen war. Vielleicht war es ein Zeichen des Himmels, wenn Maja nicht bleiben konnte, aber ob er das auch als solches akzeptieren konnte?

12. KAPITEL

Maja fühlte sich regelrecht verkatert, als sie allein mit James an einem kleinen Tisch im geräumigen Frühstückszimmer saß, abseits von den Technikern und Roadies. Die anderen Bandmitglieder schliefen wohl noch, aber James wirkte fit und gut erholt. Dabei war er erst so spät ins Zimmer zurückgekommen, dass sie bereits geschlafen hatte. Eigentlich sollte sie es sein, die frisch in den Tag startete, nicht er.

James machte sich gerade genüsslich über ein Croissant mit Butter her, während Maja in ihrer Müslischüssel rührte, als das Summen ihres Handys sie aufschreckte. Zunächst reagierte sie nicht, im Glauben, es wäre lediglich eine weitere Nachricht von David. Aber das Summen hielt zu lang an für eine normale Nachricht und dauerte hartnäckig immer länger an.

»Willst du nicht rangehen?« James musterte sie irritiert.

»Nicht wirklich.« Widerwillig zog sie das Handy aus ihrer Hosentasche und sah auf das Display. Es wurde eine Nummer angezeigt, die sie nur zu gut kannte. Es war ihr Chef. Zweifellos rief er nicht an, um ihren ungenehmigten Urlaub zu verlängern.

»Wer ist es?«, fragte James.

Sie seufzte traurig und erkannte zum ersten Mal, wie sehr sie sich mehr Zeit mit James wünschte. »Die Realität.« Sie nahm den Anruf an, während James sie von der anderen Seite des Tisches aus beobachtete.

Die Stimme ihres Chefs, der sich obendrein bestens mit David verstand, klang fremd und weit entfernt. Es kam ihr vor, als hätte sie schon seit Jahren nicht mehr mit ihm gesprochen. Limerick, ihr Zuhause und ihre Arbeit schienen beinahe vergessen. Und sie hatte nichts davon vermisst.

»Gut, dass ich dich erreiche, Maja.« Jonathan, ihr Boss, klang unerwartet freundlich, dabei war das Verhältnis zwischen ihnen eigentlich seit einigen Monaten ziemlich abgekühlt. Früher waren sie öfter noch gemeinsam etwas trinken gegangen, zusammen mit David.

Statt sich für ihr Fehlen zu entschuldigen, wartete Maja einfach ab. Jonathan hatte sicher etwas Bestimmtes zu sagen, sonst würde er nicht anrufen. Grundlos geplaudert hatten sie nicht einmal in ihren besten Zeiten. Er war schließlich ihr Boss.

»Ich verstehe, dass du einige Tage wegmusstest. Etwas Abstand und so, das war sicher überfällig, aber morgen musst du wieder hier sein.«

Sie kannte Jonathan gut genug, um zu wissen, dass sie andernfalls ihren Schreibtisch räumen durfte. Eigentlich war er eher nicht der Typ für Drohungen, aber vermutlich hatte er sonst keine andere Möglichkeit, um die Ordnung im Büro aufrechtzuerhalten.

»Hier wird geredet, und alle wissen, dass du als Groupie mit irgendeiner Band durch das Land reist. Die Kollegen sehen nicht ein, dass ich dir gestatte, wegen solcher Affären deine Arbeit zu vernachlässigen.«

Maja nickte, obwohl Jonathan das nicht sehen konnte. »Ich verstehe.« Das tat sie sogar wirklich. Sie konnte sich gut vorstellen, wie man sich über sie den Mund zerriss, weil sie einen Notfall in der Familie vorgeschoben hatte und nun mit James im Hotel saß. Zumal David möglicherweise Jonathan als Freund gebeten hatte, sie unter Druck zu setzen.

»Es ist auch zu deinem Besten, Maja. Du hattest deinen Spaß, aber dieses Leben hat keine Zukunft. Du musst nach Hause kommen, bevor du den Anschluss verlierst.«

Maja starrte auf ihre Müslischüssel, die jetzt viel weniger einladend wirkte als vor einigen Minuten. Dabei hatte sie eigentlich Hunger. Aber sie wagte es auch nicht, James anzusehen. Ob er hören konnte, was Jonathan sagte?

»In Ordnung«, erwiderte sie, ohne darauf einzugehen, ob sie zurückkam oder nicht. Stellte sich diese Frage überhaupt?

»Wir sehen uns dann morgen um neun«, setzte Jonathan noch hinzu, um deutlich zu machen, dass er es ernst meinte. Es war ein unausgesprochenes Ultimatum. Entweder sie war am Mittwochmorgen um neun Uhr im Büro oder sie wurde gefeuert. Wer konnte es Jonathan verübeln? Mitarbeiter, die grundlos nicht zur Arbeit erschienen, würde wohl kaum ein Vorgesetzter lange dulden. Sie legte auf und steckte das Handy zurück in ihre Hosentasche. Immer noch spürte sie James' erwartungsvollen und bohrenden Blick.

»Das war mein Chef«, fasste sie leise und gequält zusammen. »Ich muss morgen wieder zur Arbeit.«

James legte geräuschvoll sein Besteck beiseite, sodass Maja unwillkürlich aufsah.

»Willst du das?« Seine Frage klang einfühlsam, aber Maja wusste, dass er ihre Situation nicht nachvollziehen konnte.

»Das ist nicht wirklich eine Frage des Wollens. Ich brauche diesen Job einfach.«

Aus James' gefühlvollen Augen sprach tatsächlich ein gewisses Verständnis, womit sie so gar nicht gerechnet hatte, aber es blitzte außerdem eine wilde Entschlossenheit darin auf. »Du brauchst keinen Job, wenn du bei mir bleibst. Wahrscheinlich wäre ein Job da sogar eher hinderlich. Also, wenn du nicht gehen willst, musst du es auch nicht gehen.«

Sie starrte ihn mit offenem Mund an. Meinte er das wirklich ernst? Wenngleich er es nun schon zum zweiten Mal andeutete, konnte er doch nicht erwarten, dass sie alles für ihn aufgab, was sie sich bisher aufgebaut hatte.

»Das kann ich nicht tun, James.«

»Warum nicht? Ich habe genug Geld für uns beide.«
Damit übertrieb er vermutlich nicht einmal, doch es spielte keine Rolle für sie, ob er sie mitfinanzieren könnte oder nicht. »Ich will aber nicht von deinem Geld leben. Ich will für mich selbst sorgen können und auf eigenen Beinen stehen.«

Dabei wäre es so einfach, den unliebsamen Job aufzugeben und James zu folgen, wohin auch immer er wollte.

»Das ist durchaus verständlich, aber das bedeutet dann möglicherweise das Aus für uns beide. Du willst mir wohl kaum jahrelang jedes Wochenende in eine andere Stadt nachreisen.« Aus seinen Augen sprach der Ernst, ebenso wie tiefstes Bedauern. Er war wirklich nicht bereit für den endgültigen Abschied.

War sie es denn? Spielte das eine Rolle? So unsicher sie sich im Hinblick auf ihre Gefühle für James war, so sicher war sie, dass sie ihre Anstellung nicht noch weiter aufs Spiel setzen wollte.

»James, dir ist doch klar, dass wir beide nicht wissen, wohin das hier führen soll. Wie soll ich angesichts dieser Ungewissheit alles, was ich mir bisher erarbeitet habe, aufgeben?«

Seine Miene verhärtete sich, wie sie es nie zuvor erlebt hatte. »Stattdessen willst du schon jetzt alles aufgeben, was aus uns werden könnte? Vielleicht könnten wir die nächsten Jahre, Jahrzehnte, sogar den Rest unseres Lebens zusammen verbringen. Das kannst du jetzt nicht wissen!«

Maja schluckte hart. »Es kann aber auch sein, dass wir einander schon nächste Woche nicht mehr in die Augen sehen können. Was soll ich dann machen, ohne Job?«

Es fiel ihr schwer, ihn anzusehen, denn in seinem Blick stand die Entschlossenheit, für seine Gefühle und ihre gemeinsame Zukunft zu kämpfen, während sie innerlich überzeugt war, dass sie keine gemeinsame Zukunft haben würden. Sie hätte sich so gern von ihm umstimmen lassen, aber jegliche Vernunft sprach dagegen. Sie kannte James immer noch kaum, fühlte sich fehl am Platz in seiner Welt und hatte trotzdem Angst vor der drohenden Trennung – egal, ob diese nun in einer Woche oder in einem Jahr kam, sie würde zweifellos großes Medieninteresse hervorrufen und Maja nahezu mittellos zurücklassen.

»Wenn das alles ist, was dir Angst macht, gebe ich dir Geld! So viel, dass du nach unserer Trennung – wann auch immer das sein mag – davon leben kannst, bis du wieder Arbeit hast. Ich werde dich nicht in die Armut stürzen lassen.«

Maja verspürte zuerst das Bedürfnis zu lachen, weil es ihm so leichtfiel, ein solches Versprechen zu geben, aber kurz darauf kämpfte sie stattdessen mit den Tränen. »Ich will dein Geld nicht, James.«

Zu ihrem Erstaunen nickte er verständnisvoll, vielleicht sogar mit einer gewissen Einsicht. »Wie soll es dann weitergehen? Wann sehen wir uns wieder?«

In ihrem Bauch schienen sich die Eingeweide schmerzhaft zu verknoten. Sie starrte hilflos auf ihr Müsli, als könnte es ihr helfen. Hatte James nicht selbst vor einigen Minuten gesagt, wie aussichtslos eine Wochenendbeziehung war? Nun setzte er offenbar voraus, dass sie vorhatte, eine solche Beziehung mit ihm zu führen.

Aber wie sollte das funktionieren? Sie müsste freitags und sonntags weite Strecken zurücklegen, stundenlange Autofahrten oder sogar Flüge hinter sich bringen, während sie von Montag bis Freitag arbeitete und im Büro die volle Konzentration brauchte. Wie lange konnte sie das aushalten?

Außerdem musste James gerade an den Wochenenden auftreten und würde kaum Zeit für sie haben.

Und wie würden ihre Tage in Limerick aussehen? Sicher erfuhren bald alle, von ihrem Chef über David bis hin zu ihren Nachbarn, von ihrer Beziehung. Man würde sie mit Argusaugen beobachten, jede Handlung bewerten und unliebsame Fragen stellen. Würde sie nicht jedes Mal, wenn sie zu James fuhr, eine Liste mit Bitten um Autogramme in ihrer Tasche haben?

»Ich denke, eine Fernbeziehung ergibt für uns keinen Sinn«, brachte sie gequält und mit belegter Stimme hervor. Innerlich wappnete sie sich für den Wutausbruch, der auf sie zukommen würde, wenn James verstand, dass sie mit ihm Schluss machen wollte.

Stattdessen schob er eine Hand über den Tisch und legte sie zärtlich um die ihre. »Zwar nicht auf Dauer, aber so lange, bis du genug Vertrauen in unsere Liebe hast, um bei mir zu bleiben.« Seine Stimme war so sanft, dass sie unweigerlich das Bedürfnis hatte, sich in seine Arme zu schmiegen und alle Zweifel fahren zu lassen. Er verwendete plötzlich dieses eine Wort, vor dem sie sich bisher so gescheut hatte: Liebe.

Jahrelang hatte sie geglaubt, David zu lieben, bis sie eines Tages erkannt hatte, dass sie sich damit etwas vorgemacht hatte. Die Beziehung mit David war vernünftig gewesen, sie hatten gemeinsame Freunde, dieselben Hobbys und einen ähnlichen Musikgeschmack. Sie hatten sich gut unterhalten können und einander unterstützt, wo es ging. Doch da waren nie Schmetterlinge gewesen oder irgendeine Form von magischer Anziehung. Eines Tages waren nicht einmal mehr Gefühle da gewesen. Trotzdem hatten sie sich über die Jahre immer wieder »Ich liebe dich!« gesagt.

Was sie für James empfand, konnte Maja nicht in Worte fassen. Er erfüllte sie mit einem wohligen Zugehörigkeitsgefühl, das die Vernunft verblassen ließ, und er weckte in ihr dieses Verlangen nach mehr – wovon auch immer.

Dennoch hatten sie kaum etwas gemeinsam.

»Ich denke nicht, dass man von Liebe sprechen kann«, erwiderte sie trocken und entzog ihm ihre Hand, weil seine Berührung ihre so vernünftig getroffene Entscheidung so unvernünftig erscheinen ließ. Vielleicht sollte sie besser aufstehen und gehen, um sich nicht einlullen zu lassen. Im Grunde stand ihr Entschluss längst fest, und sie sollte nicht zulassen, dass James in irgendeiner Weise weiter daran rüttelte.

»Doch, Maja.« Sie konnte seiner rauen Stimme nicht widerstehen und sah direkt in die gefühlvollen graugrünen Augen. »Ich bin sicher, dass ich dich liebe! Deshalb kann ich dich nicht so einfach gehen lassen.«

Es wäre so verlockend, seine Worte zu erwidern, ihn zu küssen und alles andere zu vergessen. Einfach daran zu glauben und darauf zu vertrauen, dass seine Liebe und ihr Gefühlschaos genug für den Rest ihres Lebens waren.

»Aber ich bin mir nicht sicher, ob ich dich liebe«, erwiderte sie offen und ehrlich, dabei wäre es vermutlich wirkungsvoller gewesen, die Möglichkeit solcher Gefühle direkt abzustreiten. Allerdings wäre das auch eine Lüge.

»Dann lass es uns herausfinden. Auch wenn du dir nicht sicher bist, besteht trotzdem die Möglichkeit, dass du mich liebst und es nur noch nicht herausgefunden hast.«

Woher nahm er diesen Optimismus? Es fiel Maja schwer, sich nicht anstecken zu lassen. Ein leises Stimmchen erinnerte sie bereitwillig daran, wie unzufrieden sie mit ihrer Arbeit war und wie leer ihr Alltag war. Sehnte sie sich nicht danach, alles abzustreifen und neu zu beginnen?

Aber was für eine Zukunft hatte sie an der Seite eines Rockstars? Kein richtiges Zuhause, ständig auf Achse, stets im Rampenlicht, doch zugleich in seinem Schatten zu stehen.

»Vielleicht sollte ich es gar nicht herausfinden. Das würde uns beiden bestimmt viel Ärger ersparen. Ich glaube nicht, dass ich die Richtige für dich bin. Ich bin eifersüchtig auf die Groupies und verstecke mich vor den Fans. Ich passe nicht in dein Leben.« Diese Worte schmerzten beim Aussprechen, obwohl sie sich dieser Tatsachen schon so lange bewusst war. Ein Teil von ihr wollte sich ändern, sich anpassen, und stark genug für die Situation werden. James war auch nicht in dieses Leben hineingeboren worden und hatte doch gelernt, damit umzugehen.

»Du willst also gehen, egal, was ich sage«, stellte James nüchtern und unerwartet gefasst fest.

Maja zwang sich, ihn wieder anzusehen. Sie erwartete, Wut oder Schmerz zu sehen, aber er schien ruhig, als hätte er kein Problem damit, obwohl er doch so entschlossen versucht hatte, sie umzustimmen. Woher kam dieser Sinneswandel?

»Ja, es ist besser so. Aber du musst mich auch gehen lassen.« Sie rechnete mit Widerspruch, doch James blickte sie lediglich schweigend an. Wenn sie nur seine Gedanken lesen könnte!

»Deine Suchaktion hat schon genug Unordnung in meinem Leben angerichtet, damit muss jetzt Schluss sein«, setzte Maja sachlich hinzu.

James nickte unerwartet. »In Ordnung, wenn es das ist, was du willst.« Damit wandte er sich wieder seinem Pfannkuchen zu, als gäbe es nichts mehr zu diskutieren.

War es das? Hatte sie sich durchgesetzt? Hatte er aufgegeben? Sie hatte so gehofft, dass er nachgeben würde, aber warum tat er das nun auch wirklich?

Bis Maja gepackt und Ray einen Fahrer für sie organisiert hatte, vergingen einige Stunden. James konnte ihr die Zerrissenheit in dieser Zeit ansehen. Ganz gleich, was sie sagte, wusste er doch mit absoluter Bestimmtheit, dass sie nicht gehen wollte. Sie fühlte sich einem Selbstbild verpflichtet, das sie nicht aufgeben wollte, obwohl es ihr nicht gerecht wurde. Sie wollte eine eiskalte Karrierefrau sein und sah nicht, dass sie abseits dieser engen Welt ein freies und volles Leben genießen könnte. Obwohl er sie lieber ans Bett gefesselt und mit unwiderstehlichen Argumenten zum Bleiben überredet hätte, half James Maja, ihre neuen Kleider einzupacken, in eine Tasche, die er ihr spontan überlassen hatte.

Ihre unsicheren Seitenblicke und ihr scheues Lächeln offenbarten, wie verwirrt sie über sein Verhalten war. Wie könnte es auch anders sein, er war ja selbst irritiert von seiner Entscheidung. Er ließ Maja gehen, weil es nicht anders ging. Sie versperrte sich seinen Argumenten und, falls er sie weiter bedrängte, würde sie das wohl noch schneller in die Flucht schlagen. Er musste sie ziehen lassen, aber er war überzeugt, dass es kein endgültiger Abschied war.

Nur deshalb stand er verhältnismäßig entspannt mit ihr in der Hotellobby, als der von Ray bestellte graue Audi vor dem Eingang hielt. Maja dagegen wurde immer nervöser. Als er sie zum Abschied an sich zog, spürte er, wie ihre Hände zitterten. Er quälte sie nicht, indem er sie darauf ansprach. Er wusste, dass sie litt, und sie machte sich das alles schon schwer genug.

Er drückte sie fest an sich. »Es war wundervoll mit dir.« Ein kleiner Teil von ihm hoffte, dass sie ihre Meinung noch änderte und darum bat, bleiben zu dürfen, aber er wusste, dass sie das nicht tun würde. Ihr Pflichtgefühl gegenüber ihrer Wunschvorstellung von sich selbst zwang sie zum Durchhalten. Dagegen kam er weder mit Logik noch mit Liebe an, so gerne er es auch wollte.

»Danke«, antwortete sie leise, und er verstand, dass sie damit alles meinte, von ihrer gemeinsamen Zeit, bis hin zu den schicken Kleidern.

Kraftvoll legte er eine Hand an ihr Kinn und küsste sie ein letztes Mal leidenschaftlich. Er würde sie nicht noch einmal bitten, zu bleiben, aber sie sollte es spüren – in diesem Kuss und in seiner festen Umarmung. Sie erwiderte seinen Kuss zögernd, doch ohne Widerstand.

Als er sie wieder freigab, sah sie ihm so hilflos und überfordert in die Augen, dass er fast seine Vorsätze über den Haufen geworfen hätte. Selbst, wenn er sie jetzt überreden könnte zu bleiben, würde sie spätestens am nächsten Morgen wieder von einem Abschied sprechen und ihre Verpflichtungen betonen.

Der Fahrer hielt ihr bereits die Tür zur Rückbank auf, als James ihm wortlos Majas Tasche mit den neuen Kleidern in die Hand drückte. Auch wenn es für den Moment ein Abschied war, eventuell sogar ein endgültiger, würde James es auf keinen Fall zulassen, dass ein anderer Mann ihr in den Wagen half und dabei in ihren Augen diese Verletzlichkeit sah. Maja stieg ungelenk rückwärts in das Fahrzeug ein, ohne darauf zu achten, wohin sie trat, als wollte sie den Blick nicht von ihm abwenden. Das war eine Bestätigung, dass sie mehr für ihn empfand, als sie zugeben wollte.

Sicherheitshalber stellte sich James dicht vor die offene Wagentür, damit kein Außenstehender Maja sehen konnte. Er wusste schließlich, dass man überall mit neugierigen Fans und Paparazzi rechnen musste.

»Pass gut auf dich auf«, sagte er zum Abschied, bevor er die Tür schloss. Er hätte ihr gern noch einen weiteren Abschiedskuss gegeben, aber dann hätte er sie vermutlich wieder aus dem Wagen gezerrt und nicht mehr losgelassen.

So ruhig wie möglich sah er dem Wagen nach, bevor er sich dem Cottage zuwandte. Er durfte sich jetzt nicht von irgendwelchen Gefühlen überwältigen lassen, denn schon in einer Stunde musste er beim Soundcheck für das nächste Konzert sein.

»Es ist besser so«, bemerkte Bill in dem wohnzimmerartigen Salon, der in dem Cottage als Ersatz einer Hotellobby fungierte.

Wahrscheinlich hatte er schon länger dort gewartet und James' Abschied von Maja verfolgt. »Du weißt genauso gut wie ich, dass eine feste Beziehung einfach keinen Platz in unserem Leben hat.« Kumpelhaft legte er James einen Arm um die Schultern. Eigentlich standen sie sich so nahe, doch zugleich waren sie sich auch fremd. Bill konnte James' Gefühle für Maja nicht einmal ansatzweise nachvollziehen und versuchte es vermutlich gar nicht.

»Ich fürchte, du hast recht«, stimmte James widerwillig zu, obwohl er immer noch hoffte, dass Bill und Maja mit dieser Einschätzung falsch lagen.

»Denk an all das, was wir in den nächsten Monaten vorhaben. Wir werden die neuen Songs ausarbeiten, das nächste Album aufnehmen und vielleicht sogar Konzerte in ganz Europa geben. Du wirst Maja bald vergessen haben.«

James seufzte, weil es tatsächlich ein Kribbeln in seinem Bauch auslöste, an die kommenden Projekte zu denken und an die lange Reise durch europäische Großstädte, die er nie zuvor besucht hatte. Was konnte nicht alles kommen, wenn diese Auftritte gut verliefen? Vielleicht folgte dann eine große Tour, nicht nur über Wochen, sondern über Monate. Es war die Chance für die Band, zu internationaler Bekanntheit zu gelangen.

Aber in einem Punkt irrte Bill sich. James würde Maja nicht vergessen. Eventuell konnte er ihren Abschied akzeptieren, möglicherweise ließ die Sehnsucht nach, doch er würde sie sicher nicht vergessen.

»Das will ich gar nicht.«

Bill blieb überrascht stehen und sein Arm fiel von James' Schultern. Mit einigem Abstand standen sie sich gegenüber und starrten sich ernst an. Zu James' Erstaunen hatte Bill wohl tatsächlich verstanden, was in James' Worten unausgesprochen mitschwang.

Wenn er wirklich wählen musste zwischen Maja und der Band, würde James sich nicht für die Band entscheiden. Das ahnte er schon seit seinem Gespräch mit Maja am Morgen. Nachdem er nun in ihren Augen die Qual über den Abschied gesehen hatte, verfestigte sich sein Entschluss zunehmend.

»Was soll das heißen?« Bills Stimme überschlug sich fast, was ungewohnt für den sonst so abgebrühten Sänger war.

James rang innerlich mit sich und lehnte sich haltsuchend an die Rückseite eines Sessels. Er war immer noch aufgewühlt von Majas Abschied und alles andere als vorbereitet auf dieses Gespräch. Er wünschte sich mehr Zeit, um sich diese Worte in Ruhe durch den Kopf gehen zu lassen. Es war schwierig, die richtigen Worte zu finden dafür, dass er vorhatte, die Band und damit auch seine Familie zu verlassen. Es war für sie alle eine unbekannte Situation. Noch nie hatte einer von ihnen in Betracht gezogen, ein Leben getrennt von seinen Brüdern zu wagen.

»Dass ich nicht bereit bin, diesen Abschied als endgültig zu akzeptieren«, lenkte James ab, weil er die Möglichkeit, die Band zu verlassen, nicht jetzt und auch nicht mit Bill allein diskutieren wollte. Wenn er sich wirklich zu diesem Schritt durchrang, würde er das allen Bandmitgliedern gemeinsam mitteilen und sicher nicht zwischen Tür und Angel damit anfangen.

»Glaubst du, sie kommt zurück?«

»Ich hoffe es.« Sie sahen einander in die Augen, und James erkannte, dass Bill ihm diesen Wunsch nicht einmal verübelte. Vielleicht wünschte er ihm sogar, dass Maja wirklich zurückkam. Aber er glaubte nicht daran. Ebenso wenig wie James, obwohl er sich im Moment lieber vor dieser bitteren Wahrheit drückte.

»Und wenn nicht?«, bohrte Bill erbittert nach, wenngleich er ahnen musste, wie schmerzhaft die Vorstellung für James war.

»Darüber muss ich erst nachdenken, aber zweifellos muss ich dann etwas tun, um sie zurückzugewinnen.« Und dieser Schritt könnte tatsächlich die Trennung von der Band bedeuten, wenn ihm nicht etwas Besseres einfiel. Doch mit diesen Gedanken war er allein, denn er konnte weder mit Maja noch mit Bill oder Ray darüber reden, weil sie ihn zweifellos davon abhalten würden. Sie verstanden es nicht – konnten gar nicht verstehen, was er für Maja empfand. Sie alle würde er am Ende vor vollendete Tatsachen stellen müssen.

»Ich muss jetzt gehen, Bill. Ich will noch duschen, bevor wir zum Konzert fahren.« Vor allem aber musste er jetzt seine innere Ruhe finden, damit der Auftritt nicht unter seinem Gefühlsaufruhr leiden musste.

»Sicher. Du musst erst mal einen klaren Kopf bekommen. Nur triff keine voreiligen Entscheidungen.«

James nickte und ging die Treppe hinauf in sein Zimmer. Dabei war das genau der falsche Ort, um zur Ruhe zu kommen, denn dort wurde ihm erst wieder bewusst, dass Maja gegangen war. Vor einigen Stunden hatte er das Bett mit ihr geteilt. Jetzt schien der ganze Raum noch fremder, als es ein Hotelzimmer ohnehin schon war. Und der Gedanke, eine weitere Nacht in diesem Zimmer zu verbringen – ohne Maja – war unerträglich. Vielleicht sollte er um ein anderes Zimmer für die kommende Nacht bitten. Andererseits wollte er sie nicht so einfach aus seinem Leben streichen. Ganz im Gegenteil, er wollte sich an sie erinnern und sehen, welche Lücke sie hinterlassen würde.

Auch eine lange Dusche spülte die Gedanken an sie nicht weg. Hatte er seine Entscheidung, was seine Zukunft in der Band anging, was er tun musste, um Maja zurückzugewinnen, insgeheim schon getroffen und wollte es nur noch nicht wahrhaben?

13. KAPITEL

Maja dankte dem Fahrer noch einmal. Nicht nur für die Fahrt, sondern auch für den netten Smalltalk über die Landschaft, das Wetter und den Verkehr, der sie davon abgelenkt hatte, die ganze Fahrtzeit mit Grübeln zu verbringen. Er hatte ihr sogar unterwegs einen Kaffee an einem Drive-in besorgt. Vielleicht waren das zaghafte Flirtversuche, aber seine Professionalität verbot es ihm darüber hinauszugehen, und etwa nach ihrer Nummer zu fragen. Im Moment wollte Maja auch gar nicht an einen anderen Mann denken, nachdem sie gerade erst Lebewohl zu James gesagt hatte. Es war schon schwer genug, zu ertragen, dass mit dem Mann im Audi ihre letzte Möglichkeit für eine sofortige Umkehr verschwand.

Es war bereits abends, als sie auf das Pub zusteuerte, über dem sie lebte. Der Fahrer hatte natürlich angeboten, ihr die Tasche bis in die Wohnung zu tragen, aber sie hatte freundlich abgelehnt und sich sogar ein paar Straßen entfernt absetzen lassen.

Er sollte nicht wissen, wo und wie sie lebte. Nach den wenigen Tagen in den luxuriösen Hotels wurde ihr jetzt erst recht bewusst, wie schäbig ihre kleine Zweizimmerwohnung doch war und wie wenig sie sich dort zu Hause fühlte. Es war in ihren Gedanken immer noch eine vorübergehende Unterkunft, ein Arrangement auf begrenzte Zeit, obwohl sie seit ihrem Einzug keinen einzigen Schritt unternommen hatte, um eine Bleibe zu finden, mit der sie zufrieden sein würde. Jetzt traf es sie wie ein Schlag, dass ihr diese Wohnung nicht vertrauter war als ein Hotelzimmer. Sie musste sich ein Zuhause schaffen, das es wert sein würde, dafür James verlassen zu haben. Gerade kam es ihr vor, als hätte sie das alles für eine Abstellkammer getan.

Statt der Wohnung steuerte sie das Pub darunter an. Die ersten Gäste saßen dort beim geselligen Feierabendbier zusammen. Maja ließ sich ganz am Rand der Theke nieder, mit möglichst großem Abstand zu den Stammgästen, von denen einige ihre Nachbarn waren.

Maja bestellte einen Cider, um die verwirrenden Gefühle und Ereignisse des Tages runterzuspülen. Sie musste schnell wieder in ihrem gewohnten Alltag ankommen, damit die Zeit mit James nicht ihr komplettes Leben aus den Fugen riss. Was auch immer zwischen ihnen gewesen war, nun war es vorbei, und sie musste nach vorn blicken.

Sie nippte an dem herben Getränk und warf einen erneuten Blick auf ihr Handy. Keine neuen Nachrichten. Dabei hatte sie fest damit gerechnet, dass David sich zu Jonathans Ultimatum äußern würde. Mit Sicherheit wusste er davon, und vielleicht war es sogar seine Idee.

Sie rang mit sich, ob sie ihrer Mutter schreiben sollte, dass sie wieder zu Hause war. Doch sie fürchtete sich vor dem drohenden Kontrollanruf und den möglichen Fragen zu den Bildern von ihr und James im Internet. Also steckte sie das Handy ein und nippte erneut an ihrem Getränk. Über den Glasrand hinweg sah sie, wie ein Finger auf sie zeigte. Eine junge Frau, die nun ihrem Begleiter etwas zuraunte, deutete auf sie. Unweigerlich sah Maja an sich herab. Hatte sie etwa einen Fleck auf ihrem Shirt?

Sie warf einen Blick auf die nagelneue lila Tunika und die enge Jeans – beides spendiert von James – beides ohne Flecken. Das, was es zu sehen gab, war einfach nur sie selbst. Aber die neuen Kleider erinnerten sie unweigerlich an den Shoppingtrip mit James und auch an die Schaulustigen vor dem Laden. Sie musste sich mit dem Gedanken anfreunden, dass einige Leute die Bilder davon gesehen hatten. Wenngleich sie jetzt wieder zum Alltag zurückkehrte, würde es eine Weile dauern, bis alle ihr Intermezzo mit dem bekannten Gitarristen vergessen hatten. Obendrein hatte James mit seinem Song dafür gesorgt, dass sich noch mehr Menschen für sein Liebesleben interessierten als ohnehin schon.

Maja seufzte und blickte auf ihr Glas. Angesichts der neuen Erkenntnisse und des anhaltenden Getuschels, hätte sie es am liebsten in einem Zug geleert, um nicht länger bleiben zu müssen. Aber was würde wohl Miss Zeigefinger darüber denken? Erzählte sie dann ihren Bekannten davon? Schrieb sie irgendwelche Kommentare in die sozialen Netzwerke?

Maja nahm noch einen kleinen Schluck und legte einen Geldschein auf den Tresen. Der Wirt nickte ihr freundlich zu, ehe sie flüchtete. Sollte die neugierige Frau doch das halbvolle Glas anstarren. Maja hatte ja eine Wohnung, in der sie sich verstecken konnte. Und zum Glück hatte sie keinen weiten Heimweg vor sich. Sie war nach dem wenigen Alkohol schon etwas benebelt. Außerdem wurde sie langsam müde und fühlte sich verwirrt.

Wenige Meter neben dem Pub öffnete sie die Tür, die in ein schmales Treppenhaus führte, und trat ein. Vorbei an der Wohnungstür ihres Vermieters ging sie hinauf in den ersten Stock, bis sie schließlich eine Tür erreichte, an der bereits die grüne Farbe abblätterte, und hinter der sie ein dunkles Wohnzimmer mit einer billigen Couch erwartete.

Sie ließ James' Tasche mit den neuen Kleidern neben der Tür auf den Boden fallen und sich selbst auf das Sofa. Mit geschlossenen Augen wartete sie auf das beruhigende Gefühl, zu Hause zu sein. Doch insgeheim wusste sie, dass sie hier eine Ewigkeit auf dieses Gefühl warten konnte und es sich möglicherweise eher einstellen würde, wenn sie allein mit James in irgendeinem Hotel wäre, als hier in dieser Übergangswohnung.

Was er gerade tat? Es war kurz nach acht, also müsste die Band mitten in ihrem Konzert in Cork stecken. Ob er wohl noch an ihren Abschied dachte? Vermutlich hatte er dazu beim Konzert überhaupt keine Zeit. Stöhnend stand Maja wieder auf und schaltete das Licht an. Die Gedanken an James waren nicht hilfreich, denn sie musste akzeptieren, dass es zwischen ihnen aus war. Sie hatte es immerhin beendet.

Zur Ablenkung ging sie in die angrenzende Küche, um sich noch ein paar Nudeln zum Abendessen zu kochen. Das würde sicher die Schwermut ein wenig lindern. Während die Nudeln im Wasser trieben, schaute sie durch das winzige Küchenfenster ins Wohnzimmerfenster eines Nachbarn. Dort brannte Licht und ihr Blicke traf auf den einer Frau, die sie nicht einmal beim Namen kannte. Wieder fühlte Maja sich angestarrt. Dabei war es unsinnig, zu glauben, dass jeder von ihr und James wusste. Obendrein war sie diejenige, die gerade in eine fremde Wohnung blickte.

Dennoch schloss sie eilig die Vorhänge, auch im Wohnzimmer und Schlafzimmer. Sie wollte allein sein und ihre Ruhe haben.

Sie musste sich wohl erst noch daran gewöhnen, dass sie nun nicht mehr im Mittelpunkt der Öffentlichkeit stand. Rational betrachtet kannten sie vermutlich nur ganz wenige eingefleischte Fans und die würden eher James beobachten als sie.

In ein paar Wochen würde alles wieder normal sein. Auch sie würde dann wieder die Alte sein. Ihre Erinnerung an James würde langsam verblassen und der Alltag zurückkehren.

Im Grunde hatte sie so wenig Zeit mit James verbracht, aber es schien ihr wie eine Ewigkeit, und es hatte sie doch um einiges mehr verändert, als sie es wahrhaben wollte. Da war der Gedanke an die Rückkehr ins Büro sogar irgendwie beruhigend, weil es sie auf den Boden der Tatsachen zurückholen würde.

James leerte seinen Kaffee mit einem großen Zug und ließ seinen Blick durch die Runde schweifen. Bill nagte an einem Croissant, Charlie und Mike spielten am Handy irgendein Spiel gegeneinander und Tim rührte geradezu meditativ in einer Tasse Tee. Es war ein entspanntes Frühstück in dem gemütlichen, kleinen Cottage nahe Cork. Das Konzert am vergangenen Abend war gut verlaufen, obwohl James nicht wirklich auf der Höhe gewesen war. Im Gegensatz zu den anderen war er auch jetzt nicht fit. Während sie bei dem Konzert Kraft getankt hatten, hatte er sich lediglich verausgabt.

Es war nicht so, dass das Publikum nicht reichlich Energie verströmt hatte – oder, dass er sie nicht nutzen wollte. Er konnte es ganz einfach nicht. Es war, als habe er die Fähigkeit dazu verloren. Doch er wusste, dass das nicht der Fall war, weil er sich noch vor wenigen Tagen von Maja genährt hatte. Wahrscheinlich war es eher sein Unterbewusstsein, das ihm das Leben schwer machte, als eine körperliche Veränderung. Tatsache war aber, dass er müde und erschöpft war, weil es ihm dramatisch an Lebenskraft mangelte. Noch etwas, das Majas Abschied beinahe unerträglich machte.

Nun hatte er die ganze Nacht gegrübelt, allein in dem Zimmer, das er eigentlich mit Maja teilen wollte. Ein fleißiges Zimmermädchen hatte zwei neue Garnituren Handtücher im Bad bereitgelegt und ihn so daran erinnert, dass er nicht einsam und allein in diesem Zimmer sein sollte.

James räusperte sich und sofort trafen ihn Bills Blicke. Nach ihrem Gespräch bei Majas Abschied hatten sie nur noch das Nötigste miteinander gesprochen, doch James wusste, dass sein Bruder ahnte, welche Gedanken ihn belasteten.

Angesichts ihrer Freundschaft hatte James kurz in Betracht gezogen, Bill zuerst ins Vertrauen zu ziehen, aber letztlich hatte er sich erneut dafür entschieden, die Band gemeinsam zu informieren.

Langsam kehrte Ruhe am Tisch ein. Weniger wegen James' Räuspern, als wegen Bills erwartungsvollen Blicken. Alle wandten sich ihm zu und unterbrachen das ausgedehnte Frühstück.

»Ich werde nach der Tour aussteigen«, verkündete James so ruhig und gefasst wie möglich, obwohl dieser Moment für ihn sehr emotional war. Die Band war die Verwirklichung seines Lebenstraums. Zugleich war sie seine Familie und die Trennung würde zweifellos ein enormes Loch in seinem Leben hinterlassen. Obendrein waren seine Brüder die einzigen Wesen ihrer Art, von denen er wusste.

Der Gedanke, sein Leben auf sich alleine gestellt zu meistern, machte ihm durchaus Angst. Außerdem hatte er in den letzten Jahren ausschließlich für die Band gelebt, wenn er das aufgab, dann hatte er im Grunde gar nichts mehr – außer ein beeindruckendes Vermögen auf seinem Bankkonto und eine Chance, Maja zurückzugewinnen. Das würde für den Anfang genügen.

»Das kannst du doch nicht tun!«, platzte Mike entsetzt heraus, noch bevor Bill oder Ray etwas sagen konnten, obwohl beide bereits zum Widerspruch angesetzt hatten.

»Natürlich kann er das«, erwiderte Tim in seiner üblichen sachlichen Art. Mit derselben Ernsthaftigkeit musterte er James. Es wäre ein Trugschluss, zu glauben, dass er James' Entschluss widerspruchslos akzeptierte, aber er wartete wahrscheinlich erst einmal die Einwände der anderen ab. Zudem würde Tim eher das Gespräch unter vier Augen suchen, um auch die speziellen Argumente anbringen zu können, die in der Runde mit Ray unausgesprochen bleiben mussten.

»Er kann es tun, aber es ist unsagbar dumm, wenn er es nur tut, weil er sich in dieses Mädchen verguckt hat«, setzte Bill nun bitter hinzu. »Du denkst, du kannst Maja so zurückerobern, aber es kann sein, dass daraus nichts wird oder eure Beziehung irgendwann scheitert, und du am Ende vor einem riesigen Scherbenhaufen stehst.«

James sah Bill direkt an und es schmerzte, dass sein engster Vertrauter ihm so in den Rücken fiel. Allerdings wusste er auch, dass dieses Gespräch für Bill sehr schmerzhaft war, denn schließlich ging es für ihn um den Verlust seines wichtigsten Weggefährten. Sie beide waren einander näher als alle anderen und nun würde sich das Verhältnis zwischen ihnen zweifellos abkühlen. Teilweise hatte es das ohnehin schon, weil James eine Veränderung durchmachte, mit der er selbst nicht gerechnet hatte. Bill hatte das von Anfang an nicht verstanden, geschweige denn ansatzweise gutgeheißen. Sie alle hatten vorher nie darüber gesprochen, dass einer von ihnen gehen könnte, weil ihm eine Liebesbeziehung wichtiger war als die Familie.

»Es ist genauso dumm, eine Frau, die vielleicht die Liebe meines Lebens ist, einfach so gehen zu lassen.«

Tim lehnte sich etwas auf den Tisch und sah ernst zwischen Sänger und Gitarrist hin und her. »Es muss doch einen anderen Weg geben, als gleich alles hinzuschmeißen. Wie wäre es denn mit einer Wochenendbeziehung?«

Charlie seufzte theatralisch. »Wochenendbeziehungen funktionieren ja schon bei unserem Nesthäkchen so prima, dass James da bestimmt Lust darauf hat«, erwiderte der Bassist voller Sarkasmus.

Mike hatte mehrfach sein Glück mit Fernbeziehungen versucht, aber keine hatte länger als ein paar Treffen angehalten. Da war es allerdings auch nie als Dauerlösung gedacht gewesen, da Mike vernünftig genug gewesen war zu wissen, dass eine feste Beziehung ein Risiko für die wahre Identität der Brüder darstellte.

Nein, James fühlte sich nicht gerade ermutigt, sich darauf einzulassen. Da war er ganz Majas Meinung, eine Wochenendbeziehung schien nicht erstrebenswert und hatte vermutlich keine Zukunft.

»Aber er kann doch nicht einfach gehen, oder? Was soll denn dann aus der Band werden?«, fuhr Mike aufgebracht fort.

Die Zeit für James war gekommen, die Situation etwas zu entschärfen. Er hatte sich seine Argumente gut zurechtgelegt. »Ich bin nur der Gitarrist. Bill ist das Gesicht der Band. Ich bin ersetzbar und ihr werdet sicher schnell einen Ersatz für mich finden.« Davon war er überzeugt. Häufig bewarben sich junge, engagierte Nachwuchsmusiker, um Mitglied in der Band zu werden. Ray würde einen würdigen Nachfolger auftreiben. Außerdem gab es mehr als genug Bands, die bewiesen hatten, dass der Ausstieg eines Einzelnen nicht das Ende der ganzen Gruppe sein musste.

»Du weißt, dass das nicht so einfach ist. Es dauert, bis sich die Zusammenarbeit mit einem neuen Musiker richtig einspielt hat«, widersprach Bill ernst.

»Es wird schon werden. Deshalb gehe ich ja auch erst nach der Tour. Dann habt ihr reichlich Zeit, um euch neu aufzustellen, bis das nächste Album fertig ist.«

»Selbst, wenn wir dich als Gitarrist ersetzen können, bist du immer noch unser Songwriter. Ohne dich werden wir kein neues Album zusammenstellen können.«

James spürte einen Stich, weil er fürchtete, dass Bill damit Recht haben könnte. Viele Songs schrieben sie zwar gemeinsam, aber er war meist der Ideengeber, und oft verfasste er die Texte tatsächlich im Alleingang. In dieser Hinsicht war er schwerer zu ersetzen.

»Auch dafür wird sich sicher eine Lösung finden.« Nur hatte er diesen Aspekt bisher nicht bedacht, und seinen Brüdern war in dieser Situation jedes Argument recht, um ihn von einem Ausstieg abzuhalten.

»James kann immer noch die Songs schreiben, auch wenn er nicht mehr fest in der Band ist. Es gibt genügend Bands, die mit externen Songwritern arbeiten«, schlug Ray nüchtern vor, nachdem er bisher stets stumm zugehört hatte. Er lehnte sich auf seinem Stuhl zurück und beobachtete die Reaktionen auf diesen Vorschlag, die Stirn nachdenklich in Falten gelegt.

»Warum unterstützt du ihn bei dieser Spinnerei?«, brüllte Bill ärgerlich.

Ray zuckte mit den Schultern. »James macht das alles ja bestimmt nicht leichtfertig. Wenn er sich zu diesem Schritt entschieden hat, sollten wir besser die Zukunft planen, als ihn zu verunsichern. Ich denke, ihr solltet alle darüber nachdenken, wie es weitergehen soll. Sonst werden hier und heute vielleicht Dinge gesagt oder getan, die unumkehrbar sind.« Es war ein Schlichtungsversuch von Ray, der wahrscheinlich gerade rechtzeitig kam, bevor Bills Temperament eine Explosion auslöste.

Aber James war noch nicht bereit, das Gespräch zu beenden. »Meine Entscheidung ist endgültig«, betonte er entschlossen. »Und ich will, dass Maja bald davon erfährt.«

Bill gab ein abfälliges Geräusch von sich, während die anderen es stumm zur Kenntnis nahmen.

»Der Bus kommt in einer halben Stunde, und wir brauchen alle vorher ein paar Minuten für uns. Also lasst uns das erst einmal vertagen.« Rays Worte bewirkten, dass sich der Raum innerhalb der nächsten Minuten leerte, bis nur noch James und der Manager am Tisch saßen. Bill ging als letztes Bandmitgliedern. Er verließ das Zimmer wortlos, obwohl ihm sicher vieles auf der Zunge lag.

»James, ich weiß, dass Maja dir viel bedeutet, aber ich weiß auch, dass dir viel an der Musik liegt. Willst du das wirklich aufgeben?«, begann Ray ruhig und in besorgter Manier.

»Nein, das will ich nicht.« Er hatte gar nicht vor zu leugnen, wie viel ihm an der Band und ihrer Musik lag, auch wenn Ray nicht erahnen konnte, wie eng die Verbindung der Musiker untereinander war. »Aber scheinbar sind die Band und die Liebe unvereinbar.« James hatte keine Veranlassung, dem Manager etwas vorzumachen. Er sollte wissen, dass es keine einfache Entscheidung war. Im Gespräch mit seinen Brüdern hatte er den Schmerz über die bevorstehende Trennung bewusst überspielt, damit sie nicht noch mehr Anlass hatten, ihn umstimmen zu wollen. Bei Ray war es etwas anderes. James wusste, dass der Manager seinen Entschluss respektierte.

»Das kannst du jetzt nicht mit Sicherheit sagen. Genauso wenig, wie du weißt, ob deine Gefühle für Maja von Dauer sind oder ob sie diese überhaupt erwidert. Es ist noch zu früh, um endgültige Entscheidungen zu treffen.«

James blickte den Manager lange und ernst an. Er war verliebt, jedoch nicht blind für die Situation, und wusste, dass Ray eigentlich recht hatte, er allerdings doch das grundsätzliche Problem übersah.

»Ich habe aber sonst keine Möglichkeit, um herauszufinden, wohin sich unsere Beziehung entwickelt. Ich kann mir nun mal nicht einfach von der Band freinehmen und zurückkommen, wenn es mit Maja nicht klappt.«

Genau das hatte Maja für ihn getan und dabei sogar ihre Anstellung riskiert. Es war an der Zeit, dass er ebenfalls ein Opfer für die Liebe brachte. Es war vermessen zu glauben, dass ihr Job weniger wert war als seiner, nur weil sie nicht berühmt war.

»James, lass mich einiges in Ruhe überdenken und noch mal mit Bill reden, bevor du irgendwem von deinen Plänen erzählst.«

Widerwillig nickte er. »Aber ich will Maja diese Woche noch wissen lassen, dass ich sie nicht aufgebe.«

Ray nickte zögernd.

Wenig später setzte sich der Tourbus für die lange Fahrt zum Abschlusskonzert in London in Bewegung. Es müsste schon ein Wunder geschehen, damit James bei dieser Gelegenheit nicht seinen Rückzug aus der Band bekannt gab. London war perfekt, weil sich bereits viele Medienvertreter zum Konzert angekündigt hatten. Alles, was dort geschah, würde sicher auch Maja bald erfahren.

Maja war um halb neun im Büro – früher als ihr Chef Jonathan, der ihre Anwesenheit mit einem freundlichen Lächeln zur Kenntnis nahm, als er an ihrem Büro vorbeiging.

»Schön, dass du zurück bist.« Mehr hatte er nicht zu sagen, und überraschenderweise ersparte er ihr sogar eine Rüge wegen ihrer ungeplanten Abwesenheit in den vergangenen Tagen.

Maja atmete erleichtert auf und konzentrierte sich auf ihre unzähligen Mails. Bald kamen auch ihre beiden Kolleginnen hinzu, sichtlich überrascht, sie wiederzusehen. Mit etwas verhaltenem Lächeln grüßten die beiden Lästerschwestern, doch in ihren Augen stand die pure Schadenfreude. Sie wussten wohl, wo Maja die letzten Tage verbracht hatte, und vermutlich auch, dass sie nicht ganz freiwillig zurückgekommen war.

Aber Maja gab sich nicht die Blöße, sich für ihr Fehlen oder ihre Rückkehr zu rechtfertigen, denn solche Erklärungen schuldete sie höchstens Jonathan, und der bat sie nicht einmal darum.

Indessen bemerkte sie immer wieder die neugierigen Blicke ihrer anderen Kollegen, doch diese brachten kein Wort hervor. Zumindest nicht in Majas Gegenwart.

Etwa eine Stunde später verabschiedeten sich ihre beiden Schreibtischnachbarinnen, um gemeinsam Kaffee zu holen. Natürlich boten sie Maja nicht an, mitzukommen. Bald schon hörte sie Gemurmel auf dem Gang.

»Ich dachte nicht, dass sie zurückkommt.«

»Warum das hier, wenn sie einen Rockstar haben kann?«

»Vielleicht hatte er genug von ihr?«

Zweifellos beteiligten sich an der lebhaften Diskussion auch einige der Makler, Maja hörte mehrere männliche Stimmen, gab sich aber keine Mühe, diese bestimmten Personen zuzuordnen. Diejenigen, die sie nicht hörte, standen vermutlich schweigend dabei.

»Er hat bestimmt kein Interesse an einer dauerhaften Beziehung.«

»So ein Typ kann jeden Tag eine andere haben, warum dann ausgerechnet sie?«

»Er hat bestimmt Schluss gemacht.«

Zornig stand Maja auf. Aber welchen Sinn hätte schon eine Diskussion mit den Lästerschwestern auf dem Gang? Sie würden ihr doch sowieso nicht glauben, dass sie es war, die gegangen war, weil sie ihren Job behalten wollte. In diesem Augenblick fiel es ihr ja selbst schwer, das zu glauben. Das machte sie verrückt. Es war beinahe Grund genug, um an ihrer geistigen Gesundheit zu zweifeln.

Sie gab der offenen Bürotür einen beherzten Schubs, sodass sie geräuschvoll zufiel. Zum einen hatten ihre Kollegen damit sicher verstanden, was sie von ihren Äußerungen hielt, zum anderen musste sie den Spekulationen jetzt nicht mehr zuhören.

An ihrem Platz angelangt, starrte sie auf den Bildschirm, dann auf den Schreibtisch voller Papierkram, den sie zu erledigen hatte, und schließlich wieder auf die unzähligen E-Mails. James gegenüber hatte sie so entschlossen betont, dass sie diese Stelle nicht verlieren wollte, aber jetzt hätte sie am liebsten den Rechner aus dem Fenster geworfen und handschriftlich ihre Kündigung auf den Tisch gelegt.

Stattdessen nahm sie seufzend wieder ihren gewohnten Platz ein und widmete sich der nächsten ungelesenen Mail.

Sie durfte nicht ihr mühsam aufgebautes Leben ruinieren, nachdem sie schon ihr Liebesleben in den Sand gesetzt hatte und ihr Familienleben ohnehin durch die Trennung von David zerrüttet war.

Irgendwann kamen Blond und Blond-mit-Strähnchen kichernd wieder herein, aber Maja würdigte sie keines Blickes. Sie arbeitete stumm und konzentriert, bis die beiden um kurz nach zwölf zur Mittagspause verschwanden, ohne auch nur auf die Idee zu kommen, sich zu verabschieden.

Maja ihrerseits entschied sich, später in die Pause zu gehen, sodass sie weniger Zeit mit ihren beiden Kolleginnen verbringen musste. Sie waren noch nie beste Freundinnen gewesen, aber nun war die Spannung allgegenwärtig.

»Hey!« Zu allem Überfluss platzte jetzt David herein, als gerade die beruhigende Mittagspausenstille auf dem Gang einkehrte. »Schön, dass du zurück bist.«

Das kam ausgerechnet von ihm, der mit Sicherheit dafür gesorgt hatte, dass alle erfuhren, wie sie ihren kurzfristigen Urlaub genutzt hatte.

»Du meinst wohl eher: Schön, dass ich euch Stoff zum Reden liefere.«

Ungebeten kam er näher und postierte sich Maja gegenüber am Arbeitsplatz ihrer Kolleginnen. Er nahm sich deren verlassenen Stuhl und ließ sich darauf sinken, ein unverkennbares Zeichen, dass er nicht vorhatte, sofort wieder zu gehen - sehr zu Majas Bedauern. Er war so ziemlich der Letzte, den sie sehen wollte.

Offenbar hatte er Redebedarf. Kein Wunder, es musste ihm wohl langweilig geworden sein, weil er sie einige Tage lang nicht nerven konnte.

»Was hast du erwartet, wenn du wie ein Groupie im Tourbus mit einer Band durchs Land kurvst? Wenn du nicht willst, dass man über dich redet, dann leiste dir gefälligst nicht solche Eskapaden.«

Maja fühlte einen Stich im Herzen, weil David ihr deutlich machte, wie flüchtig ihre Affäre mit James auf andere wirkte. Dabei wurde das weder ihren noch seinen Gefühlen gerecht. Unweigerlich musste sie daran denken, dass er sogar »Ich liebe dich« gesagt hatte, und sie ihn dennoch verlassen hatte. Nun wurden James' tiefe Gefühle für sie von David als peinliche Eskapaden abgetan.

»Ihr habt doch alle keine Ahnung. Zwischen mir und James war es ernst.« Noch während ihr Mund die letzten Worte formte, bereute sie ihre Offenheit. Zweifellos würde David das nach der Pause sofort allen kundtun.

»Das glaubst du doch selbst nicht. Wenn es so ernst war, warum bist du dann wieder hier?«

»Aus Dummheit«, lag es ihr bereits auf der Zunge, aber sie sprach es nicht aus. Gerade David sollte nicht wissen, wie sehr sie schon nach nicht einmal vierundzwanzig Stunden mit ihrer Entscheidung haderte.

»Dir ist doch selbst klar, dass so ein Typ und dieses Leben nicht zu dir passen. Du hattest für einige Tage deinen Spaß, ein kleines Abenteuer, aber dein Platz ist hier«, fuhr David unbeirrt fort. Dinge, die sie selbst vor einigen Tagen zu James gesagt hatte, klangen aus Davids Mund falsch und gemein.

»Nein, hier gehöre ich noch weniger dazu.« Das konnte David angesichts der Lästereien vom Morgen nicht einmal leugnen.

»Wie auch, wenn du von heute auf morgen mit einem Rockstar durchbrennst? Sowas tut kein vernünftiger Mensch.«

Maja musste sich eingestehen, dass er damit sogar recht hatte. Sie hatte niemandem von ihrer Begegnung mit James erzählt und war einfach ohne Abschied gegangen. Aber das war nicht der Grund, weshalb sie hier so isoliert war. Sie hatte niemandem davon erzählt, weil sie schon vor ihrer Begegnung mit James nicht mehr dazu gehört hatte.

»Euch wäre es also lieber, ich wäre nicht zurückgekommen.«

David lehnte sich etwas über den Schreibtisch ihrer Kollegin, als wollte er ihr nahe sein. »Nein, Maja, dein Platz ist hier, und ich bin wirklich froh, dass du zurück bist. Aber du bist noch nicht wieder angekommen. Es steht dir ins Gesicht geschrieben, dass du zwischen zwei Welten stehst, und du hältst uns alle auf Abstand.« Er lächelte. »Lass mich dir helfen, dann kannst du bald wieder dazugehören.«

Schlagartig wurde ihr klar, dass David nicht gekommen war, um ihr den Kopf zu waschen wegen ihrer Affäre mit James. »Denkst du wirklich, ich würde wieder zu dir zurückkommen, unmittelbar nachdem ich James verlassen habe?« Nicht, dass sie unter anderen Umständen bereit wäre, wieder mit David zu gehen, aber jetzt kam sie sich schon bei dem Gedanken so vor, als würde sie James betrügen.

»Ja, das denke ich wirklich. Du hast dich ausgetobt und hast gesehen, dass es nicht funktioniert. Du solltest jetzt endlich erkennen, was wir hatten, was wir wiederhaben könnten, und dass es Zeit ist, zu mir zurückzukommen. Ich werde nicht ewig warten.«

Fassungslos stand Maja auf und ging einige Schritte von ihrem Schreibtisch weg, als würde der Abstand beim Nachdenken helfen.

Schwungvoll drehte sie sich wieder zu David um. Natürlich wusste sie, wie wertvoll eine langjährige Beziehung wie ihre war, es war schließlich bisher die einzige in ihrem Leben gewesen. Mit Sicherheit würde es ihrer Beliebtheit im Büro zuträglich sein, erneut mit ihm anzubändeln. Aber ganz abgesehen von all den anderen Gründen, die zu ihrer Trennung geführt hatten, gab es nun James.

»Du brauchst nicht auf mich zu warten, David. Es gibt jetzt jemand anderen.«

David stand mit ernster Miene auf und näherte sich endlich der Tür. »Du hast ihn verlassen, schon vergessen?«

Maja sah aus dem Fenster, auf die benachbarten Bürohäuser. »Ich weiß, aber ich liebe ihn.« Wieder waren die Worte raus, bevor sie es verhindern konnte.

Entsetzt über ihre eigenen Worte blickte sie zur Tür. David war fort und hatte sie hoffentlich nicht gehört. Wie konnte sie so etwas sagen? Wie konnte sie sich ausgerechnet jetzt zu dem L-Wort hinreißen lassen, obwohl sie James doch gestern erst aufgegeben hatte?

Was sollte sie denn nun mit diesem Wort, und diesen Gefühlen, anfangen?

Es war nur eine harmlose Autogrammstunde mit einer kurzen musikalischen Einlage und trotzdem fühlte James sich hinterher so müde und ausgelaugt, dass er sich kaum mehr auf den Beinen halten konnte. Obendrein schien in London die Sonne auch am Nachmittag noch und schmerzte in seinen Augen.

Hätte er es nicht besser gewusst, hätte er angenommen, er sei krank. Aber er und seine Brüder wurden nicht krank. Niemals.

Erleichtert ließ er sich auf das Sofa, in einer Lounge im Backstagebereich der Konzerthalle, fallen. Daran, dass er in wenigen Stunden ein anstrengendes Konzert zu bewältigen hatte, wollte er gerade wirklich nicht denken.

»Alles okay?« Neben ihm ließ sich ebenfalls jemand auf der Couch nieder. Die Stimme verriet, dass es Bill war. Ausnahmsweise klang er nicht vorwurfsvoll, sondern vor allem besorgt – schon fast einfühlsam.

»Ja, ich bin nur müde.« Natürlich war das stark verharmlost, und vermutlich ließ sich Bill nicht so leicht täuschen. Außerdem war James sich bewusst, dass auch seine anderen Brüder ihn besorgt beobachteten.

»Du siehst halb verhungert aus«, stellte nun Tim ernst und nachdenklich fest.

James öffnete die Augen und sah seinen ältesten Bruder an der Wand, auf der anderen Seite des ganz in Schwarz gestrichenen Raumes, lehnen. Ein kurzer Blick in die Runde bestätigte ihm, dass sie alleine waren. Ray war nicht da, also konnte er offen reden. Wenn er es wollte.

»Übertreib nicht.« James bemühte sich, zu lächeln, sah seinen Brüdern allerdings an, dass es sie nicht beruhigte.

»Ist auch nicht meine Art.« Tim fuhr sich nervös mit einer Hand durch das kurze schwarzbraune Haar.

Indessen legte ihm Bill prüfend eine Hand auf die Stirn, wie eine Mutter, die sich vergewissern wollte, ob ihr Kind Fieber hat. Vollkommen sinnlos – keiner von ihnen hatte je gefiebert. »Du hast seit Maja nichts mehr zu dir genommen, oder?«

James nickte widerwillig und verzichtete darauf, Bill darüber aufzuklären, dass es sogar noch einen Tag länger her war. Er hatte Maja schließlich nicht jede Nacht ausgesaugt, weil er, Tims Rat folgend, auf ihre Gesundheit geachtet hatte.

»Das muss aufhören, James. Wenn es dich beruhigt, versichere ich dir, dass Maja es sicher nicht als Betrug sehen würde. Einem Menschen die Lebensenergie zu stehlen gehört nicht zu den großen romantischen Gesten, auf die Frauen Wert legen«, rügte Tim ihn ernst.

Etwas zerknirscht grübelte James über diese Worte nach. Er hatte natürlich Recht, aber Tim hatte offenbar nicht erkannt, dass James nicht freiwillig fastete. Was würde es auslösen, wenn er seinen Brüdern die Wahrheit sagte?

Würden sie ihm helfen, Maja wiederzusehen? Oder würden sie ihn für verrückt erklären?

14. Kapitel

Halbherzig wünschte Maja Jonathan einen schönen Feierabend, als sie beide als letzte das Büro verließen. Wieder war sie dankbar dafür, dass wenigstens er auf eine Einmischung in ihr Liebesleben verzichtete.

Alle anderen hatten heimlich über ihren Streit mit David getuschelt, als Maja aus ihrer einsamen Mittagspause, die sie in einem benachbarten Café verbracht hatte, zurückkehrte. So ganz verübeln konnte sie es den Leuten nicht. Was gab es Spannenderes, als eine Kollegin, die ihrem Exfreund erneut den Laufpass gegeben und obendrein einem Rockstar das Herz gebrochen hatte? Dafür konnte man glatt die tägliche Seifenoper im Fernsehen ausfallen lassen.

Als sie an diesem Abend in den Bus nach Hause stieg, war Maja zwar klar, dass sie wie selbstverständlich am nächsten Morgen wieder zur Arbeit gehen würde, allerdings auch, dass sie bald kündigen würde.

Sie musste einen endgültigen Schlussstrich ziehen, was David betraf, und um von James loszukommen, musste sie weg von den Kollegen, die ständig wegen ihrer Trennung neue Gerüchte erfanden. Sie brauchte einen Neuanfang.

Im Bus versuchte sie, ein wenig zu lesen. Sie hatte einen Krimi dabei, konnte sich aber nicht richtig darauf konzentrieren.

»Siehst du?«, hörte sie ein aufgeregtes Flüstern aus dem Wirrwarr der Stimmen im vollen Bus heraus. »Das ist sie!«

Majas Blick folgte den Stimmen und traf auf zwei Teenager, die sich hastig abwandten. Wahrscheinlich Fans der Band, die Maja dank der Schnappschüsse von ihrem Shoppingausflug mit James erkannt hatten. Nur weil sie das hinter sich lassen wollte, lösten sich diese Bilder eben nicht in Luft auf.

Sie atmete durch und stieg eine Station zu früh aus, um in der Abendsonne noch etwas spazieren zu gehen. Und um nicht weiter mit den Teenies konfrontiert zu sein.

Sie ging zügig, aber immer wieder beschlich sie das Gefühl, angestarrt zu werden. Im Grunde war ihr klar, dass die wenigsten dieser Leute sie erkannten. Die meisten fragten sich wohl eher, warum sie es so eilig hatte und sich so nervös umsah.

Sie musste diese Paranoia dringend loswerden und zugleich akzeptieren, dass es einige Fremde gab, die sie wirklich erkannten, die Dinge über ihr Liebesleben wussten, die sie noch nicht einmal ihrer Mutter mitgeteilt hatte.

Das musste sie unbedingt nachholen, bevor möglicherweise David, oder sonst irgendwer, ihr von der Sache mit James erzählte. Es war ja nicht so, dass sie ihrer Mutter etwas verschweigen wollte. Sie hatte nur Angst vor ihrer Reaktion und vor den Fragen, auf die sie selbst auch keine Antwort hatte. Trotzdem musste sie sich dem irgendwann stellen. Sie konnte nicht ewig den Kontakt zu ihrer eigenen Familie vermeiden – und wollte es eigentlich nicht einmal. Ihre Familie sollte schließlich auch zu ihrem neuen Leben gehören.

Gerade, als sie ihre Wohnung erreichte, klingelte ihr Handy, und eine unbekannte Nummer wurde angezeigt. Widerwillig starrte sie darauf. Ungeachtet ihres Vorsatzes, ihre Mutter anzurufen, hatte sie jetzt keine Lust zu telefonieren. Nicht einmal mit dem Kundendienst ihres Mobilfunkanbieters.

Sie könnte das Handy einfach in ihre Handtasche zurückwerfen und den Rest des Abends ignorieren. Andererseits könnte es ein wichtiger Anruf sein. Vielleicht hatte ihre Mutter einen Unfall gehabt und brauchte Hilfe, oder ein bisher unbekannter Onkel in Übersee war gestorben und hatte ihr ein unfassbares Vermögen hinterlassen, sodass sie nie wieder auf ein Gehalt angewiesen war und ihre Zweizimmerwohnung sofort aufgeben konnte.

Seufzend nahm sie ab. »Hallo?«

Noch während sie sich aus ihren unbequemen, aber eleganten Schuhen quälte, akzeptierte sie, dass das erhoffte Erbe wohl ausbleiben würde.

»Hi Maja, hier ist Ray«, verkündete die raue Stimme am anderen Ende der Leitung. Es kam ihr vor, als wäre seit ihrem letzten Gespräch eine Ewigkeit vergangen, dabei war es gerade einmal etwas mehr als 24 Stunden her, dass sie sich von Ray verabschiedet hatte.

»Ich hatte nicht damit gerechnet, von dir zu hören.« Sie bemühte sich gar nicht, ihre Überraschung zu verbergen, während sie sich auf das unbequeme Sofa fallen ließ und die Füße anzog. Insgeheim spielte sie mit dem Gedanken, das Telefonat unter einem Vorwand zu beenden. Welchen Sinn hatte schon ein Gespräch mit dem Bandmanager? Im Zweifelsfall erinnerte er sie nur daran, was sie aufgegeben hatte. Auf jeden Fall hielt dieser Anruf aus ihrer Vergangenheit sie erneut davon ab, in ihrem Alltag anzukommen.

Ob Ray ihr wohl glauben würde, dass sie gerade in einen Tunnel fuhr?

»Ich will dich auch gar nicht lange aufhalten.« Möglicherweise hatte er realisiert, wie unangenehm ihr der Anruf war. »Ich wollte dir nur sagen, dass die Jungs am Wochenende nochmal in Limerick spielen. Es ist nur ein kleines Konzert in einem Pub und die Karten werden vom Fanclub vergeben, aber wenn du willst, kann ich dir eine besorgen.«

Maja musste schlucken. Normalerweise hätte sie ohne Zögern zugestimmt. Nach diesem anstrengenden Tag und den vermutlich ebenso anstrengenden zwei Arbeitstagen, die noch vor ihr lagen, könnte sie am Wochenende sicher eine Aufmunterung gebrauchen, dringend sogar. Aber sie war noch nicht bereit, James wieder auf der Bühne zu sehen. Der Gedanke, ihm so nahe und doch so fern zu sein, war verdammt schmerzhaft für sie – zumal es sie unweigerlich daran erinnern würde, wie sie James kennengelernt hatte.

»Nein, ich denke, dafür ist es noch zu früh.« Sie sah vor ihrem inneren Auge, wie Ray verständnisvoll nickte.

»Das dachte ich mir schon, aber es ist so, dass wir danach wohl eine Weile in Mitteleuropa unterwegs sein werden. Also, wenn du dich noch mit James aussprechen möchtest, ist das für einige Zeit vermutlich die letzte Gelegenheit. Das wollte ich dich nur wissen lassen.«

Maja erwartete, dass er nun anfing zu erzählen, wie schlecht es James ging, dass er ihr nachtrauerte und den Abschied bedauerte, aber Ray schwieg einfach nur. Als hätte er seinen Text aufgesagt und wartete nun auf eine Reaktion von ihr.

»Danke«, erwiderte sie, bevor Ray doch noch traurige Details über James erzählte.

»Nichts zu danken. Ich will dich auch zu nichts drängen. James weiß nichts hiervon. Gib einfach Bescheid, wenn du kommen willst.«

Instinktiv war ihr eine Antwort in den Sinn gekommen. Ein einfaches und unzweifelhaftes »Nein«. Dabei sehnte sie sich so sehr nach James – ihn zu sehen und zu wissen, wie es ihm ging. Ob er sie vermisste oder längst wieder zum Alltag übergegangen war?

War es im Grunde nicht das, was sie wollte? Dass er sie vergaß und sich anderen Dingen widmete? Allerdings schmerzte der Gedanke, sie könnte so unbedeutend für ihn gewesen sein und schnell in Vergessenheit geraten. Sie würde ihn nicht so bald vergessen.

»Danke, ich werde darüber nachdenken«, antwortete sie, um nicht unhöflich zu erscheinen, obwohl sie ihre Entscheidung nicht mehr ändern würde.
»Ist sonst alles in Ordnung? Bist du gut wieder zu Hause angekommen?« Maja hörte eine väterliche Fürsorge aus seinen Worten, vielleicht sogar etwas mitschwingende Sorge, und sie wusste diese Anteilnahme zu schätzen. Es war nett, dass Ray sie nicht einfach links liegen ließ, obwohl sie James verlassen hatte.
Es könnte es ihm egal sein, was aus ihr wurde.
So sehr sie seine Sorge auch rührte, musste sie doch eigentlich hoffen, dass sie nicht lange anhielt. Wenn sie alle zu ihrem Alltag zurückkehren wollten, musste Ray sich wieder auf andere Dinge konzentrieren.
»Ja, alles bestens. Der Fahrer war sehr aufmerksam.«
»Gut. Wenn du Probleme haben solltest, dass dich die Fans der Jungs belästigen, gib Bescheid.«
Maja schluckte schwer bei dieser Vorstellung. Es war ja schon nervenaufreibend genug, wenn sie hin und wieder angestarrt wurde, aber der Gedanke, dass übermütige Fans sie verfolgen könnten ...
Ihre Nackenhärchen stellten sich auf, doch die Vernunft besänftigte sie sofort. So spannend waren ihre eigene Person und ihr Leben wirklich nicht. Vielleicht würde es für die Neugierigen noch eine Weile lang unterhaltsam sein, Maja zu beobachten, aber sobald sie erkannten, dass die Trennung von James endgültig war, würden sie sich anderen Themen zuwenden.
»Denkst du denn, dass ich Probleme bekommen werde?« Die nervösen Finger ihrer freien Hand suchten eine Beschäftigung. Vorläufig spielte sie mit ihrer Halskette, während sie auf eine Antwort wartete.
»Nein, eigentlich nicht, aber man kann ja nie wissen. Und du sollst wissen, dass du mit sowas nicht allein

zurechtkommen musst. Das gilt auch dafür, wenn die Medien Kontakt zu dir aufnehmen sollten.«

Wieder eine Andeutung, die ihre Innereien verkrampfen ließ. Medienanfragen? Was sollte man schon von ihr wissen wollen? Was sie für James empfand? Wieso sie ihn verlassen hatte? Wie sollte sie Journalisten solche Fragen beantwortete, wenn sie nicht einmal James hatte überzeugen können?

»In Ordnung. Danke für den Anruf«, verabschiedete sie sich schnell, bevor Ray noch mehr aufwühlende Andeutungen machte. Oder bevor sie doch auf die dumme Idee kam, ihn nach James auszufragen.

»Pass auf dich auf.« Dieselben Worte, mit denen James sie am Auto verabschiedet hatte. Hatte sie den beiden so sehr den Eindruck vermittelt, sie müsste beschützt werden? Sie sollten doch wirklich wissen, dass sie gut allein zurechtkam. Schließlich hatte sie die bisherigen siebenundzwanzig Jahren auch irgendwie gemeistert. Sie war erwachsen, sie hatte ihr Leben im Griff – bis sie James kennengelernt hatte.

Noch ein Grund, nicht zu dem Konzert zu gehen. Es wäre wieder ein Abend, an dem sie sich von James leiten ließe. Aber genau das musste sie hinter sich lassen, um sich den anderen Problemen widmen zu können.

Was konnte es schon bringen, zu dem Konzert zu gehen, außer mehr Gefühlsverwirrungen? Sie würde James wiedersehen, sie würden reden und sich küssen, und wahrscheinlich würde noch mehr passieren. Irgendwann würde sie wieder vor der Entscheidung stehen, ob sie ihren Job aufgeben oder James verlassen sollte. Erneut würde sie mit sich ringen müssen, und James würde seine Gefühle für sie beteuern. Am Ende würde sie doch wieder feige ihr gewohntes Leben vorziehen, weil sie sich nicht von einem Mann abhängig machen wollte.

Sie musste standhaft bleiben und an ihrem Schlussstrich festhalten, obwohl es schwer und schmerzhaft war. Zumindest würde sie wohl nur noch dieses eine Mal standhaft sein müssen, denn wenn die Band zur Tour aufs Festland aufbrach, würde sie James für eine lange Zeit nicht mehr sehen.
Das sollte sie doch trösten.

James war froh, als Tim und Bill ihn endlich ins Bett verfrachteten. Sie hatten das letzte Konzert in London gut überstanden, und auch James hatte sich auf der Bühne im Griff gehabt – zumindest soweit es die Fans sahen. Natürlich hatte James nicht gerade geglänzt, aber er war immerhin weder im Stehen eingeschlafen noch zusammengebrochen.

Doch im Gegensatz zu seinen Brüdern, die während des Auftritts Energie getankt hatten, war James hinterher erst recht am Ende. Hätten Bill und Tim ihn nicht in ihre Mitte genommen, wäre er von der Bühne getorkelt wie ein Betrunkener. Dankenswerterweise hatten die beiden sogar auf die obligatorische Party verzichtet, um James unauffällig ins Hotel zu bringen.

James stöhnte erleichtert, als er endlich in dem weichen Bett lag. Er wollte einfach nur schlafen. Dieser Wunsch war so übermächtig, dass er beim Konzert sogar darauf verzichtet hatte, seinen Rücktritt bekanntzugeben. Stattdessen hatte Ray in einer Blitzaktion ein spezielles Fan-Konzert in Majas Heimatstadt organisiert. So sollte James die Gelegenheit haben, sie wiederzusehen. Falls sie das wollte.

Neben sich spürte er, wie das Bett nachgab, und er realisierte, dass Bill und Tim nicht vorhatten, ihn friedlich einschlafen zu lassen. Es wäre ja auch zu schön gewesen, wenn sie einfach gingen.

»Entweder du hast den Verstand verloren oder du sagst uns nicht die ganze Wahrheit«, begann Tim ernst und vorwurfsvoll. »Wir hatten gerade ein tolles Konzert mit über mehreren tausend enthusiastischen Zuschauern. Mehr als genug, dass wir alle für eine Woche versorgt sein sollten, aber du kannst dich kaum noch auf den Beinen halten.«

James öffnete die Augen und sah seitlich über sich Tims Gesicht, der am Kopfende des großen Bettes lehnte.

Bill entdeckte er am Fußende des Bettes, mit den Händen in den Hosentaschen. »Wenn du stirbst, weil du Maja auf eine sehr verdrehte Art treu sein willst, wird sie es nie erfahren und diese Geste auch nicht zu schätzen wissen«, sagte dieser.

James schüttelte den Kopf. Der Gedanke, er würde in den Hungerstreik treten, um Maja treu zu sein, war lächerlich. Selbst für ihn. Es steckte keinerlei Romantik darin, wenn er ihr eines Tages versprach, dass er sich für den Rest seines Lebens nur noch von ihr ernähren wollte.

»Ich kann nicht«, gestand er mit trockenem Mund. »Seitdem ich Maja getroffen habe, kann ich nichts mehr aufnehmen – außer ihre Lebenskraft.« Er wusste selbst nicht, warum er das so lange verschwiegen hatte. Vielleicht hatte er nicht zugeben wollen, dass er abhängig von einem bestimmten Menschen war, vielleicht wollte er seinen Brüdern nicht noch einen Grund geben, die Beziehung mit Maja zu verteufeln, vielleicht hatte er den Ernst der Lage unterschätzt.

»Bist du sicher, dass du es nicht kannst? Oder steigerst du dich da nur in etwas hinein?«, hakte Bill skeptisch nach.

James konnte ihm diese Unterstellung nicht einmal verübeln. Immerhin war er, wenn es um Maja ging, alles andere als vernünftig. Da war ihm die eine oder andere Fehlentscheidung durchaus zuzutrauen. Er wünschte, es wäre seine Entscheidung.

»Glaub mir, spätestens heute hätte ich alles genommen, was ich bekommen hätte.« Es widersprach absolut James' Selbstbild, dass er nun kraftlos in einem Bett lag, in das ihn seine Brüder hatten schleppen müssen. Derartig auf Hilfe angewiesen zu sein, war definitiv unter seiner Würde, so weit hätte er es nicht kommen lassen, wenn er eine Wahl gehabt hätte.

Bill nickte, mehr oder weniger überzeugt.

Indessen fuhr Tim sich nachdenklich durch die Haare. »Dann müssen wir wohl dringend Maja auftreiben.«

James schüttelte den Kopf erneut. »Nicht, wenn sie nicht freiwillig kommt.« Da war er sich sicher, egal, was das für ihn selbst bedeutete, er wollte sie zu nichts zwingen.

»Wir wissen nicht, was mit dir passiert, wenn wir Maja nicht finden. Es könnte sein, dass du stirbst, wenn wir nichts unternehmen«, erinnerte Tim ihn ernst.

Seit sie denken konnten, hatte immer jemand dafür gesorgt, dass sie bei Kräften blieben und rechtzeitig eine Gelegenheit hatten, sich zu stärken. In ihrer Kindheit war es ihre Mutter gewesen, die mit ihnen ins Stadion zu Fußballspielen oder zu anderen Großveranstaltungen gegangen war. Später hatte Tim diese Verpflichtung übernommen. Notfalls hatten sie schnell eine Disco besucht, aber niemals hatten sie es weiter als bis zu einer leichten Erschöpfung kommen lassen. Da sie nie mit ihrem Vater hatten sprechen können, wussten sie auch nicht, was mit ihnen passierte, wenn sie zu lange hungerten. So schwach, wie er sich aktuell fühlte, hielt James es allerdings durchaus für vorstellbar, dass er sterben könnte.

»Wenn sie nicht von selbst kommt, was willst du dann tun? Sie entführen und als Gefangene halten?«, hakte James bitter nach. Seinen Brüdern sollte klar sein, dass diese Lösung für ihn nicht in Frage kam, nicht einmal wenn es um sein Leben ging.

»Zur Not, ja, zumindest bis wir eine andere Lösung finden.« Von Bill hatte James so etwas tatsächlich erwartet, aber dass diese Worte von dem sonst so rationalen Tim kamen, entsetzte ihn.

»Ich will das nicht. Ich will nicht, dass sie zu irgendwas gezwungen wird!«, widersprach James entschlossen.

Bill gab ein abfälliges Geräusch von sich. »In deinem Zustand bist du nicht wirklich in der Lage, irgendwelche Forderungen zu stellen. Zumal Maja wohl kaum bereit sein wird, dich sterben zu lassen.«

James schüttelte erneut den Kopf. »Das gibt euch nicht das Recht, sie zu verschleppen. Wir wissen ja gar nicht, was das mit ihr anrichtet, wenn sie immer wieder als Lebensspenderin für mich herhalten muss.«

Im Halbdunkel hatten Tims Augen inzwischen ihre natürliche Bernsteinfarbe angenommen und leuchteten wie Katzenaugen. »Wir werden sehen.«

15. Kapitel

Auch an ihrem dritten Arbeitstag nach der Rückkehr ins Büro wurde Maja mit Argusaugen beobachtet. Keiner wagte es, Fragen zu stellen, aber inzwischen war sie sich sicher, dass alle darauf warteten, dass sie sich ihre Akzeptanz in der Gemeinschaft durch spannende Details aus dem Tourleben der Band erkaufen würde. In der Zwischenzeit begnügte man sich mit Spekulationen über ihre Trennung von James. Der neueste Konsens war, dass Maja ihn in flagranti mit einem Groupie erwischt hatte.

Maja schwieg eisern und bemühte sich, keine Miene zu verziehen, wenn sie irgendwo Getuschel aufschnappte. Doch es fiel ihr immer schwerer. Erstaunlicherweise war es leichter zu ertragen gewesen, als man behauptet hatte, sie hätte James gelangweilt. Die Unterstellung, er wäre ihr untreu gewesen, wurde James so gar nicht gerecht. Sie hatte mehrmals hautnah erlebt, wie er den Groupies die kalte Schulter gezeigt hatte, um sich ihr zuzuwenden.

Vollkommen zu Unrecht hatte sie Bedenken gehabt und fühlte sich deshalb immer noch verpflichtet, ihn zu verteidigen. Sie wollte nicht zulassen, dass man schlecht von ihm sprach. Egal wer und weshalb.

Zum Glück war nun Freitag und sie hatte die besänftigende Aussicht auf zwei Tage ohne die missgünstigen und bohrenden Blicke der Kollegen. Sie würde am selben Abend noch reichlich Schokolade kaufen und am nächsten Tag ihre Mutter besuchen, um sie endlich über die Ereignisse der letzten Wochen aufzuklären. In Gedanken schrieb sie bereits die Einkaufsliste für ein einsames Wellnesswochenende zu Hause – Schaumbad, Duftkerzen, irgendein süßer Cocktail und ein schnulziger Liebesroman. Sowas hatte sie schon ewig nicht mehr gemacht, und das wäre die richtige Ablenkung. In der Wanne würde sie hoffentlich nicht ständig daran denken, dass James irgendwo in Limerick in einem Pub auf einer kleinen Bühne stand, und sie dort bei ihm sein könnte. Sie könnte ihm zuhören und ihn anschließend sogar treffen.

Um sich zu sammeln, ordnete sie den Papierkram für das ganze Büro: All die abgeschlossenen Aufträge ablegen, nicht mehr benötigte Papiere heraussuchen und diese vernichten. Dabei war sie so konzentriert, dass sie kaum bemerkte, wie jemand sie ansprach.

»Maja Reed?«, wollte eine fremde Männerstimme von ihr wissen.

Als sie, vor einem Schrank kniend, über die Schulter sah, entdeckte sie einen jungen Mann in der enganliegenden, gelben Kluft eines Fahrradkurierdienstes.

»Ja.« Ungelenk richtete sie sich auf und ging ihm entgegen. Diese Kuriere waren im Büro keine Seltenheit. Oft brachten sie wichtige Unterlagen für Jonathan, aber da dieser gerade unterwegs war, hatten die Kollegen den jungen Mann wohl an sie verwiesen.

»Ich habe eine Sendung für Sie.« Er hielt ihr geschäftsmäßig ein Kuvert und ein Smartphone für die Unterschrift hin. Er war noch jung, ein Student wahrscheinlich, der sich mit den Botengängen etwas Geld dazuverdiente.

Auf dem Kuvert stand tatsächlich ihr eigener Name als Empfänger angegeben, nicht etwa das Büro oder Jonathan. Maja unterschrieb hastig und nahm den Umschlag ohne Absender entgegen, bevor der Kurier sich eilig verabschiedete. Als er verschwand, bemerkte sie die neugierigen Blicke ihrer Kolleginnen, die wohl genau wie Maja den Verdacht hatten, dass es hier nicht um die Arbeit ging. Maja hoffte, dass sie sich irrte und die Neugier der beiden enttäuscht wurde.

Ohne ein Wort an die beiden zu verlieren, trat Maja an ihren Schreibtisch und machte sich an dem Kuvert zu schaffen. Schon bevor sie es geöffnet hatte, nahm sie wahr, wie David hereinkam. Entweder hatte er den Kurier beobachtet, oder eine ihrer neugierigen Kolleginnen hatten ihm ein Zeichen gegeben, dass es etwas zu sehen gab. Insgeheim hoffte Maja, dass es letztlich nur langweilige Geschäftspost war. Vielleicht ein Kunde, der wichtige Unterlagen an sie schickte, weil Jonathan es so angeordnet hatte.

Doch aus dem Kuvert zog sie eine Konzertkarte und ein kleines Kunststoffarmband mit dem Aufdruck »VIP«. Ray wollte wohl sein telefonisches Angebot durch Taten untermauern, nachdem sie sich bisher nicht bei ihm gemeldet hatte.

»Gehst du zu dem Konzert heute Abend?«, hakte David nach, während er sich hinter ihrem Stuhl postierte und auf die Karte blickte.

Schnell ließ Maja das Kuvert und seinen Inhalt in ihrer Handtasche verschwinden, als könnte sie so die drohende Diskussion abwenden. »Vielleicht«, log sie, obwohl sie immer noch an ihrem einsamen Abend in der Badewanne festhalten wollte.

»Das wäre ein Fehler.« Natürlich hatte David eine Meinung dazu und natürlich war er gegen alles, was ihn nicht einschloss.

»Gut zu wissen, wie du darüber denkst. Ich werde es bedenken, wenn ich den Busfahrer nach seiner Meinung zu meiner Wochenendgestaltung frage.« Im Zweifelsfall wäre ihr wohl die Meinung des Busfahrers wichtiger als die von David.

»Was, denkst du, wird passieren, wenn du ihn heute Abend wiedersiehst? Ihr werdet reden, ihr werdet trinken, und am Ende wirst du wieder mit ihm ins Hotel gehen. Und was ist, wenn er nächstes Jahr wieder auf Tour in der Stadt ist? Wirst du dann wieder zur Verfügung stehen, wenn es ihm genehm ist? Wie willst du dir je wieder ein normales Leben aufbauen, wenn du immer springst, sobald er ruft?«

Maja gestand sich ungern ein, dass David ihre eigenen Bedenken sehr treffend ausgesprochen hatte. Allerdings war es aus seinem Mund etwas anderes. Wenn die Worte von ihm kamen, glaubte sie nicht daran. James würde gar nicht wollen, dass sie so ein Leben führte. Wenn sie ihn bei dem Konzert traf, würde er eher versuchen, sie zu einer festen Beziehung zu überreden.

»Was ist schon ein normales Leben?«, platzte sie verärgert heraus. »Wenn mein Ex mich von allen Kollegen und Freunden, und sogar von meiner eigenen Familie entfremdet? Ist das ein normales Leben? Soll das besser sein?« Sie sah David nicht einmal an, sondern blickte auf ihren Bildschirm. Es war bereits zwei Uhr nachmittags, aber sie hatte noch reichlich unbearbeitete Mails und einen Berg Akten zum Einsortieren vor sich.

»Besser als mit einem wankelmütigen Rocker durchs Land zu reisen und davon abhängig zu sein, dass er dich nicht einfach an irgendeiner Raststätte aussetzt.«

Mit einem entschlossenen Klick beendete sie ihr E-Mail-Programm und führte einige Befehle durch, um den Rechner herunterzufahren. »Zumindest wäre ich an dieser Raststätte endlich meinen nervigen Ex los.«

Der Monitor wurde schwarz, und Maja stand schwungvoll auf. So stand sie direkt vor David, der wohl ahnte, was sie vorhatte, und die Arme vor der breiten Brust verschränkte. Er wollte ihr den Weg versperren, aber er würde sie nicht aufhalten können, selbst wenn sie dafür über den Schreibtisch ihrer Kolleginnen klettern müsste.

In diesem Job hatte sie keine Zukunft mehr. Es gab keine Aussicht auf eine Beförderung, ihre Kollegen betrachteten sie bestenfalls als Unterhaltungsprogramm und David würde niemals irgendeine Art von Freund werden. Sie musste sich endlich Abstand verschaffen. Noch einmal komplett anders anfangen.

»Ich mache jetzt Feierabend«, verkündete sie mit Nachdruck, als wäre das nicht bereits offensichtlich. Ohnehin war es bei den Maklern nicht ungewöhnlich, freitags eher zu gehen, und sie hatte genug Überstunden angehäuft, um sich das gönnen zu können. Trotzdem rechnete sie im Hinblick auf ihre freien Tage am Anfang der Woche mit einer Rüge.

Dennoch schulterte sie ihre kleine Handtasche und ging in großem Bogen um David herum. »Ein schönes Wochenende euch allen.«

Wie zu erwarten, wollte David sie festhalten, doch sie konnte seiner Hand ausweichen. Dafür allerdings folgte er ihr sofort zum Fahrstuhl. »Du willst jetzt wirklich zu ihm zurückkriechen?«

Maja lachte, weil sie gar nicht anders konnte. Es war zu absurd, dass sie James wegen eines Jobs verlassen hatte, den sie nur zu gerne auf der Stelle gekündigt hätte. »Warum nicht? Ich habe ihn verlassen, weil ich dachte, dass dieses Leben und dieser Job mir wichtiger wären, aber ich habe mich geirrt.«

Endlich öffneten sich die Aufzugtüren, und Maja wollte schon hineingehen, als David sie doch noch zu fassen bekam. »Und was ist, wenn er gar keine dauerhafte Beziehung will?«

Maja spürte den Stich von Unsicherheit bei diesen Worten in ihrer Brust. Sie wusste schließlich noch nicht einmal sicher, ob er sie wiedersehen wollte. Die Karte hatte vermutlich Ray geschickt, ohne dass James etwas davon ahnte. Es war durchaus möglich, dass er inzwischen sauer auf sie war wegen der Trennung. Oder, dass er sogar ein anderes Objekt der Begierde gefunden hatte, ohne dass Ray es wusste.

Dennoch riss sie sich entschlossen von David los. »Das Risiko muss ich eben eingehen.« Zu ihrem Erstaunen ließ er sie gehen und wandte sich empört ab, während der Aufzug sie von der Welt abschnitt.

Indessen hoffte Maja, dass er nicht bemerkt hatte, wie verunsichert sie war. Hatte sie wirklich vor, zu dem Konzert zu gehen? Wollte sie James um eine zweite Chance bitten und ihre Zelte in Limerick endgültig abbrechen?

Vielleicht hatte Ray sie tatsächlich eigenmächtig eingeladen und James wollte das gar nicht. Vielleicht war er inzwischen froh, dass sie gegangen und er wieder frei war. Vielleicht hatte er erkannt, dass er seine Gefühle für sie überbewertet hatte.

Endlich öffneten sich die Fahrstuhltüren wieder und entließen sie in die Freiheit. Sie hatte immer noch die Wahl. Sie konnte einfach nach Hause fahren, sich in die Badewanne legen und am Montag zur Arbeit erscheinen, so als hätte es diesen Streit und ihren energischen Abgang nicht gegeben. Zumindest müsste sie so keine Angst vor einer Zurückweisung durch James haben.

Bill tigerte ungeduldig in dem kleinen rustikalen Aufenthaltsraum des Pubs auf und ab, als ob das etwas ändern würde. Tim saß neben James auf einer schwarzen Ledercouch, während Charlie und Mike nachdenklich an der Wand zum Schankraum lehnten. Gewöhnlich waren sie vor einem Konzert in bester Laune, machten Witze oder schlossen Wetten darauf ab, wer die meisten Liebesbriefe bekam, aber in dieser Situation war keinem von ihnen nach Scherzen zumute.

James war bereits den ganzen Tag nicht ansprechbar. Für einen Unbeteiligten wirkte es vermutlich, als hätte er zu viel getrunken und schliefe seinen Rausch aus. Das war es auch, was sie Ray weisgemacht hatten, aber tatsächlich war James in einen unheimlichen Tiefschlaf gefallen.

Sie wussten nicht, ob er je wieder aufwachen würde, oder, wen sie um Hilfe bitten sollten. Für den Moment beruhigten sie sich damit, dass er atmete und sein Herz schlug.

Außerdem waren sie inzwischen immerhin in jener Stadt, in der sich auch Maja aufhielt. Das war ein kleiner Hoffnungsschimmer. Natürlich hatten sie keine Gewissheit, dass ihre Gegenwart half, oder, dass James in seinem Zustand überhaupt wahrnehmen würde, wenn Maja den Raum betrat, aber es war im Moment ihre einzige Hoffnung.

Bill wäre am liebsten sofort in einen Wagen gestiegen und zu Majas Wohnung gefahren, um sie notfalls mit Gewalt herzuholen. Er hatte sie nie besonders gemocht, aber er war dazu bereit, alles zu tun, um seinen kleinen Bruder zu retten. Ohnehin würde es wohl eher kein romantisches Wiedersehen werden. So geschwächt, wie James inzwischen war, würde es möglicherweise auch den letzten Funken von Majas Lebensenergie brauchen, um ihn zu retten.

Wenn sie dabei starb, geschah es ihr gerade recht – die Strafe dafür, dass sie James mit diesem Fluch belegt hatte.

Das alles war nur ihre Schuld.

Zumindest waren sie sich alle einig, dass man Maja zu James bringen musste. Tim allerdings vertraute darauf, dass sie von selbst kam auf Rays höfliche Einladung hin, aus Liebe zu James.

Ungeduldig lugte Bill erneut durch ein kleines Fenster vom Aufenthaltsraum in das Pub hinein. Eine halbe Stunde vor Konzertbeginn war der winzige Raum schon gut gefüllt, die Fans tranken und unterhielten sich dort entspannt.

Von Maja fehlte noch jede Spur.

»Sie wird kommen«, versicherte Tim so zuversichtlich, wie es neben dem komatösen James nur möglich war.

Ray war für sie im Pub unterwegs und suchte nach Maja, auch wenn er nicht genau wusste, warum sie so dringend gefunden werden musste. Immer wieder stellte er unter Beweis, dass er ihnen loyal ergeben war, selbst wenn sie Geheimnisse vor ihm hatten – und nach all den Jahren war Ray sicher bewusst, dass es Geheimnisse gab.

Allerdings würde es für den Manager sicher auch ein mehr als nur grenzwertiger Zustand sein, wenn es soweit kommen sollte, dass Maja den Abend nicht überlebte. Die Möglichkeit, dass sie an einem zu hohen Verlust von Lebensenergie starb, war nicht von der Hand zu weisen. Es wäre zweifellos besser, wenn es erst gar keine Toten gäbe, weder Maja, noch James.

Ray hatte den Vorschlag mit dem Zusatzkonzert gemacht. Einerseits um die Bindung zu den Fanclubs zu stärken, andererseits um Maja eine Gelegenheit für ein Wiedersehen zu geben. Aber es gab keine Garantie, dass sie dieser Einladung folgte. Wenn sie die Rückkehr zu ihrem alten Leben wirklich ernst meinte, dann würde sie wohl nicht kommen. Auf den Rat des Managers hin, würde Bill am Ende des Konzerts eine Schaffenspause der Band ankündigen. Weitere Details wollten sie jetzt noch nicht kundtun, doch die freie Zeit sollte es ihnen ermöglichen, sich neu zu sortieren. Wenn James die Band verlassen würde, hätte Ray die Möglichkeit einen Nachfolger suchen.

Darüber, wie James' zukünftige Rolle in der Band aussehen sollte, mussten sie sich noch klar werden, aber zumindest als Songwriter sollte er ihnen erhalten bleiben. Allerdings würde er wahrscheinlich nicht mehr mit ihnen auf Tour gehen, damit er nicht so lange von Maja getrennt war.

Im Moment hatte Bill allerdings keinen Nerv dafür, über solche Dinge nachzudenken. James war dem Tod näher als dem Leben, und wenn sich daran nicht schnell etwas änderte, würde es kein Konzert mehr an diesem Abend geben.

»Was wirst du tun, wenn sie nicht kommt?«, fragte Bill schließlich. Er selbst war längst überzeugt, dass Maja nicht auftauchen würde. Für sie war James nur ein Abenteuer gewesen, weil sie nicht den Mut hatte, mit ihm ein neues Leben anzufangen. Vielleicht war es Glück, dass James in seinem komaähnlichen Zustand nicht mehr mitbekommen musste, wie ihm das Herz gebrochen wurde. Doch Bill würde ihr das nie verzeihen. Er ging weiter in dem holzgetäfelten Raum umher, der durch eine grüne Holztür direkt mit der kleinen Bühne im Schankraum des Pubs verbunden war.

»Ich weiß nicht«, gab Tim ehrlich zu.

Sie würden das Konzert jetzt langsam absagen und dann hoffen müssen, dass sie Maja in ihrer Wohnung fanden. Ray hatte ja glücklicherweise ihre Adresse, weil er ihr damals einen Fahrer zum Abholen nach Hause geschickt hatte. Herauszufinden, wo sie arbeitete, war auch nicht allzu schwer gewesen, nachdem sie inzwischen ihren vollen Namen kannten und auf der Homepage ihres Arbeitgebers alle Mitarbeiter mit namentlich genannt waren. Der Segen des Internets.

Also ja, um seinen Bruder zu retten, würde Bill Maja zu Hause abholen. Wenn es nötig wäre, auch mit Nachdruck.

»Wir können nicht ewig warten«, brummte er unruhig. Nicht zuletzt wussten sie ja nicht, wie viel Zeit James noch blieb – wenn es nicht bereits zu spät war.

»Hast du eine andere Idee?«, fuhr ihn Mike genervt an.

Bill hatte durchaus eine Idee. Keiner hatte gesagt, dass die Idee gut sein musste – er musste einfach endlich etwas tun, sonst würde er aus lauter Frust noch auf seinen unangebracht gelassenen, großen Bruder losgehen.

Maja schob sich kurz vor Konzertbeginn durch den Eingangsbereich des vollen Pubs. Obwohl das Konzert nur für eine ausgewählte Gruppe an Gästen war, war der kleine Gastraum geradezu unerträglich voll. Noch ein Grund, gleich wieder umzukehren, als wären die möglichen Folgen eines Wiedersehens mit James nicht schon Grund genug. Allerdings hatte sie alle Vernunft bisher nicht davon abhalten können, zu dem Konzert zu gehen. Sie hatte sich sogar extra umgezogen. Ein knielanges, dunkelblaues Kleid mit engen schwarzen Ärmeln hatte sich letztlich gegen die Konkurrenz durchgesetzt, weil sie unter dem Ärmel problemlos das VIP-Bändchen verstecken konnte. Bisher war sie sich nicht sicher, ob sie davon Gebrauch machen wollte. Vermutlich hatte Ray es ihr zukommen lassen, damit sie James nach dem Konzert treffen konnte, aber sie war sich noch nicht ganz im Klaren darüber, ob sie das auch wirklich wollte.

Maja blieb weit hinten im Pub stehen, wo es dennoch so voll war, dass sie sich kaum bewegen konnte. Sie fühlte sich alles andere als wohl in diesem Gedränge. Ganz zu schweigen davon, dass James sie in diesem Winkel des Raums gar nicht wahrnehmen konnte. Wollte sie überhaupt, dass er sie sah? War es nicht besser, wenn sie die Möglichkeit hatte, unbemerkt wieder zu gehen?

Aber war sie wirklich gekommen, nur um zu gehen? Sie hatte sicher nicht eine Stunde damit zugebracht, sich ein ansprechendes Outfit zurechtzulegen und sich dann doch noch einmal umzuziehen, nur um nach ein paar Liedern wieder unbemerkt davonzuschleichen. Zumindest zuhören konnte sie ja, wenn sie schon die Gelegenheit für ein Treffen nicht nutzen wollte.

Eigentlich hätte das Konzert längst beginnen sollen, doch die Bühne blieb leer. Auch von Ray war nichts zu sehen. Die geladenen Fans allerdings schienen entspannt, tranken, tanzten und lachten. Hätte sie genug Platz gehabt, hätte Maja vielleicht sogar begonnen, ebenfalls zu tanzen. Andererseits wäre sie dadurch möglicherweise selbst in diesem hintersten Winkel aufgefallen. Wenn James sie schon nicht bemerkte, dann wahrscheinlich einer der Fans. Immerhin waren die Fotos von ihnen beiden als Paar durchs Internet gegangen und das Publikum hier bestand aus eingefleischten Fans. Im Gegensatz zu den meisten Passanten auf der Straße und irgendwelchen Teenagern im Bus, könnten diese Leute sie wirklich erkennen.

Solche Gedanken ließen den Weg zum Ausgang besonders verlockend wirken, aber noch konnte sie nicht gehen. Sie wollte James wenigstens ein letztes Mal aus der Ferne sehen, bevor sie das alles hinter sich ließ.

Es war einfach nicht richtig, wenn sie nun zu James ging, als wäre nichts gewesen. Er hatte eine Frau verdient, die bedenkenlos an seinem Leben teilnahm und nicht bei der ersten Gelegenheit davonlief. Er sollte neu anfangen können, ohne dass sie ihm wie ein Schatten der Vergangenheit hinterherlief.

Plötzlich ging ein Raunen durch die Menge. Die Tanzenden blieben stehen und das Lachen verstummte. Obwohl die Hintergrundmusik vom Band weiterlief, wurde es unheimlich still.

Maja sah sich irritiert um – vielleicht gab es irgendwo einen Streit, oder jemand war in dem hitzigen, überfüllten Raum zusammengebrochen. Gerade noch sah sie, wie eine Gestalt von der Bühne in den Zuschauerraum kletterte.

Das Raunen wurde leiser, und sie sah, wie die Fans zur Seite wichen. Es bildete sich ein Gang bis zu ihr, als wüssten alle Umstehenden, wer sie war, und dass sie nicht zu der breiten Masse gehörte. Maja schluckte schwer und blickte den wachsenden Gang entlang. Ein Teil von ihr freute sich, weil am Ende dieses Weges unzweifelhaft James warten musste.

Er stand dort und war gekommen, um sie zu finden, weil er sie immer noch wollte. Und sie liebte ihn. Wenn er sie zurückwollte, würde sie mit ihm mitgehen.

Erwartungsvoll blickte sie James entgegen, sah aber stattdessen Bill aufgebracht auf sie zustürmen. Sie schluckte erneut, diesmal vor Angst, weil die Wut offen aus den Augen des Sängers sprach.

Vor den Augen der Fans und bevor sie etwas sagen konnte, packte er sie hart am Arm. »Komm mit!«, rief er übertrieben laut angesichts der anhaltenden, gespannten Stille.

Maja hatte gar keine andere Wahl, als ihm zu folgen, denn Bill hatte ihren Arm fest im Griff und zog sie entschlossen mit sich. Was auch immer ihn so aufgeregt hatte, es hatte sicher mit James zu tun, und vermutlich brachte er sie zu ihm.

Sie hatten es einfach, durch die Menge zu kommen, die Zuschauer wichen in einer Mischung aus Angst und Bewunderung vor dem Sänger zurück. Vielleicht war es auch die Neugier. Was würde jetzt geschehen? Wahrscheinlich spürten alle Anwesenden, dass hier etwas Ungeplantes, Verwirrendes geschah.

Er zog sie zu einer schmalen Treppe, die hinauf auf die Bühne führte, dann zwischen den aufgebauten Instrumenten und Mikrofonen hindurch, zu einer Tür am Bühnenrand. Endlich waren sie geschützt vor den neugierigen Blicken.

»Was ist los?«, fragte Maja verdutzt, während Bill unerbittlich an ihrem Arm zerrte.

Er gab keine Antwort.

»Ich muss unbedingt mit James reden«, verkündete sie entschlossen, obwohl sie keine Ahnung hatte, was sie sagen sollte.

»Das trifft sich gut. Wir würden alle gerne mit ihm reden.« Diesen Worten entnahm sie, dass etwas geschehen war. Vielleicht war James gegangen, vielleicht weigerte er sich, aufzutreten.

Sie traten durch die Tür und kamen in einen rustikalen Raum mit zwei Ledersofas und einem Tischchen dazwischen. Durch große Buntglasfenster konnte Maja schemenhaft die kleine Bühne erkennen, vor der die Fans immer noch auf das Konzert warteten. Doch Maja wurde klar, dass es wohl kein Konzert geben würde, denn James lag regungslos auf einem der schwarzen Ledersofas und sah mehr tot als lebendig aus.

Bill musste gar nicht weiter an ihr zerren. Sie riss sich von ihm los und stürmte an den Bandmitgliedern vorbei zu dem leblosen Körper. Sie legte eine Hand auf seine blasse Stirn. Die Haut fühlte sich ungewöhnlich kühl an.

»James?«

Es kam keine Reaktion – kein Flüstern, kein Nicken, nicht einmal ein Zucken.

»Was ist mit ihm?«, fragte sie, ohne einen Blick an die umstehenden und erschreckend tatenlosen Musiker zu verschwenden. Schöne Freunde waren das! Warum hatten sie nicht längst einen Arzt gerufen? James brauchte eindeutig dringend Hilfe.

»Kennst du die Geschichte von Dornröschen?«, antwortete Bill plötzlich bitter, beinahe sarkastisch.

Maja war angesichts dieses Anblicks nicht in der Stimmung, darüber zu diskutieren, wie fehlplatziert diese Andeutung war. Ihr wäre es recht, wenn sie James allein mit einem Kuss retten könnte, aber all ihr Wissen über Erste Hilfe sprach dagegen.

»Ihr solltet einen Arzt rufen.«

Weil die Männer immer noch so seltsam erstarrt um sie herumstanden, als warteten sie auf ein Wunder, begann Maja in ihrer Handtasche nach ihrem Handy zu suchen. Wenigstens sie würde nicht tatenlos zusehen, wie James' Zustand sich noch weiter verschlechterte.

Plötzlich stand jemand hinter ihr und nahm ihr gewaltsam die Handtasche ab, ehe sie überhaupt ihr Mobiltelefon zu fassen bekam.

Erschrocken sah sie auf und erwartete den aufgebrachten Bill hinter sich – nicht, dass sie sich von ihm aufhalten lassen würde. James war es ihr wert, sich mit den vier Männern in ihrem Rücken anzulegen. Überrascht sah sie zu Tim auf.

»Der Arzt kommt gleich zurück. Er weiß auch nicht mehr weiter. Also, nur so, auf gut Glück, versuch es mit der Dornröschen-Methode.«

Er sah auf sie mit einem Blick herab, der Maja erahnen ließ, wie sinnlos es war, zu widersprechen. Eher fragte sie sich, mit welchen Mitteln er sie wohl dazu zwingen würde, den geforderten Kuss durchzuführen.

Wollte sie es wirklich darauf ankommen lassen? Zumal sie ja gar nichts dagegen hatte, James zu küssen. Vielleicht wollte sie auch an ein Märchenende glauben – inklusive des obligatorischen »und wenn sie nicht gestorben sind« – und Tims Wunsch einfach nachgeben, und so zu beweisen, dass es sinnlos war, kostete viel weniger Zeit als eine lange Diskussion.

Kurz entschlossen kniete sie sich neben die Couch und beugte sich langsam über den regungslosen James. Wäre es nicht wie ein Zeichen des Himmels, wie der Beweis, dass sie füreinander bestimmt waren, wenn er dann die Augen aufschlug? Sie hatte schon immer eine Schwäche für unrealistische Romantik gehabt.

Sie spürte seinen ruhigen, flachen Atem auf ihren Lippen, bevor sie ihren Mund auf seinen senkte. Seine Lippen waren kühler als sonst, aber nicht weniger weich und einladend.

Mit der traurigen Erkenntnis, dass Tim und die Märchenbücher falsch lagen, hob sie wieder den Kopf. Nichts war geschehen. Trotzdem kribbelten ihre Lippen, als hätte James sie stundenlang geküsst. Ein Anflug von Müdigkeit überkam sie. Vielleicht war es eine Folge der Gewissheit, dass sie James für immer verloren hatte – nicht etwa an ein Groupie, sondern an den Sensenmann. Hätte sie sein Leben retten können, wenn sie ihn nicht verlassen hätte? Was ihm auch immer zugestoßen war, hätte sie es vielleicht verhindern können?

Ihr lag schon eine bittere Antwort an Tim auf den Lippen, doch sie erstarrte beim Blick in James' mit einem Mal wache Augen. Nur waren es nicht seine Augen, sie waren auf einmal grau und hatten beinahe die Farbe von Kopfsteinpflaster. Dabei hatten sie gewöhnlich einen so auffälligen Grünstich.

»James?«, fragte sie leise, ein wenig verunsichert, was sie von dieser Veränderung halten sollte. Hatte er sonst Kontaktlinsen getragen und es ihr verschwiegen?

Statt einer Antwort schob er einen Arm von dem Sofa herunter und um ihre Taille, um sie zu sich zu ziehen, sodass sie sich zögernd neben ihn setzte, auf den Rand des Sofas. Eindringlich sah er sie aus diesen befremdlichen grauen Augen an.

»Ist alles in Ordnung?«, fragte sie flüsternd. Er wirkte nun zwar lebendiger, aber auch verändert.

Statt einer Antwort setzte er sich allerdings auf, bis sein Gesicht direkt vor ihrem war. Bevor Maja überhaupt verstand, was er vorhatte, küsste er sie bereits. Dabei griff er mit einer Hand fest in ihr Haar, sodass sie sich ihm nicht entziehen konnte, während er ihren Oberkörper dicht an seinen presste.

Plötzlich breitete sich in ihrem ganzen Körper eine gewaltige Hitze aus. Wie ein warmer Fluss schien sie genau dorthin zu strömen, wo James sie berührte.

Eigentlich wollte sie ihn sanft zurückdrängen, aber der eben noch bewusstlose James zeigte sich vollkommen unbeeindruckt von dem vorsichtigen Druck ihrer Hand. Maja spürte selbst, wie seine Nähe sie betäubte. Sie fühlte sich schläfrig und wollte sich einfach nur an ihn kuscheln, auch wenn die Vernunft ihr sagte, dass James dieser innige Kuss nicht guttun konnte. Zumal er eigentlich längst auf der Bühne stehen sollte, aber keiner der Umstehenden hielt ihn von seinem Überfall ab.

Mit jeder Sekunde, die verging, gab Maja ihren Widerstand weiter auf, auch wenn sie sich unter der Beobachtung nicht wohl fühlte. Zögernd öffnete sie die Lippen, sodass seine Zunge dazwischen gleiten konnte. Ihre Abwehrversuche gab sie nun endgültig auf. Wozu? Weil sie sich irgendeine Form von Stolz bewahren wollte? Weil James einen Auftritt verpasste?

Diese Gedanken hatten für sie kein Gewicht mehr. Sie sah stattdessen nur in seine Augen. Am Rand der Iris bildete sich inzwischen ein grüner Schimmer – fast wie ein Nebel. Und je länger sie dieses Farbspiel beobachtete, desto intensiver wurde es. War es Einbildung? Eine optische Täuschung?

Es hatte etwas Hypnotisches an sich, und sie realisierte, dass ihre Hände haltlos von seinen Schultern fielen. Sie hatte keine Kraft mehr, sich an James festzuhalten. Sie konnte die Hände nicht einmal mehr anheben. Sie konnte selbst kaum die Augen offenhalten und nahm nur noch träge wahr, dass James' Augen nun wieder intensiv grün strahlten – fast sogar intensiver als sonst.

Er hielt sie mit kraftvollen Armen.

Erleichtert atmete Maja auf. James war offenbar auf dem Weg der Besserung. So konnte sie beruhigt schlafen. Denn sie war müde, müde wie noch nie zuvor. Aber es war in Ordnung, so lange sie wusste, dass es ihm wieder gut ging.

Erschrocken hielt James inne, als Maja in seinem Arm vollkommen erschlaffte. Es fiel ihm leicht, sie zu halten, weil ihre Energie unruhig in seinen Adern pulsierte und er genug Kraft hatte, um die Welt aus den Angeln zu heben. Aber Maja regte sich plötzlich nicht mehr. Er spürte gerade noch, wie sie atmete, als wäre sie einfach eingeschlafen.

»Willkommen zurück. Ich hoffe, du hast gut geschlafen«, riss ihn Bills patzige Stimme aus seiner ganz eigenen Welt.

James sah von einem Bruder zum anderen. Sie alle standen um ihn und Maja herum, während sie auf einer schwarzen Ledercouch in einer fremden Lounge saßen.

Offenbar hatte er einiges verpasst – zumindest war dieser Raum sicher nicht sein Hotelzimmer in London, in dem er sich schlafen gelegt hatte, bevor Majas Kuss ihn geweckt hatte.

»Was ist passiert?«

Er sah schon an den Blicken seiner Brüder, dass sie im Gegensatz zu ihm in den letzten Stunden – oder Tagen? – wohl eher keinen Schlaf gefunden hatten.

Tim schüttelte den Kopf und sah nachdenklich auf seine Armbanduhr. »Wir haben dafür jetzt keine Zeit. Wir müssen auf die Bühne. Wir sind schon viel zu spät dran.«

Bill nickte bekräftigend.

James sah auf die bewusstlose Maja in seinem Arm. Er musste seine Brüder gar nicht fragen, ihm war auch so klar, dass sie seinetwegen ohnmächtig war. Er hatte sie ausgesaugt, bis sie nicht mehr anders konnte, als einzuschlafen. Er wusste gar nicht, wie er sich das jemals verzeihen sollte. Maja hatte es nicht verdient, so benutzt zu werden, obwohl er ahnte, dass sie sich nicht einmal gewehrt hatte.

»James!«, fuhr ihn nun Bill laut an. »Grübeln kannst du später. Lass sie liegen und steh endlich auf. Da draußen warten dreihundert Fans auf ein Konzert.«

Verwirrt sah er von einem Bruder zum anderen. Er erinnerte sich dunkel an das Abschlusskonzert in London und seine zunehmende Müdigkeit. Er erinnerte sich auch an die Pläne für ein Zusatzkonzert in Limerick, zu dem Ray Maja eingeladen hatte, aber nicht an die Fahrt dorthin. Wie lange hatte sein Schlaf gedauert?

Tim legte ihm eine Hand schwer auf die Schulter und sah ihn eindringlich an. »Wir sind in Limerick. Das Konzert für die Fans, so haben wir Maja hergelockt.«

Unsicher nickte James, weil er so allmählich die Zusammenhänge verstand.

»Wir müssen dieses Konzert jetzt durchziehen, damit die Fans nicht misstrauisch werden. Maja braucht vermutlich ohnehin erst einmal etwas Ruhe. Also lass sie hier und komm mit.«

Zögernd zog James Majas leblosen Körper hoch, bis er sie behutsam auf die abgenutzte Ledercouch betten konnte. Er wollte sie nicht hier zurücklassen. Diese Umgebung schien ihm nicht annähernd angemessen. Bestenfalls konnte man diesen Stil rustikal nennen, wobei er eher zu heruntergekommen und schäbig tendierte.

Maja hatte es verdient, sich in einem großen, luxuriösen Bett zu erholen, nachdem sie ihn gerettet hatte.

»Ihr wird hier nichts geschehen«, betonte Tim erneut, während er James langsam von der Couch hochzog.

Es fühlte sich falsch an, jetzt auf die Bühne zu gehen und sie einfach liegen zu lassen, obwohl sie ganz offensichtlich in keiner guten Verfassung war. Zumal er nicht wusste, ob sie bewusst miterlebt hatte, was geschehen war. Ahnte sie, dass er ihr die Lebensenergie ausgesaugt hatte, genauso wie die Fernseh-Vampire den Menschen das Blut raubten? Oder hatte sie gar nicht wahrgenommen, was um sie herum passiert war?

Hätte er die Wahl gehabt, hätte er es nie so weit kommen lassen. Er hätte sie niemals so sehr beansprucht, dass sie ohnmächtig geworden wäre, aber offenbar gab es einen anderen Teil von ihm, der bereit gewesen war, alles zu tun, um zu überleben.

James wollte gar nicht daran denken, was noch hätte geschehen können, wenn er nicht wieder zu Verstand gekommen wäre. Hätte er sie möglicherweise töten können? Hätten seine Brüder das zugelassen?

Sie machten nicht den Eindruck, als würden sie sich ernsthaft um Majas Gesundheit sorgen.

16. Kapitel

Majas Schädel fühlte sich taub und benebelt an, als wäre alles so fest in Watte eingepackt, dass es schon wieder schmerzte. Sie wusste nicht, wo sie war, aber eine dünne Decke bedeckte ihren Körper.

Lag sie in einem Bett? War sie zu Hause? War sie eingeschlafen, statt wie geplant zum Konzert zu gehen? Nein, sie war dort gewesen. Zu spät, aber es hatte keiner gesungen.

Bill hatte sie irgendwohin gezerrt.

James war bewusstlos gewesen.

Mit einem Schlag kehrten die Sorge und die Angst um den leblosen James zurück. Sie riss die Augen auf und starrte an eine weiße Zimmerdecke, von der eine billige Glühbirne in einer Papierkugel aus dem Möbelhaus herabhing. Es war ihr Schlafzimmer, das sie nur halbherzig eingerichtet hatte, weil es ohnehin nie lange ihr Zuhause sein sollte.

Erschrocken fuhr sie hoch. War sie doch eingeschlafen, als sie sich eigentlich für das Konzert herrichten wollte?

Das wäre eine Erklärung. Eine gute Erklärung für ihre verwirrenden Erinnerungen, die wohl einem Traum entstammten. An einen nicht enden wollenden Kuss. An einen leblosen James und an graue Augen, die langsam ihre Farbe in ein leuchtendes Grün verwandelten.

Plötzlich nahm sie Kaffeegeruch wahr, der scheinbar aus der Küche ins Schlafzimmer getragen wurde. Zögernd schob sie ihre Beine über den Rand des Bettes und tastete mit den Füßen nach dem kalten Laminatboden. Sie trug eine Strumpfhose und darüber ein Kleid, das sie sich eigentlich für das Konzert angezogen hatte. War sie wirklich nach dem Anziehen eingeschlafen?

Hatte sie vorher etwa die Kaffeemaschine eingeschaltet? Beides war eher unwahrscheinlich, also war sie wohl doch bei dem Konzert gewesen und dort eingeschlafen. Dann musste sie jemand hergebracht haben. Dann war jemand in ihrer Wohnung und kochte Kaffee, das war ein seltsames Gefühl.

Unsicher stand sie auf. Ihre Beine waren noch zittrig, und ihr schwindelte es. Hatte sie vielleicht so viel getrunken, dass sie sich nicht einmal mehr an ihr erstes Glas erinnerte? Was war passiert?

Zögernd tapste sie weiter in Richtung Küche, sich mit einer Hand sicherheitshalber an Wänden und Möbeln abstützend. Sie folgte dem Kaffeegeruch, bis ihr plötzlich die Realität gegenüberstand.

James stand dort in der Küche, stellte erschrocken seine Tasse ab und eilte zu ihr. Er trug dieselben Sachen wie in ihrem Traum. Aber er schien gesund und ausgeruht. Seine Haare waren etwas zerzaust und seine Augen so graugrün wie sonst auch.

Trotzdem war ihr jetzt klar, dass es kein Traum gewesen war. James war bewusstlos gewesen, er hatte sie geküsst und dabei hatten seine Augen ihre Farbe geändert, das hatte sie so bewusst wahrgenommen, dass es keine Einbildung gewesen sein konnte.

»Was ist passiert?«, platzte sie überrascht heraus, während James offenbar noch nach Worten suchte.

Er legte einen Arm um ihre Hüfte und zog sie zu sich. Weil immer mehr die Angst in ihr aufkeimte, weil sie nicht wusste, was geschehen war, war sie erleichtert, dass er sie stützte. Dicht an seiner Seite ging sie mit ihm bis zu der abgenutzten Couch und setzte sich, während er wieder in die Küche eilte. Obwohl er noch nie zuvor hier gewesen war, bewegte sich James wie selbstverständlich durch ihre Wohnung.

Hatte er sich umgesehen, als sie geschlafen hatte? Wie lange hatte sie überhaupt geschlafen? Mit einer zweiten Tasse Kaffee in der einen und einem Glas Wasser in der anderen Hand, kehrte er wenig später zurück und setzte sich zu ihr.
»Was ist beim Konzert passiert?«, wiederholte Maja, diesmal mit etwas mehr Nachdruck, damit er gar nicht erst versuchte, sich wieder vor einer Antwort zu drücken.
James atmete geräuschvoll ein und aus, als müsste er Kraft tanken. »Woran erinnerst du dich?«
Maja musste kurz die Augen schließen, um ihre Gedanken zu ordnen. Sie war nicht sicher, was Realität, was Traum und was eine Mischung aus beidem war. »Ich wollte zu dem Konzert«, begann sie, weil sie sich zumindest damit sicher war. »Bill sprach mich an und brachte mich zu dir.« Auch dieser Teil schien ihr inzwischen sehr wahrscheinlich. Danach wurde es schwieriger, Traum und Realität zu trennen. »Du warst bewusstlos?« Diesmal klangen ihre Worte fragend und unsicher sah sie zu James, der nachdenklich auf die Kaffeetasse starrte, die er mit seinen beiden Händen umschlossen hielt.
Sie traute sich nicht weiterzusprechen. Ihre nächste Erinnerung war ein Kuss, der James aufweckte, und der den Farbwechsel in seinen Augen zur Folge gehabt hatte. Beides hielt ihr Verstand für einen Traum, doch es fühlte sich nicht wie ein Traum an.
»Dein Kuss hat mich geweckt«, fuhr James nüchtern und gelassen fort – als wäre es nicht absurd und unglaubwürdig.
Während Maja versuchte, zu verarbeiten, dass zumindest der Kuss noch der Realität entstammte, stellte James seine Tasse auf ihrem kleinen Couchtisch ab und lehnte sich ein Stück in ihre Richtung vor. Wenn der Kuss real gewesen war, warum war Maja dann ohnmächtig

geworden? Warum fühlte sie sich dermaßen verkatert, konnte sich aber nicht erinnern, etwas getrunken zu haben? »Was ist danach passiert?«, hakte sie unsicher nach. Sie wollte nicht direkt nachfragen, ob seine Augenfarbe dazu neigte, sich zu verändern, wenn er aus dem Schlaf erwachte. James sah sie lange mit seinen unergründlichen graugrünen Augen an. Wieso ließ sie sich von ihrem Traum nur so sehr verwirren? Sie kannte seine Augen, und sie wusste, dass die Augenfarbe eines Menschen sich nicht innerhalb von Sekunden verändern konnte. Da war es wahrscheinlicher, dass er irgendwelche Drogen konsumiert hatte, in so extremer Menge, dass sie bei ihrem Kuss unfreiwillig etwas davon zu sich genommen hatte. Unwahrscheinlich, aber immer noch glaubwürdiger als farbwechselnde Augen.

»Du bist ohnmächtig geworden«, erklärte James ruhig und ohne große Überleitung, gerade als wäre es normal, dass Frauen bei seinem Kuss ohnmächtig wurden.

Vielleicht war es ja auch ganz logisch erklärbar. Sie hatte einen stressigen Tag hinter sich, besonders nach der Auseinandersetzung mit David. Wann hatte sie im Laufe des Tages überhaupt etwas gegessen oder getrunken? Dann das stickige, überfüllte Pub und das aufwühlende Wiedersehen mit James – vielleicht hatte sie zwischen all diesen Dingen gar nicht wahrgenommen, wie hungrig, durstig und erschöpft sie war. Das würde ihre Ohnmacht erklären und sogar die Halluzination von sich verändernden Augen.

»Ich habe in deiner Handtasche den Wohnungsschlüssel gefunden und beschlossen, dass ich dich besser hierher bringe, als in ein von Reportern belagertes Hotel«, fuhr James fort.

Wie betäubt nickte Maja. Wahrscheinlich hätte es Schlagzeilen provoziert, wenn James sie bewusstlos ins

Hotel trug – selbst, wenn die Reporter sie nicht erkannten. »Danke.«

Zumindest hatte er sich um sie gekümmert, obwohl sie ihn eigentlich verlassen hatte. Im Grunde schuldete er ihr nichts – nicht einmal, sie nach Hause zu bringen, und schon gar nicht, stundenlang an ihrer Seite zu wachen. Andererseits hätte sie es mit Sicherheit ebenso für ihn getan. Wenn er nicht zu sich gekommen wäre, dann wäre sie auch nicht von seiner Seite gewichen und hätte dafür gesorgt, dass er in ein Krankenhaus gebracht wurde.

»Du hast keinen Grund, mir zu danken, Maja.« In seiner Stimme schwang nicht etwa nur Verantwortungsbewusstsein mit, sondern es klang vielmehr wie Scham.

Weshalb? Was hatte er sich zu Schulden kommen lassen? Hatte er sie vielleicht betrogen? Wollte er sie nicht mehr?

»Du bist meinetwegen bewusstlos geworden, Maja. Du hast mich gerettet, obwohl du keine Ahnung hattest, was du tust. Und zum Dank hätte ich dich beinahe getötet, ohne es wirklich zu merken. Also nein, du solltest mir nicht dafür danken, dass ich dich hierhergebracht habe und immer noch da bin, obwohl ich besser weit weg von dir sein sollte, damit ich dir nicht noch mehr schaden kann.«

Maja sah ihn ungläubig und etwas ratlos an. Wie sollte er schuld an ihrer Ohnmacht sein? Und zwischen einer harmlosen Ohnmacht und dem Tod lagen schließlich Welten.

»Du übertreibst es etwas mit der Anteilnahme. Es ist doch nicht deine Schuld, dass ich zu wenig gegessen und getrunken hatte.« Wie hätte er sich darüber auch Gedanken machen sollen? Sie war immerhin erwachsen und er hatte genug anderes um die Ohren.

James schüttelte den Kopf. »Maja, du verstehst nicht, was ich versuche, dir zu sagen.« Er lächelte, bevor sie ansetzen konnte, ihm zu erklären, dass das angesichts der spärlichen Informationen, die er von sich gab, auch gar nicht möglich war. »Es ist schwer zu erklären und ich weiß gar nicht, wo ich genau anfangen soll ...«, er fuhr sich einmal mit der Hand durch sein wirres Haar. »Ich bin kein Mensch, zumindest nicht so, wie du es normalerweise definieren würdest. Ich ernähre mich nicht wie du von Essen und Trinken, und wahrscheinlich könnte ich es einfach weglassen, wenn ich wollte. Eigentlich lebe ich ausschließlich von menschlicher Lebensenergie.«

Seine Worte lösten viel zu viel auf einmal in ihr aus – sie konnte gar nicht jeden Gedanken, der aufkam, fassen. War er verrückt? Sie hatte ihn bereits essen und trinken sehen, wie jeden anderen Menschen. Sie hatte auch noch nie von einem solchen Lebewesen gehört, zumal sie sich unter Lebensenergie nicht wirklich etwas vorstellen konnte. Meinte er etwa Blut? Wollte er ihr sagen, dass er ein Vampir war? Oder zumindest glaubte, einer zu sein?

Sie dachte an die mit einem Herzsymbol gekennzeichnete Energieanzeige in Videospielen – Anzeige voll, alles gut, Anzeige leer, Spieler tot. Sollte sie sich das so vorstellen? Und wenn ja, von wem bekam er diese Energie? Wie viel brauchte er? Tötete er etwa Menschen?

Kurz war es, als würde sich ihr Wohnzimmer wie ein Karussell drehen, und ihr wurde schwummrig. Dann kristallisierte sich ein Gedanke aus dem Wirrwarr in ihrem Kopf heraus. »Von meiner Energie?«

Nicht, dass sie sich inzwischen etwas unter dieser Energie vorstellen konnte, doch es spielte im Moment keine große Rolle, wie diese Energie beschaffen war.

Er ernährte sich von ihr. Angesichts ihrer kürzlichen Ohnmacht ergab das sogar Sinn, aber hatte er sie wirklich beinahe getötet?

Das durfte nicht wahr sein.

»Ja«, seine Stimme klang auffällig ruhig, als wüsste er, wie aufgewühlt sie innerlich bereits war. »Gewöhnlich sind die Zuschauer bei den Konzerten so energiegeladen, dass es für uns alle reicht und keiner etwas davon merkt, aber jetzt ist es anders bei mir.«

Zwei Worte ließen bei Maja die Alarmglocken schrillen. »Uns alle?« Wie viele mysteriöse Energiediebe waren in der Welt unterwegs? Bei James klang es zumindest nach einer Gruppe, einer Gemeinschaft.

»Ja, meine Brüder und ich. Bill, Tim, Mike und Charlie, sie sind genauso geboren. Es ist genetisch bedingt.«

Ob die Fans wohl immer noch so begeistert von Children of an Unknown wären, wenn sie wüssten, dass ihre Idole sie als Snackbuffet ausnutzten? Schadete es den nichtsahnenden Menschen im Publikum? Nahmen die Jungs das einfach in Kauf? Und was würden die Fans erst sagen, wenn sie wüssten, dass es offen eine Familienangelegenheit war?

»Ihr seid Brüder?«, fragte Maja leicht irritiert, obwohl dieses Detail im Moment wohl am wenigsten erschreckend war.

»Soweit wir wissen schon. Wir haben alle dieselbe Mutter und gehen davon aus, dass wir auch denselben Vater haben, aber wir wissen nichts über ihn.«

Sie musste schlucken und streckte unweigerlich ihre Hand nach seiner aus. In seinen Worten schwangen Schmerz und Traurigkeit mit, die sie kurz vergessen ließen, dass er entweder geisteskrank oder ein gefährliches Wesen war. Sie wollte ihn einfach nur trösten. Zaghaft erwiderte er ihren Händedruck.

»Ist deine Mutter auch so?«

Ihr fehlte immer noch eine brauchbare, nicht verletzende Bezeichnung für das, was James zu sein behauptete.

»Nein, sie ist ein Mensch, denke ich. Es geht ihr nicht gut, sie hat Schwierigkeiten, das zu verarbeiten, was passiert ist.«

Maja wollte gar nicht daran denken, wie es für diese Frau gewesen sein mochte, wenn sie wirklich fünf Söhne mit diesen speziellen Ernährungsgewohnheiten hatte großziehen müssen.

»Dann ist euer Vater wohl auch ein …«, widerwillig brach sie ab, weil ihr der passende Begriff fehlte.

»Ein Alien, das ist es zumindest, was unsere Mutter sagt. Sie behauptet, er ist ein Außerirdischer, der nur hin und wieder vorbeigeschaut hat.« Beinahe kaltschnäuzig zuckte James mit den Schultern. »Sie hat Wahnvorstellungen und keiner kann mit Sicherheit sagen, wo diese aufhören und wo die Realität anfängt. Vielleicht war sie sogar schon krank, bevor sie unseren Vater traf.«

Maja musste sich sehr zusammenreißen, um nicht anzumerken, dass viele auch James für wahnsinnig halten würden, angesichts dieser Erzählungen. Sogar ihr fiel es schwer, diese Geschichte zu glauben. Gestützt wurde all das im Moment nur von ihrer plötzlichen Ohnmacht und seinen Augen, die die Farbe gewechselt hatten.

»Und warum warst nur du bewusstlos, wenn deine Brüder doch genauso sind wie du?«

James drückte ihre Hand fest und etwas sagte ihr, dass sie diese Erklärung noch weniger hören wollte, als alles, was er bisher erzählt hatte. »Energie-Vampire, so nennt uns zumindest Bill.« Er wollte ablenken, indem er nun erst eine von ihr unausgesprochene Frage beantwortete.

Maja nickte. Irgendwie war es leichter, mit all dem umzugehen, wenn sie einen Namen dafür hatte. Das machte es weniger unbegreiflich und unheimlich. Vampire galten doch inzwischen als romantische Herzensbrecher und waren Filmhelden. Damit konnte sie umgehen.

»Wenn sie auch Energie-Vampire sind, warum waren sie dann gestern Abend nicht so krank wie du?« Wirklich in Augenschein genommen hatte sie die anderen nicht, aber zumindest Bill hatte alles andere als geschwächt gewirkt.

»Sie sind noch gestärkt von dem Konzert in London. Ein Konzert reicht gewöhnlich für etwa eine Woche aus, bis wir uns etwas Neues einfallen lassen müssen.« Wieder drückte er sich um eine Antwort und Maja fiel es schwer, sich nicht ablenken zu lassen.

»Warum ging es dir dann gestern so schlecht?«

James sah sie mit einem Blick an, der ihr das Blut in den Adern gefrieren ließ. Kalt und ernst, verbittert und unheilvoll. »Seit wir uns getroffen haben, kann ich nur noch deine Energie aufnehmen. Dann ist es auch ganz egal, wie viele andere Menschen um uns herum sind. Deshalb wäre ich fast verhungert, nachdem du gegangen bist.«

Sie schluckte schwer, weil ihr die Angst plötzlich die Kehle zuschnürte. Es war nicht die Angst vor dem Mann auf der anderen Seite der Couch, sondern die Angst vor seinem Tod. Sie waren nicht einmal eine Woche getrennt gewesen, und es hätte ihn fast das Leben gekostet. Sie hätte ihn durch ihre Trennung beinahe dazu verdammt, zu sterben.

»Ich wäre nie gegangen, wenn ich das geahnt hätte.«

James lächelte und drückte vorsichtig ihre Hand. »Keiner wusste es. Ich weiß auch nicht, warum es passiert ist. Keiner von uns hatte je solche Probleme.«

Maja spürte, wie trocken ihr Hals war, fast so, als hätte sie statt Kaffee Sand in ihrer Tasse. Es schmerzte, dass sie scheinbar ein Problem darstellte, aber es machte ihr auch bewusst, dass sie gar keine Wahl hatte. »Das heißt, ich muss bei dir bleiben, weil du sonst stirbst.«

Obwohl es schwer war, diese Erkenntnis auszusprechen, fühlte es sich lange nicht so dramatisch an.

Immerhin war sie ohnehin drauf und dran gewesen, zu James zurückzugehen. Es war beinahe eine schicksalhafte Fügung, dass er auf sie angewiesen war. Die Begründung, mit der sie endlich ihren widerspenstigen Geist zum Schweigen bringen konnte.

James lächelte bitter. »Genau genommen wissen wir nicht, ob ich sterben würde. Mit Sicherheit wissen wir nur, dass es mir dann nicht gerade gut gehen würde.«

Maja nickte schwerfällig, war von alldem überfordert, während sie sich rücklings gegen die Sofalehne fallen ließ. Sie hatte viele Fragen und noch mehr Sorgen, aber für den Moment war sie einfach nur müde. Ihrem Kopf war das alles zu viel und ihr Körper war gerade ohnehin nicht in Bestform.

Sie musste ihre Gedanken ordnen.

Wenn sie nur nicht so erschöpft wäre ...

James beobachtete, wie Maja vom Schlaf übermannt wurde. Er hatte keine Veranlassung, sie wachzuhalten. Er hatte ohnehin nicht damit gerechnet, dass sie schon so bald wieder zu sich kam. Im Moment wollte er ihr ungern weitere Details zumuten. Es wäre mehr gewesen, als sie in diesem Zustand hätte verarbeiten können.

Stattdessen hielt er ihre Hand und zog ihre Beine auf seinen Schoss. Er würde nicht von ihrer Seite weichen, bis sie wieder zu sich kam.

Indessen vibrierte sein Handy in der Hosentasche. Bill und Tim nervten ihn abwechselnd damit, dass er mit Maja zusammen zu ihnen ins Hotel kommen sollte. Allerdings sicher nicht aus Sorge um ihn, sondern vor allem aus Angst davor, dass Maja irgendwie entkommen und ihr Geheimnis verraten könnte, eine Sorge die für James gerade eher nebensächlich war. Maja war ohnehin nicht in der Verfassung irgendwohin zu gehen.

Für seine Brüder stand es gar nicht zur Debatte, dass sie nicht bei ihm blieb. Sie würden Maja notfalls auch mit Gewalt mitnehmen und ihr keine Wahl lassen. James widerstrebte dieser Gedanke ebenso sehr wie der Gedanke, zu sterben. Weder wollte er Maja zu etwas zwingen, noch wollte er sie gehen lassen.

Deshalb war er froh, dass er sich in ihrer Wohnung verkriechen konnte, anstatt mit seinen Brüdern zu diskutieren.

Er konnte ihnen nicht wirklich verübeln, dass sie ihn mit allen Mitteln retten wollten, aber gleichzeitig konnte er ihnen nicht verzeihen, dass sie bereit gewesen waren, Maja zu opfern.

Flüchtig warf er einen Blick auf seine ungelesenen Nachrichten. Es war auch eine vom ahnungslosen Ray dabei. »Abfahrt morgen um 10 Uhr am Hotel.«

Ray organisierte sogar ihr Privatleben. Offiziell hatten sie nun einige Wochen Urlaub geplant und würden deshalb am nächsten Morgen gemeinsam abfliegen. Tatsächlich war es geplant, in dieser Zeit zu klären, wie es mit der Band weitergehen sollte – weit entfernt von all ihren Fans.

Maja wusste noch nichts von ihrem Glück, aber James hatte eigentlich auch gar keine andere Wahl, als sie mitzunehmen – wenn er nicht doch in Kauf nehmen wollte, zu sterben.

Allerdings war er immer noch überzeugt davon, dass es das Beste für ihn und Maja war, die Band zu verlassen. Ein Grund war, dass er Maja nicht seinen Lebensstil aufzwingen wollte, außerdem hatte er auch ernsthafte Bedenken, was seine Brüder ihr im schlimmsten Falle antun würden. Wenn James und Maja einmal Streit haben würden, würden sie Maja dann gleich in Ketten legen? Würden sie Maja von vornherein zu einer Gefangenen erklären, um zu verhindern, dass sie etwas ausplauderte?

Natürlich war es hart seinen Brüdern gegenüber, wenn er die Band verließ. Sie müssten sich entweder eine andere Lösung suchen, um ihren Hunger zu stillen, oder James' Platz in der Band mit einem gewöhnlichen Menschen besetzen.

Allerdings hatte die Vergangenheit gezeigt, dass sie gut mit Menschen zusammenarbeiten konnten, ohne sich zu verraten. Ray war immerhin schon fast zehn Jahre bei ihnen, und es hatte nie Probleme gegeben. Zumindest hatte Ray sich nie etwas anmerken lassen, falls er Verdacht schöpfte.

Bisher hatte er aber auch keinen Grund dazu. Es gab keine Spur von Leichen, die sie hätte verraten können, und bisher waren sie ohnehin noch so jung, dass sie keiner fragte, ob sie möglicherweise nicht oder zu langsam alterten.

Ray hatte wohl höchstens daran zu knabbern, dass er dabei geholfen hatte, die bewusstlose Maja unbemerkt in einem Wagen unterzubringen. Aber Bill hatte sich eine mehr oder weniger überzeugende Geschichte ausgedacht. Im Grunde rechnete Ray nun damit, dass Maja schwanger war – zumindest so lange, bis er zu dem Ergebnis gelangte, dass Bills Geschichte nicht stimmig war.

James strich liebevoll über Majas Unterschenkel auf seinem Schoß. Auch wenn das alles etwas verwirrend war, war er eigentlich froh darüber, dass er nun einen guten Grund hatte, bei Maja zu bleiben. An seiner Liebe hatten seine Brüder offensichtlich gezweifelt, aber an seiner körperlichen Abhängigkeit von ihr gab es nichts zu rütteln.

James allerdings glaubte an seine Gefühle. Er liebte diese Frau, die er erst so kurz kannte, über alles. Obwohl er ihr eine verwirrende, unglaubwürdige Geschichte erzählt hatte, hatte er doch zur Kenntnis genommen, dass Maja sich weniger um ihre Sicherheit sorgte als um seine. Sie erwiderte seine Gefühle.

17. KAPITEL

Diesmal wachte Maja auf dem Sofa auf, deutlich ausgeruhter und erholter. Sofort waren die Erinnerungen da, klar und hell, obwohl sie eigentlich so verwirrend sein sollten. Im Schlaf hatte ihr Geist sich scheinbar neu sortiert. Ihr war jetzt klar, dass alles, an was sie sich von dem Abend im Pub erinnerte, auch geschehen war. Sogar der Dornröschenkuss und der Farbwechsel von James' Augen. Es klang durchaus bedrohlich, wenn James sagte, dass er sie beinahe getötet hatte, aber inzwischen überwog eine andere Erkenntnis.

Er hatte es nicht getan.

Er hatte sie nicht getötet, noch nicht einmal verletzt. Ihre vorübergehende Schwäche war ein geringer Preis dafür, dass sein Leben gerettet war.

Als sie die Augen aufschlug, nahm sie wahr, wie James zusammenzuckte. Er saß immer noch an derselben Stelle, wie bei ihrem letzten Gespräch und hielt mit einem Arm ihre Beine auf seinem Schoß. Eine ungewohnt harmlose und beschützende Geste.

»Ausgeschlafen?« Er lächelte sie mit einer Mischung aus Freude und Sorge an.

Maja nickte verschlafen und setzte sich langsam auf. Sie war überrascht, wie viel besser sie sich allein durch dieses kleine Schläfchen fühlte.

»Wie wäre es mit Frühstück?«, schlug James grinsend vor.

Erneut nickte sie und wollte schon aufstehen, um in die Küche zu gehen, aber seine Hand hielt ihre Beine entschlossen auf seinem Schoss.

»Ich werde uns etwas zu essen machen, du ruhst dich noch etwas aus.«

Verdutzt starrte sie ihn an, als er ihre Beine sanft auf das Sofa legte. »Du kannst kochen?«
James sah herausfordernd von oben auf sie herab. »Warum bist du darüber so verwundert? Weil ich mir locker einen privaten Koch leisten könnte oder weil ich ein Mann bin?«
Unweigerlich wurde sie rot. Vermutlich hatte sie auch diese beiden Gründe im Hinterkopf gehabt. »Hauptsächlich, weil du gesagt hast, dass du nichts essen musst.«
Er zuckte mit den Schultern. »Es schmeckt aber, und wenn man nicht auffallen will, sollte man gelegentlich etwas essen.« Er zwinkerte, und Maja musste lächeln. Sie sprachen zwar wieder von einem Thema, das sie vor einigen Stunden vollkommen überfordert hatte, aber diesmal war es ein entspannteres Gespräch.
Zumindest machte er ihr keine Angst. Das große Ganze, die Tatsache, dass es mitten unter den Menschen so etwas wie Energie-Vampire und wer weiß was sonst noch gab, war durchaus beängstigend. Aber James selbst machte ihr keine Angst. Er war immer noch ihr James. Der Mann, der sie irgendwie alle Last abstreifen ließ und so entschlossen um ihre Liebe kämpfte. Der ihr nicht einmal Vorwürfe machte, wenngleich er ihretwegen beinahe verhungert wäre.
»Es tut mir leid«, rief sie plötzlich heraus.
Obwohl er gerade in die Küche gehen wollte, blieb James wie angewurzelt stehen. »Was tut dir leid?«
Seine Frage war so schwer zu beantworten, obwohl sie doch eigentlich ganz einfach gestellt war. Vor allem, weil sie so plötzlich das Bedürfnis hatte, darüber zu sprechen – über ihre Trennung und über die Gründe für ihr Erscheinen im Pub.
»Ich weiß es nicht ...« Sie wollte nicht lügen und sich für etwas entschuldigen, das sie gar nicht bereute. Im

Grunde lag es nahe, dass sie sich vielleicht besser nie begegnet wären. Dann könnte sie zufrieden ihren Alltag fortführen und er wäre nicht auf diese zweifelhafte Art an sie gebunden.

James schob die Hände in die Hosentaschen und kam wieder einen Schritt näher. »Tut es dir leid, dass du gestern ins Pub gekommen bist?«, bohrte er nun entschlossen nach.

»Nein«, und Maja staunte selbst, wie überzeugt sie klang. Er tat einen weiteren Schritt auf sie zu. »Dass du vor einer Woche gegangen bist?«

Die Worte schnitten tief in ihr Herz und machten ihr etwas bewusst. »Nein, das musste sein«. Sie hatte erst sehen müssen, dass ihr bisheriges Leben für sie keine Zukunft hatte – dass sie gar nicht wieder alles beim Alten haben wollte.

James blieb überrascht stehen. Offenbar hatte er nicht mit dieser Antwort gerechnet, genauso wenig wie sie selbst. »Dann bereust du also, was zwischen uns war?« Seine raue Stimme verriet, dass ihm das nicht nur missfiel, sondern dass ihn diese Vorstellung sogar verletzte.

Das wollte sie ebenso wenig. Aber wie sollte sie all das erklären? Ihre verwirrenden Gedanken und Gefühle, unabhängig davon was er war und was sie nun verband.

»Nein, auch das nicht«. Sie schluckte schwer und gequält. James kann erneut einen Schritt näher, und sie musste nun zu ihm aufsehen.

»Ich liebe dich«, flüsterte Maja schließlich, als er direkt vor dem Sofa stand. Er setzte sich dicht neben sie, und sie spürte seine Hitze am ganzen Körper. Es fühlte sich so unverändert gut und richtig an. Als wäre sie halb erfroren und er die einzige Wärmequelle weit und breit. Sie wollte ihn umarmen, festhalten und nie wieder loslassen.

»Und das ist dir erst jetzt klar geworden?« Seine Worte kamen hart und vorwurfsvoll, vielleicht zurecht.

»Ja«, bestätigte sie ehrlich.

James' Blick wurde weicher, wenngleich seine Miene unverändert ernst blieb. Er hob unendlich langsam eine Hand an ihre Wange. Fast hätte die wohlige Wärme seiner Berührung sie aufseufzen lassen, doch sie drängte den Impuls zurück.

»Wie konntest du das bisher nicht wissen?«, erwiderte er nun sanfter. »Ich habe es jedes Mal gespürt, wenn du mich geküsst hast, und es in deinem Blick gesehen, seit wir uns das erste Mal begegnet sind.«

Maja musste schwer schlucken. Sie hatte von Anfang an gespürt, dass zwischen ihr und James etwas war, aber sie hatte ihn erst fast verlieren müssen, um zu erkennen, was dieses besondere Etwas war. Und wie kostbar es war.

»Es tut mir leid«, wiederholte sie leise und schuldbewusst.

»Mir auch«, erwiderte er zu ihrer Überraschung. »Ich habe die ganze Zeit von dir verlangt, dass du dein Leben für mich umkrempelst, und nie überlegt, was ich an meinem Leben ändern kann, um dir entgegenzukommen.«

Bevor sie etwas antworten konnte, hatte er sich bereits zu ihr herübergebeugt und sie sanft geküsst. Ein für ihn geradezu verstörend zurückhaltender Kuss. Trotzdem dachte Maja unweigerlich an den begierigen Kuss im Pub, der ihr im wahrsten Sinne des Wortes alle Kraft geraubt hatte. Diesmal geschah nichts – keine Schwäche, keine Veränderung in seinen graugrünen Augen. Sie musste also keine Angst haben. Es würde sie nicht jeder Kuss gleich ohnmächtig werden lassen.

Viel zu schnell lösten sich seine Lippen von ihren. Und sie erinnerte sich wieder, dass James gerade angesetzt hatte, ihr etwas über eine bevorstehende Veränderung in seinem Leben zu sagen. Erwartungsvoll sah sie ihn an, unsicher, ob sie hören wollte, was er zu sagen hatte.

»Die Band legt eine Pause ein. In dieser Zeit wird Ray einen neuen Gitarristen für die Band suchen, sodass ich mich zurückziehen kann. Dann können wir uns gemeinsam eine nette Wohnung in Limerick suchen und ganz von vorne anfangen.«

Fassungslos starrte Maja ihn an, während sich unter ihr ein unsichtbarer Abgrund auftat. Das konnte sie doch nicht zulassen. James durfte ihretwegen nicht die Band verlassen. Nicht nur, dass er damit seinen wahrgewordenen Lebenstraum aufgab, sondern er ließ auch seine Brüder im Stich. Sie waren doch eine Einheit, mehr sogar, als alle Fans es ahnten. Diese Gemeinschaft zu zerstören, kam für Maja gar nicht in Frage, obwohl sie immer noch nicht wusste, wie sie ihren Platz im Bandleben finden sollte.

James küsste sie, bevor sie etwas darauf antworten konnte. Diesmal allerdings war sein Kuss heftiger, als wollte er so ihren Widerspruch verhindern. Er schlang den freien Arm um ihre Taille und presste sie fest gegen seinen erhitzten Körper. Seine Zunge glitt zwischen ihre Lippen und streichelte die ihre.

Maja musste nicht nur körperliche, sondern vor allem sehr viel mentale Kraft aufbringen, um sich zu befreien. Sie sah das Verlangen in James' Augen. »Ich will nicht, dass du die Band verlässt. Schon gar nicht meinetwegen.«

Dabei wäre es so einfach gewesen, sein Angebot anzunehmen. Wie lange hätte es wohl gedauert, bis die Menschen James nicht mehr auf der Straße erkannten? Bis sie in einem Restaurant sitzen könnten, ohne dass jemand nach einem Autogramm fragte? Dass sie unbemerkt in einem Kino Händchen halten könnten?

Aber was sollte aus ihm werden? Sollte er mit seinen noch nicht einmal dreißig Jahren in den Ruhestand gehen? Er brauchte eine Aufgabe im Leben, und er brauchte seine Brüder, so wie sie ihn.

»Ich will nicht, dass du mich eines Tages verlässt, weil dir das Leben mit der Band zu viel wird.« Er klang bitterentschlossen, und sie erinnerte sich daran, wie sehr die Trennung ihn verletzt hatte.

»Jetzt ist alles anders.« Maja bemühte sich, zu lächeln, und es fiel ihr erstaunlich leicht, weil sie wusste, dass sie die Wahrheit sagte.

»Warum? Weil du weißt, dass ich ohne dich sterben werde? Das ist ja eine tolle Beziehungsgrundlage!« Sarkasmus und Verbitterung sprühten aus seinen Worten, was sie sogar nachvollziehen konnte. Es wäre wohl wirklich keine gute Ausgangslage, wenn sie nur bei ihm bliebe, damit er nicht starb.

»Ich kann hier nicht so weitermachen wie früher. Ich brauche einen Neuanfang, und den mache ich am liebsten mit dir zusammen«, erklärte sie ruhig, aber dennoch eindringlich.

Bisher hatte sie sich gegen die Beziehung mit ihm gesträubt, weil sie nicht zu ihrem Alltag passte, doch es war ein Fehler gewesen, deshalb die Beziehung abzulehnen. Das hatte sie nun auch erkannt. Es war ein Alltag, der es nicht wert war weiterhin aufrecht erhalten zu werden.

James lächelte sanft. »Dann lass uns beide alles hinschmeißen und gemeinsam neu anfangen.«

»Nein«, erwiderte sie ebenso entschlossen wie zuvor. »Du hast dir so viel aufgebaut und du liebst das alles. Es wäre nicht in Ordnung, wenn du das alles meinetwegen aufgibst.«

»Aber es wäre nur gerecht, weil du auch alles für mich aufgibst.«

Maja schüttelte den Kopf. »Nein, es wäre nicht dasselbe, weil ich hier gerne alles aufgebe und du es nur aus Pflichtbewusstsein tust.« Sie strich zögernd mit den Fingern über seinen Oberarm. Es fiel ihr befremdlich leicht, ihn so vertraut zu berühren. Eigentlich hatte sie es gar nicht verdient, dass er sie zurücknahm, und er war obendrein noch dazu bereit, sein ganzes Leben ihretwegen umzuschmeißen.

»Ich will aber auch nicht riskieren, dass du dich wieder dazu genötigt fühlst, mich zu verlassen.«

Sie musste schwer schlucken. Einerseits bedauerte sie, ihn so sehr verunsichert zu haben, andererseits rührte es sie, dass sie ihm so viel bedeutete. »Ich verspreche dir, dass es diesmal anders sein wird. Ich habe gründlich darüber nachgedacht und weiß auch, worauf ich mich hier einlassen werde.«

Zumindest hoffte sie das, obwohl sie eigentlich davon ausgegangen war, sich für die Beziehung mit einem Rockstar zu entscheiden, nicht für eine Beziehung mit einem übernatürlichen Wesen mit sehr ungewöhnlichen Ernährungsgewohnheiten.

James strich beruhigend über ihre Wange. »Wir müssen das nicht jetzt entscheiden. Wir können uns ein paar Wochen dafür Zeit nehmen und uns ausruhen. Ich muss nur wissen, dass du dich für mich entschiedest.«

Maja blickte an ihm vorbei in die winzige Wohnung, dachte an ihren überladenen Schreibtisch auf der Arbeit und an Davids nervtötende Vorträge. Sie hatte sich längst entschieden, obwohl es unvernünftig und überstürzt war. Daran änderte sich nichts, weil sie nun James' Geheimnis kannte. Bei ihm zu bleiben, könnte sich negativ auf ihre Lebenserwartung auswirken, das war ihr klar, und trotzdem wollte sie es tun.

Sie schlang die Arme um James' Nacken. »Ich habe mich entschieden, mit dir zu gehen. Und mit der Band.« Sie lächelte und küsste ihn zart. Seine kraftvollen Arme hielten sie dabei fest, ohne sie zu bedrängen. Es war ein himmlischer Moment, in dem sie nicht mehr an ihm und ihren Gefühlen füreinander zweifeln konnte. Alle Bedenken lösten sich in Luft auf.

»Bist du so gar nicht sauer auf mich, weil ich dich verlassen habe?«, fragte sie dennoch zögernd und mit ehrlichem Schuldbewusstsein.

James lächelte und küsste sie diesmal erstaunlich zurückhaltend für seine Verhältnisse. »Ich wäre sauer gewesen, wenn du nicht zurückgekommen wärst, aber warum sollte ich dir noch böse sein und riskieren, dich damit zu verscheuchen?«

Sie lehnte sich an ihn und schloss die Augen. Es war noch immer schwer zu glauben, dass ihr Zusammensein diesmal dauerhaft sein sollte, aber es fühlte sich gut an.

James strich zärtlich mit dem Daumen über ihre Wange. »Du solltest jetzt wirklich etwas essen.«

Lächelnd gab er ihr noch einen weiteren Kuss und stand auf. Er ging in die kleine offene Küche, als wäre es seine Eigene. Er musste sich hier umgesehen haben, während sie im Bett gelegen hatte. Mühelos fand er Eier, Milch und Mehl, Pfanne und Teller. Maja sah fassungslos zu, wie er für sie die Pfannkuchen zubereitete und schließlich mit einem Teller voller duftender Leckereien zurück zu ihr auf die Couch kam.

»Du hast eine nette Wohnung«, bemerkte er betont höflich, aber Maja wusste, was er wirklich dachte. Eine Bruchbude, in der er lieber nicht mehr allzu lange bleiben wollte. »Wohnst du schon lange hier?«

»Nein, es sollte eigentlich nur eine Übergangslösung sein, bis ich etwas Besseres finde«, räumte sie beschämt ein.

James lächelte sie an und setzte sich dabei auf die Armlehne ihres Sofas. »Das hast du jetzt. Wir gönnen uns erst einmal einen schönen Urlaub, und danach ziehst du zu uns ins Bandhaus.«

Es war zwar unerwartet, jetzt über so vergleichsweise belanglose Themen zu sprechen, wenn sie eigentlich nach potentiell außerirdischen Elternteilen fragen könnte, dennoch ließ Maja sich bereitwillig auf dieses Thema ein. Sie wollte sich nicht wieder sofort auf James' nichtmenschliche Natur stürzen, zumal er bereits zum Ausdruck gebracht hatte, wie wenig er selbst darüber wusste. Es würde ihnen beiden guttun, sich erst einmal mit anderen Dingen, wie der nahen Zukunft, zu beschäftigen.

»Lebt ihr in einer WG?«, fragte sie geradeheraus, um ihre Nervosität zu überspielen.

James zuckte mit den Schultern und rutschte von der Armlehne der Couch wieder hinab zu ihr. »Vielleicht könnte man es so nennen. Wir haben zwar ein gemeinsames Haus, aber jeder hat eine eigene Wohnung. Du musst dir also keine Sorge um unsere Privatsphäre machen.«

Seine Lippen verschlossen ihren Mund und seine Zunge machte sich sofort auf die Suche nach ihrer, bevor sie beteuern konnte, dass sie damit klarkommen würde. Sicher war es nicht gerade einladend, dass der abweisende Bill und der herrische Tim in Zukunft ihre direkten Nachbarn sein würden, aber es war bestimmt auch nicht schlimmer, als über einem Pub zu leben.

Maja war überrascht, wie gut und selbstverständlich sich dieser Kuss trotz der Zeit der Trennung noch anfühlte. Sie schlang bereitwillig beide Arme um seinen muskulösen Nacken und schmiegte sich an ihn.

Bei diesem leidenschaftlichen Kuss war all ihre Nervosität verflogen und die Scham über ihre Bruchbude vergessen. James schien ohnehin kein wirkliches Interesse an ihrer Wohnung zu haben, und Maja war froh darüber, denn sie wollte ihm nicht unbedingt die Besonderheiten ihrer Bleibe vorführen, wie die klemmenden Fenster oder das laute Brummen des Warmwasserboilers. Wahrscheinlich war es das Beste, wenn sie sich auf die Pfannkuchen stürzten und dann zu den anderen gingen.

Ihre Lippen fühlten sich wund von James Küssen an, als sie sich endlich dem verspäteten Frühstück zuwandten, bei dem sie in Gedanken bereits ihre Sachen packte. Es versetzte ihr nicht einmal einen Stich, dass es vermutlich ein endgültiger Abschied von dieser Wohnung war. Sicher würde sie sich noch um einige Formalitäten mit dem Vermieter kümmern müssen, aber es würden nur kurze Termine sein. Auch mit Jonathan würde sie schnell ihren Abschied regeln können – falls er ihre Kündigung nicht ohnehin schon erwartete.

»Wird es dir fehlen?«, fragte James plötzlich, als er gerade seinen ersten Pfannkuchen verschlungen hatte.

»Was?«

Er zuckte mit den Schultern. »Diese Wohnung, deine Arbeit, deine Familie. All das, wofür du mich eigentlich verlassen wolltest.«

Maja musste schlucken. Das Einzige, was ihr schwerfiel zu akzeptieren, war die Trennung von ihrer Mutter. Im Grunde hatten sie sich in der letzten Zeit schon sehr weit voneinander entfernt, allerdings lebten sie immerhin noch in derselben Stadt. Wenn sie mit James umherreisen würde, dann würde eine Versöhnung noch schwieriger werden.

»Wahrscheinlich nur meine Mutter.« Dabei hatte sie es bisher nicht über sich gebracht, ihr überhaupt von der Begegnung mit James zu erzählen, obwohl ihre Mutter sicher entweder aus der Presse oder durch David davon erfahren hatte. Könnte sie sich für Maja freuen? Könnte sie endlich ihre Trennung von David akzeptieren?

»Dann sollten wir ihr vielleicht noch einen Besuch abstatten, bevor wir den Urlaub antreten.«

Maja schluckte ihr Entsetzen über diesen unerwarteten Vorschlag hinunter und nickte, weil es sicher gut war, das

Gespräch mit ihrer Mutter nicht noch viel länger aufzuschieben. »Dann sollte ich sie wohl anrufen und Bescheid sagen, dass wir kommen.«

Zum Glück war es Samstag, da war ihre Mutter meistens zu Hause – früher waren Maja und David oft nachmittags zum Kaffee zu ihr gekommen und zum Abendessen geblieben.

James rutschte dich an sie heran und schlang einen Arm um ihre Hüfte. »Später«, flüsterte er, unmittelbar bevor seine Lippen wieder die ihren berührten.

Indessen wanderten James' Hände seitlich an ihrem Körper hinab und bewegten sich auf den Saum ihres Kleides zu.

»Das willst du doch nicht wirklich«, murmelte sie peinlich berührt, in Gedanken an ihr billiges, quietschendes Bett und die abgenutzte Couch.

»Ich will dich jetzt, und ich will nicht länger darauf warten. Nicht einmal, bis wir im Hotel ankommen.« Seine Worte verursachten ein aufregendes Kribbeln zwischen ihren Beinen. Ihr Körper war offenbar vollkommen einverstanden mit seinen Plänen, obwohl sich ihr Geist bis eben noch geziert hatte.

Er küsste sie erneut und schob seine Hände unter ihr knielanges Kleid. Sie spürte seine raue Haut auf ihren nackten Oberschenkeln und konnte kaum noch an etwas anderes denken als an die gemeinsamen Nächte mit ihm.

Seine Hände griffen fordernd um ihren Po, und er zog sie auf seinen Schoß. Das Kleid vom Vorabend spannte unangenehm über ihren Brüsten, die sich so sehr nach seinen Berührungen sehnten. Warum hatte er nur eine so mächtige Wirkung auf sie? Dabei hatte sein letzter Kuss sie angeblich beinahe umgebracht. Sollte sie nicht etwas besorgter sein und sich in Zurückhaltung üben, bis sie mehr über seine Natur und seinen Energiedurst wusste?

Seine Hände wanderten weiter nach oben, über ihre Taille hinweg, und zwängten sich unter den enganliegenden Stoff, soweit dieser es zuließ. Schließlich wurde er ungeduldig, packte den Stoff ihres Kleides und streifte ihn ihr so schnell über den Kopf, dass sie sich nur überrascht fügen konnte.

Auch, als sie nur noch ihre Unterwäsche trug, schmiegte sie sich bereitwillig an James und genoss es, seine unverkennbare Erregung an ihrem Schoß zu spüren. Sie schob ihren Unterleib eng an seinen.

James seinerseits knurrte leise und umfasste sie mit beiden Armen. Scheinbar ohne jede Anstrengung stand er auf, sodass sie instinktiv die Beine um seine Hüften schlang. Zielstrebig ging er mit ihr ins dämmrige Schlafzimmer.

Ihr billiges Bett knarrte, als James Maja auf die weiche Bettwäsche legte und sich selbst dicht neben sie sinken ließ. Sie hörte, wie seine Schuhe mit einem dumpfen Geräusch auf dem Boden landeten.

»Ich habe dich vermisst«, flüsterte er, während er eine Hand forschend über ihren nackten Bauch wandern ließ.

»Du hättest doch bestimmt genug andere haben können.« Maja war sich sicher, dass der ein oder andere Groupie in ihrer Abwesenheit mit ihm geflirtet hatte.

Seine Hand bewegte sich langsam nach oben zu ihrem BH. Indessen drehte Maja sich ein Stück zu ihm auf die Seite und schob eine Hand unter sein locker sitzendes Shirt.

Seine Haut glühte unter ihren Fingern. Seine Muskeln wirkten hart und doch spürte sie, wie empfindlich er auf ihre leichten Berührungen reagierte.

»Ich will aber nur dich«, kam seine raue und unmissverständliche Antwort, mit der sich seine Hand gleichzeitig kraftvoll um ihre linke Brust schloss. Eine Berührung, die sofort ein Feuer in ihrem Unterleib entfachte. Als hätte es ein Eigenleben, schob sich ihr rechtes Bein erneut um seine Hüfte, sodass sie seine Erektion eng in ihrem feuchten Schritt spüren konnte.

Seine Hand drückte ihre Brust leicht und auf eine urtümlich besitzergreifende Art. Diesmal waren seine Berührungen anders. Unverhohlen, gierig, dominant und fordernd.

Indessen schob sie ihre Hand über seinen breiten Oberkörper und zog dabei auch sein Shirt immer weiter hinauf, bis James es über den Kopf streifen konnte. Sie schlang sehnsüchtig die Arme um seinen Nacken und schmiegte sich an seinen nackten Oberkörper. Selbst mit geschlossenen Augen fand sie mühelos seinen Mund und küsste ihn. Während seine Hände entschlossen den Verschluss ihres BHs öffneten, war sein Kuss erstaunlich zurückhaltend, eher langsam und abwartend, obwohl die spürbare Erektion in seiner Hose deutlich sein Verlangen zeigte. Maja sehnte sich danach, dass er dieses Verlangen nun ungebremst auslebte.

Sie atmete instinktiv erleichtert aus, als sich der BH löste, so als hätte er ihr bisher die Luft zum Atmen genommen.

James drehte sie langsam auf den Rücken und kniete sich dicht neben sie, um ihr den losen Büstenhalter abzustreifen. Kaum war dieser zu Boden gefallen, griff er bereits ihr Höschen und zog es geradezu andächtig an ihren nackten Beinen herab. Bereitwillig ließ sie zu, dass er sich zwischen ihre Schenkel schob, obwohl der raue Jeansstoff seiner Hose sich so befremdlich anfühlte. Immer noch waren sie so unbestreitbar voneinander getrennt.

James streckte sich über ihr aus und sie schlang erneut die Arme um ihn. Seine Haut glühte förmlich. Wieder spürte sie seine kraftvolle Hand. Diesmal auf ihrer rechten Brust. Seine Fingerspitzen zeichneten zärtlich die empfindlichen Rundungen nach und reizten sie gleichzeitig so sehr, dass sie unweigerlich ihr Becken an seines drängte. Eine stumme Bitte und zugleich ein lüsternes Angebot.

»So ungeduldig heute?«, hauchte er belustigt auf ihre Lippen, bevor er sie erneut küsste. Ein Kuss, der ihr eine Antwort unmöglich machte. Gleichzeitig kniffen seine Finger aufreizend in die empfindsamen Brustwarzen. Sie zuckte unwillkürlich zusammen. Unruhig fassten ihre Hände seinen Hosenbund. Sie nestelte an dem widerspenstigen Verschluss seines Gürtels herum.

James' Zunge drang zwischen ihren Lippen hindurch und zog sich gleich wieder zurück, was ihre Erregung noch weiter steigerte. Ihre Finger zitterten, als sie an der verheißungsvollen Beule in seiner Hose entlangfuhren, um den Reißverschluss zu öffnen.

James gab keuchend ihren Mund frei. »Eigentlich sollte ich dich zappeln lassen, bis du fast verrückt wirst«, knurrte er amüsiert, während er knisternd ein Kondompäckchen aus seiner Hosentasche zog und sich dann seiner Kleider entledigte.

Schon das Reißen der Verpackung ließ Maja erleichtert aufatmen, während er das Gummi überstreifte. Dann schob James ihre Schenkel weiter auseinander und brachte sein pochendes Glied in Stellung. Anerkennend strichen ihre Hände über seine Hüften und seine stählernen Oberschenkel. Warum war der Körper dieses Mannes nur so unverschämt verführerisch?

»Bitte«, keuchte sie, als er in seiner aufreizenden Position verharrte, ohne endlich die ersehnte Bewegung zu machen.

Seine Hände streichelten ihre Schenkel, viel zu zart für die drängende Lust, die sie beide in diesem Moment empfanden. Sie wusste, dass er seinen Worten Nachdruck verleihen wollte, und sie bestrafte, weil sie ihn verlassen hatte.

Sie wusste aber auch, dass er das selbst nicht lange aushalten würde. »James, bitte«, hauchte sie und hob ihm ihr Becken noch etwas entgegen.

Seine Hände legten sich fest und kraftvoll unter ihre Oberschenkel. Mit einem harten Ruck zog er sie dicht an sich, sodass er sich tief in sie bohrte.

Maja stöhnte unwillkürlich laut und überrascht auf, während sie eine unendliche Erleichterung befiel. Er brachte seinen Körper dicht über ihren und küsste sie erstaunlich sanft für sein hartes Eindringen. »Sag, dass du mir gehörst«, befahl er ungewohnt herrisch.

Dabei fühlte sich diese Zugehörigkeit in diesem Moment, da er so hart und tief in ihr steckte, so selbstverständlich an. Ihre feuchte Weiblichkeit dehnte sich sehnsüchtig, um ihn noch weiter aufnehmen zu können.

Ungeduldig keuchte sie unter ihm: »Hast du daran irgendwelche Zweifel?«

Langsam bewegte er sich in ihr vor und zurück. Quälend langsam. Intensiv. »Nein, ich weiß, dass du mir gehörst. Dein Herz, wie auch dein Körper, aber ich will es von dir hören!«

Diese Worte hatten eine erstaunliche Wirkung auf ihr gereiztes Innerstes. Es zog sich wie zur Antwort gierig und fest um sein steifes Glied zusammen. Seine Antwort war ein raues Stöhnen. Sie hielt sich an seinen Schultern fest und brachte ihren Mund zu einem zarten Kuss dicht an seinen heran. »Ich gehöre ganz dir«, wisperte sie und wurde sofort mit einem behutsamen Knabbern an ihrer Unterlippe belohnt.

Seine Stöße kamen schnell und zugleich so tief, dass sie ihm kaum standhalten konnte. Maja stöhnte heiser seinen Namen und erbebte unter ihm. Obwohl er seine Macht über ihren erregten Körper so gnadenlos ausnutzte, klammerte sie sich an ihn, als sich unter seinen Stößen eine so gewaltige Spannung in ihr aufbaute, dass sie kaum noch zu atmen wagte. Verzweifelt stöhnte sie erneut seinen Namen und wurde mit einem liebevollen Kuss getröstet.

»Komm für mich«, flüsterte James unerträglich ruhig und als hätte er das Recht, so über ihren Körper zu befehlen. Und doch ließen seine Worte den aufgebauten Sturm in ihr losbrechen. Sie klammerte sich an ihn, als könnte er sie vor dieser Macht beschützen.

Ein weiteres entschlossenes Eindringen, und sie verlor die Kontrolle über ihren Körper. Sie keuchte, schmiegte sich sehnsüchtig an ihn und hatte das Gefühl zu explodieren, während er sich in ihr nun geradezu genießerisch bewegte. Erst als ihr Körper zur Ruhe kam, spannte auch er sich an und kam mit einem lauten Stöhnen.

Verschwitzt und erschöpft sank er auf sie, während sein Glied immer noch in ihr zuckte.

»Du machst mich fertig«, seufzte er atemlos.

Maja fuhr mit den Händen liebevoll über seinen breiten Rücken. Ihre Arme waren schwer von einer angenehmen Müdigkeit. »Ich dich?«

»Ja, Baby. Ich kann mich nicht daran erinnern, dass mich eine Frau so erregt hat.« Er drückte einen feuchten Kuss auf ihren Hals. »Ich würde dich am liebsten wieder und wieder nehmen, bis du dich nicht mehr rühren kannst.« Sie spürte sein Grinsen an ihrem Hals, und eine Hitze durchflutete sie in ihrem Schoß. Sie war bereit, sich ihm ganz auszuliefern.

»Ich könnte dich ans Bett fesseln und nie mehr herauslassen.« Seine Worte hatten eine geradezu unheimliche Wirkung auf ihren Unterleib, und sie wusste, dass James das spürte, weil er immer noch ganz in ihr war. Er bewegte sich ein wenig, sodass sie sich unweigerlich aufbäumte und ihn zugleich wieder tiefer in sich aufnahm.

»Aber ich will, dass dich alle sehen und wissen, dass du mir gehörst«, knurrte er, als er seinen Rhythmus wiederfand. Maja vergrub die Hände in seinem Haar und erwiderte seine Stöße, so gut sie es konnte.

Sie hatte ihn so sehr vermisst.

18. KAPITEL

James ließ seinen Blick erneut durch die winzige Bruchbude schweifen, bevor er endgültig entschloss, dass sie zum Abendessen ins Hotel fahren sollten, sobald Maja aus der Dusche kam. Er selbst frottierte seine Haare noch einmal mit einem von Majas weichen Handtüchern und schlüpfte zuerst in seine Hose und dann in sein Shirt. Bevor er die Socken anziehen konnte, klingelte es an der Wohnungstür.

James rechnete damit, dass es sein Personenschützer war, der allmählich zum Aufbruch drängte. Ray konnte es gar nicht leiden, wenn einer von ihnen über längere Zeit alleine unterwegs war. Selbstverständlich wusste James, dass die ganze Nacht zwei Mitarbeiter der Sicherheitsfirma vor dem Haus in einem Wagen gewacht hatten, aber er konnte nur vermuten, dass sie jetzt von Ray ein Zeichen erhalten haben dürften.

Allerdings musste James sich vor niemandem rechtfertigen, wie lange er und Maja in dieser Wohnung blieben. Er war ja schließlich kein Gefangener. Mürrisch öffnete er die Tür.

»Ja?«, knurrte er sein Gegenüber an.

Es war nicht der erwartete Sicherheitsmann. Es war ein erstaunter Mann in weißem Shirt und blauer Jeans, mit ebenso blauen Augen und kurzen blonden Haaren. Er musterte James mit unverkennbarer Überraschung und vor allem mit reichlich unverhohlener Abneigung.

»Wo ist Maja?«, blaffte der Mann schließlich ohne eine Spur von Höflichkeit heraus.

James stützte sich mit einer Hand am Türrahmen ab, damit der ungebetene Besucher gar nicht erst auf die Idee kam, an ihm vorbei in die Wohnung zu gehen.

Selbst wenn er nur ein Nachbar war, wollte James ihn nicht in Majas Wohnung haben, geschweige denn in ihrer Nähe. Ein anderer Mann in Majas Leben passte gar nicht zu seinem neuen Besitzanspruch, zumal er auf ihre Liebe angewiesen war. Er hätte vielleicht akzeptieren können, dass er sterben musste, weil Maja Angst vor ihm hatte, aber nicht, dass ein anderer Typ sie ihm ausspannte.

»Im Bad«, antwortete James so ruhig wie möglich, war sich allerdings sicher, dass der Gast die Botschaft verstanden hatte – Maja war beschäftigt und deswegen nicht zu sprechen.

Es war offensichtlich, dass James selbst gerade erst geduscht hatte – sein nasses Haar war unfrisiert und er war barfuß. Der Gast sollte verstehen, dass er Maja unter der Dusche Gesellschaft geleistet hatte. So waren die Verhältnisse wenigstens gleich geklärt.

»Und was tust du hier?«, fuhr ihn der ungebetene Besucher erstaunlich dreist an.

James funkelte ihn gefährlich an. »Ich passe auf, dass sie nicht unangemeldet Besuch von aufdringlichen Typen bekommt.« Zum ersten Mal seit langer Zeit, bemerkte er an sich eine gewisse Gewaltbereitschaft, die vermutlich dadurch verstärkt wurde, dass er bei Majas Orgasmus wieder ihre köstliche Energie in sich aufgenommen hatte. Diesmal nur so viel, dass sie nicht darunter litt.

»Dann verschwinde besser, Maja ist meine Frau«, fauchte ihn der Fremde unerwartet giftig an.

James musste unweigerlich hämisch grinsen. Das war noch die harmloseste mögliche Reaktion. Wenn sich der Fremde weiterhin so aufdrängte, schien James ein gezielter Fausthieb für durchaus angebrachter.

»Deine Frau?«, wiederholte er belustigt und spielte mit dem Gedanken, Details der vergangenen Stunden zu erläutern. Nein, er konnte diesen Mann nicht ernst nehmen, würde aber wohl bei Maja nachfragen müssen, warum er bisher nichts von diesem Möchtegern-Ehemann gehört hatte. Allerdings zweifelte er keine Sekunde an Majas Treue.

»Weiß Maja das?«, hakte James sarkastisch nach.

»Ja, und ich lasse nicht zu, dass irgendein Rockstar sie nach Lust und Laune flachlegt.«

James lehnte sich entspannt an den Türrahmen und verschränkte die Arme vor der Brust. »Und was willst du dagegen tun?« Er war tatsächlich gespannt, was der Fremde darauf antworten würde, und ließ sich gar nicht erst darauf ein, über seine Gefühle für Maja zu diskutieren.

Der Fremde wurde ernst und entschlossen. Vielleicht spielte er nun auch mit dem Gedanken an eine gewaltsame Lösung.

»David!«, schreckte sie Majas schrille Stimme vom anderen Ende des Raumes aus auf. Sehr zu James' Verdruss stand sie dort nur mit einem Handtuch bedeckt und sah in seinen Augen ziemlich verführerisch aus. Und sie kannte diesen Störenfried sogar tatsächlich.

Obendrein errötete sie über ihren Aufzug vor dem Gast, und das verstimmte James nur noch mehr. Er war sicher nicht der einzige Mann, der sie unwiderstehlich fand, wenn sie so leichtbekleidet und beschämt dastand. Dieser Anblick sollte nur für ihn bestimmt sein.

James erwog es kurz, dem Gast die Tür vor der Nase zuzuschlagen – natürlich ohne Rücksicht auf besagte Nase zu nehmen. Aber er wollte die Besitzansprüche des Mannes endgültig aus der Welt schaffen, weitaus deutlicher als mit einer gebrochenen Nase und einer geschlossenen Tür.

»Geh dich anziehen, Kleines, damit du dich nicht erkältest«, sagte James. Er lächelte sie zuckersüß an, war sich aber sicher, dass sie wusste, was ihn wirklich bewegte.

Maja umfasste das Handtuch geradezu panisch mit beiden Händen und kam unschlüssig auf die beiden Männer zu. »Was willst du denn hier?«, fragte sie, zu James' Erleichterung in äußerst vorwurfsvollem Ton.

»Verhindern, dass du einen schweren Fehler machst«, erwiderte der Besucher mit einer unverschämten Selbstverständlichkeit.

James reagierte wutschnaubend und kurzentschlossen. Er stieß sich vom Rahmen ab und schlug die Tür mit voller Kraft zu, leider ohne das Gesicht des Eindringlings zu treffen.

»Maja!«, erschallte es durch die Tür, begleitet von wütendem Klopfen.

Diesmal machte James keine Anstalten zu öffnen. Er ging mit großen Schritten zu Maja. »Wer ist diese überhebliche Nervensäge?«

Sie schluckte schwer und wirkte kurz wie gelähmt angesichts des erneuten Klopfens. »Mein Ex-Freund.«

James spürte, wie seine Besitzansprüche wuchsen, auf eine ganz urtümliche, animalische Art. Er lächelte sie besänftigend an. »Ich glaube, den Teil mit dem ‚Ex' hat er noch nicht ganz realisiert.« Er küsste sie zart. »Zieh dir in Ruhe etwas an. Ich werde das klären.«

Ein für alle Mal.

Er war erleichtert, dass Maja keine Diskussion begann. Sie hätte ja auch darauf beharren können, dass es ihre Angelegenheit war und sie keinen Beschützer brauchte.

Sie gab ihm ihrerseits einen Kuss und nickte. »Ich beeile mich.«

Aber James hatte nicht vor, eine tagesfüllende Unterhaltung zu führen. Als Maja im Schlafzimmer verschwand, öffnete er die unter Schlägen erzitternde Tür.

»Was fällt dir ein?«, brüllte ihn dieser David unwirsch an, während er Ausschau nach Maja hielt. James sah, wie enttäuscht er war, dass sie sich offensichtlich nicht zu ihnen gesellte.

James postierte sich amüsiert im Türrahmen. »Die Sache ist die, David: Maja gehört jetzt zu mir. Sie will nichts mehr von dir, und ich habe keine Lust, mich mit eifersüchtigen Ex-Freunden zu streiten. Also verschwinde jetzt besser.« Unerwartet rüde schob David sich an ihm vorbei ins Wohnzimmer. Es gefiel James gar nicht, ihn in Majas Wohnung zu haben. Auch nicht, dass er die Aufforderung zu gehen, so geflissentlich ignorierte. Unauffällig griff er nach seinem Handy.

»Am besten du verschwindest jetzt für immer. Ich glaube, Maja ist endgültig mit dir durch«, sagte er. David hatte ihm den Rücken zugewandt, weil er sich noch in Majas Wohnung umsah. Offenbar war er zum ersten Mal hier. Ein weiterer Beweis dafür, dass er keinen Platz mehr in Majas Leben hatte.

»Und wann bist du mit ihr durch? In einer Woche? Einem Monat?« David drehte sich um, und James ließ sein Handy wieder zurück in die Hosentasche gleiten. Allmählich verging ihm das Grinsen. Inzwischen tendierte er stark zur gewaltsamen Konfliktlösung.

»Das ist eine Sache zwischen Maja und mir.« Nein, er war immer noch nicht bereit, seine Gefühle mit diesem Kerl zu diskutieren.

»Ich lasse aber nicht zu, dass du mit ihr irgendwelche Spielchen treibst, nur weil du gerade Lust auf sie hast.«

Nach all den Diskussionen mit Maja und Bill hatte James nun wirklich keine Verwendung für die Einmischung irgendeines Exfreundes, der meinte, auf Maja noch irgendwelche Ansprüche zu haben.

»Was willst du denn dagegen tun?«, fuhr James den selbsternannten Aufpasser wütend an. »Ich nehme Maja mit und werde aufpassen, dass du sie nicht wiedersiehst.« James freute sich geradezu hämisch darauf, alle Sicherheitskräfte anzuweisen, diesen Typen von Maja fernzuhalten.

David funkelte ihn wütend an, sodass James tatsächlich mit einem Angriff rechnete. Es wäre ihm gar nicht so unrecht – er wollte dem Kerl zu gerne eine reinhauen. Er brauchte nur einen Grund, denn er konnte sich nicht leisten, dass man ihm nachsagte, er hätte eine Schlägerei angefangen.

Plötzlich stürmte David entschlossen in Richtung Schlafzimmer, wo Maja sich immer noch anzog. Unglücklicherweise war er schneller als gedacht und James hatte mit diesem Schritt nicht gerechnet. Er hatte angenommen, es wäre klar, dass sie das nun unter sich Männern ausmachen würden.

Schon war die Tür zum Schlafzimmer aufgerissen und gab den Blick auf eine halbbekleidete Maja frei. Zu James' Ärger trug sie zwar bereits eine lange graue Hose, allerdings weder BH noch Bluse.

»David!«, schrie sie entsetzt auf und bedeckte ihren nackten Oberkörper mit ihren Armen.

»Du willst mit dem Typen weggehen?«, fuhr David sie an, offenbar ohne jedes Verständnis dafür, in welche Lage er Maja durch sein unverschämtes Eindringen brachte.

James schob sich entschlossen an dem Kerl vorbei und trat dicht zu Maja. Mit seinem Körper schützte er sie vor den ungewollten Blicken des Eindringlings, sodass sie sich einigermaßen ungestört anziehen konnte.

»Es ist ihre Sache, ob sie mit mir geht oder nicht«, erklärte er so ruhig wie noch möglich, aber es fiel ihm immer schwerer. Er konnte nicht einschätzen, wie Maja darauf reagieren würde, wenn er gewalttätig wurde, diese Unsicherheit half ihm, sich zu zügeln.

»Und was ist mit ihrem Job? Ihrem Leben?«

James warf einen vorsichtigen Blick über seine Schulter. Maja zog sich gerade eine gelbe Bluse an. Ausgerechnet die Bluse, die er ihr schon einmal ausgezogen hatte.

Ob sie ihrem Ex überhaupt zugehört hatte?
»Mach dir doch nichts vor, David. Mich hält hier nichts mehr.« Sie trat langsam an James vorbei, aber er hielt sie fest, bevor sie weiter aus seinem Schutz heraustreten konnte.
»Was ist mit der Arbeit? Du kannst nicht einfach alles aufgeben«, rief David.
James spürte einen Stich, weil Maja selbst anfangs so argumentiert hatte. Inzwischen ahnte er jedoch, dass David Majas Sichtweise auf ihr Leben dramatisch verändert hatte. Vielleicht verdankte er dem unliebsamen Exfreund sogar Majas neuen Glauben an ihre gemeinsame Zukunft.
»Das ist meine Sache, David. Ich brauche deine Zustimmung nicht«, seufzte sie. »Du solltest jetzt wirklich gehen.«
James legte ihr behutsam einen Arm um die Hüfte, während er mit der freien Hand per Kurzwahl den Sicherheitsdienst anrief, ein Anklingeln würde ausreichen, damit die Personenschützer kamen. Es wurde Zeit, dass dieser David nun mit etwas mehr Nachdruck verabschiedet wurde.
»Du machst dich vollkommen abhängig von ihm!«
James spürte, dass genau dieser Vorwurf saß. Maja hatte Angst davor, dass sie vor einem Scherbenhaufen stehen würde, wenn sie sich eines Tages von ihm trennen würde. Aber er würde sie nie mit leeren Händen gehen lassen. Er hatte genug Kontakte und konnte ihr sicher dann wieder irgendeine Stelle vermitteln. Zumal er jetzt gar nicht an eine Trennung denken wollte.
»Das ist meine Sache«, wiederholte Maja mit Nachdruck und sehr zu James' Erstaunen, denn er hätte es verstehen können, wenn sie wegen diesen Gedanken verunsichert wäre.

Schwere Schritte im Wohnzimmer kündigten die Ankunft des Sicherheitsdienstes an. Die beiden Männer in schwarzer Kleidung brauchten keine weitere Erklärung. Sie postierten sich sofort rechts und links von David.

»Du solltest jetzt gehen«, wiederholte Maja ernst, mit einem Blick auf die Sicherheitskräfte, sicher am Arm von James.

James nickte seinen Beschützern zu, damit sie wussten, dass sie den Störenfried entfernen sollten.

»Willst du wirklich für den Rest deines Lebens sein Sexpüppchen sein? In der Hoffnung, dass es ihm nicht zu langweilig wird, mit immer derselben Frau?« David war außer sich.

James ballte eine Hand zur Faust. Er hätte zugeschlagen, wenn Maja sich nicht so schutzbedürftig an ihn gelehnt hätte. Insgeheim ahnte er, dass sie es auch tat, um ihn von einer Dummheit abzuhalten.

David schnaubte und wandte sich zum Gehen, ohne dass seine neuen Begleiter nachhelfen mussten. Die beiden Bodyguards folgten ihm, allerdings mit einer Ernsthaftigkeit, mit der sie ihn auch noch bis zur Haustür begleiten würden.

James wandte sich sofort Maja zu und legte seinen zweiten Arm um ihre Mitte. »Glaub ihm nicht«, flüsterte er, »du bist für mich etwas ganz Besonderes.«

Maja lächelte ihn etwas traurig an. Er ahnte bereits, was sie dachte, noch bevor sie es aussprach. »Zweifellos, du hast ja auch keine andere Wahl. Was wäre denn, wenn du ohne mich nicht sterben würdest?«

James lächelte so beruhigend, wie möglich. »Ich weiß, dass ich dich liebe. Ich wollte dich zurück, obwohl du mich verlassen hast.«

Maja legte den Kopf schief. »Das ist ein merkwürdiges Liebesgeständnis.«

Er zuckte mit den Schultern. »Aber es ist ehrlich gemeint. Ich bin vorher noch nie einer Frau nachgelaufen, egal, wie heiß sie war. Du löst etwas in mir aus, was ich bisher nicht kannte.«

James' Kuss kam wild und so ungezügelt, dass sie kaum atmen konnte. Sie musste sich an seinen Schultern festklammern, um nicht den Boden unter den Füßen zu verlieren. Schon wieder konnte sie keinen klaren Gedanken fassen. Und das tat gut, nach diesem Überfall von David.

Gerade, als sie mit dem Gedanken spielte, James in Richtung Bett zu drängen, löste er sich von ihr.

»Jetzt sag mir, warum der Kerl sich so aufführt«, verlangte er überraschend, zu wissen, ohne sie loszulassen. In seinen Augen funkelte etwas Gefährliches – war es Eifersucht?

»Wie gesagt, er ist mein Ex.«

»Platzt er öfter so bei dir rein?«

Wahrscheinlich musste David froh sein, dass ihn der Sicherheitsdienst und nicht James selbst vor die Tür gesetzt hatte. Wie sehr es in ihm brodelte, erkannte Maja erst jetzt, und zunehmend ahnte sie, dass er auch bereit gewesen wäre, zu anderen Maßnahmen zu greifen. Sie wollte sich gar nicht fragen, ob seine Natur ihm übermenschliche Kräfte verlieh.

»Nein, er war noch nie hier, seit ich bei ihm ausgezogen bin. Wir haben uns gestern bei der Arbeit gestritten, deshalb dachte er wohl, er müsste mich sprechen.« Sie sah, wie es in James' Kopf ratterte, und dabei konnte bestimmt nichts Gutes herauskommen.

»Ihr arbeitet zusammen?«

Sie schluckte schwer, weil die Wahrheit James' Eifersucht nur befeuern würde, eine Lüge aber keine Lösung sein konnte. »Wohl nicht mehr lange«, versicherte sie besänftigend, denn nach ihrem unangekündigten Urlaub und ihrem vorzeitigen Feierabend hatte sie ohnehin zumindest mit einer Abmahnung zu rechnen, wenn sie nicht vorher selbst kündigte.

»Keinen Tag mehr, wenn ich es verhindern kann. Dieser Kerl kommt nicht noch einmal in deine Nähe, nicht eine Sekunde, nach diesem Auftritt eben.«

Maja strich liebevoll über seine muskulösen Schultern. »Du musst dir keine Sorgen machen, ich empfinde nichts mehr für ihn.« Dabei musste sie nicht einmal lügen. Sie fragte sich vielmehr, was sie überhaupt jemals für ihn empfunden hatte. Sie war zwar gerne mit ihm zusammen gewesen, doch irgendwie hatte es einfach nicht gepasst, und seine Küsse hatten nicht einmal entfernt dieselbe Wirkung auf sie wie die von James.

»Aber er will dich immer noch. Er ist heute sicher nicht hergekommen, um sich dafür zu entschuldigen, dass er sich gestern im Ton vergriffen hat. Er wollte dich flachlegen«, erwiderte James bitter, und Maja ahnte, dass er damit durchaus recht haben könnte. Wie oft hatte David schon eine Versöhnung angeboten? Vielleicht wollte er es nun direkt mit Versöhnungssex ausprobieren.

»Er wird mich aber nicht bekommen. Du hast es selbst gesagt. Ich gehe mit dir.« Die Miene des Rockmusikers wurde weicher und weniger verbissen. Zur Bekräftigung ihrer Worte küsste Maja ihn zart.

»Ich würde verrückt werden, wenn du zu diesem Kerl gehst.« Er zog sie eng an sich, bis sie den Kopf an seine Brust legte.

»Nichts könnte mich zu ihm zurücktreiben. Ich glaube, ich habe ihn nie geliebt.« Diese Worte hatten die erhoffte Wirkung. James entspannte sich spürbar.

Maja fühlte sich erstaunlicherweise erleichtert, als sie mit James und einem großen Koffer im Hotel eintraf. Sie hatte in ihrer Wohnung nur einige Kleider zusammengepackt. Irgendwann in der nächsten Zeit würde James eine Firma beauftragen, ihre Wohnung leerzuräumen, die Möbel zu entsorgen und ihre Besitztümer ins Bandhaus zu bringen. Sie selbst sollte nie wieder diese Bruchbude betreten müssen. Nach Davids Eindringen am Nachmittag war sie sehr froh darüber. Irgendwie war diese Wohnung nur noch eine Erinnerung an falsche Entscheidungen und Einsamkeit, obwohl sie anfangs ein Stück Selbstständigkeit und ein Befreiungsschlag gegen David sein sollte, doch sein plötzlicher Besuch hatte diesen Ort komplett entweiht.

Die Wohnung war nicht mehr als eine Bruchbude, die sie genauso zurücklassen würde wie ihre Arbeit. Auch der würde sie nicht nachtrauern. Sie hatte sich bereitwillig darauf eingelassen, dass James ihre Kündigung von einem Anwalt regeln ließ. Offenbar war er sogar bereit, ihrem Arbeitgeber im Notfall eine Abfindung für ihren überstürzten Abschied zu bezahlen.

Nur den Bruch mit ihrer Familie wollte Maja nicht zulassen.

In der Lobby vertrauten sie einem Pagen den alten Koffer mit Majas zusammengepackten Kleidern an, damit sie die anderen Bandmitglieder zum Abendessen treffen konnten. Sie hatten dazu einen abgetrennten Bereich des Restaurants im Dachgeschoss reserviert und wurden dort von den anderen an einer reich gedeckten, runden Tafel empfangen.

»Wir dachten schon, ihr habt verschlafen«, begrüßte Bill sie grinsend und überraschend gut gelaunt.

»Oder wärt direkt durchgebrannt«, ergänzte Charlie amüsiert, auch vollkommen entspannt.

So hatte Maja das Treffen mit der Band nicht erwartet.

Bisher hatte sie immer das Gefühl gehabt, ein Störfaktor in dieser Konstellation zu sein, doch jetzt fühlte Maja sich willkommen und akzeptiert.

»Wir haben nur noch ein paar Sachen aus Majas Wohnung geholt«, erklärte James gelassen, als er ihr einen Stuhl zurechtrückte.

Tatsächlich lief ihr beim Anblick der Tafel unweigerlich das Wasser im Munde zusammen, obwohl ihr reichlich verspätetes Frühstück noch gar nicht so lange her war.

»Das heißt dann wohl, Maja kommt mit uns – auf Gedeih und Verderb?«, wollte Bill wissen, als auch James sich setzte.

Beinahe lautlos huschte ein Kellner um den Tisch und erkundigte sich nach ihren Getränkewünschen. In seiner Gegenwart ruhte das Gespräch.

»Mit mir«, korrigierte James, sobald der Kellner ging. »Wir werden gemeinsam entscheiden, wie unsere Zukunft aussehen soll.«

Maja ahnte bereits, dass er mit dieser Aussage die Stimmung ruinieren würde. Sie verstand ja, dass James seine Lebensführung überdenken wollte, aber musste er das unbedingt so offen zeigen? Er könnte seinen Brüdern zumindest einen ruhigen Abend gönnen, bevor er derart ernste Themen aufwarf. Ohnehin würden seine Brüder mit all ihren Argumenten kaum die Pläne von James beeinflussen können. Inzwischen kannte Maja ihn gut genug, um zu wissen, wie stur er war.

Bill starrte so frostig über den Tisch zu ihnen hinüber, dass auch der heiße Milchkaffee in ihren Händen Maja nicht wärmen konnte.

»Ich glaube, heute ist nicht der richtige Tag, um über die Zukunft zu debattieren«, mischte sie sich beruhigend ein, bevor Bill etwas sagen konnte. Vielleicht konnte sie so die Situation entschärfen.

»Maja hat recht«, bestätigte Tim rechts von ihr. »Wir haben beschlossen, uns eine Auszeit zu nehmen. Wir alle. Da bleibt genug Zeit, dass sich alle in Ruhe ihre Gedanken machen können, bevor wir noch die falschen Entscheidungen treffen.«

»Und wir haben eine echt schicke Villa auf Gran Canaria für die nächsten Wochen gemietet. Da können wir alle erstmal richtig ausspannen«, bekräftigte Charlie freudig.

Auch wenn James die anderen im Grunde zu dieser Pause gezwungen hatte, merkte man allen an, dass ein Urlaub ihnen nicht ungelegen kam. Keiner hätte von sich aus auf diesen Urlaub gedrängt, aber jeder nahm sich gerne diese Auszeit.

Maja sah, wie Bill ihr gegenüber durchatmete, und schließlich nickte.

Unter dem Tisch streichelte James ihren Oberschenkel. Sie hätte ihn zu gerne gefragt, ob er seine Entscheidung nicht schon längst getroffen hatte, aber sie wollte dieses Gespräch unter vier Augen führen, und mit etwas Abstand. Im Moment war er doch immer noch zu aufgebracht durch die Auseinandersetzung mit David und seinen Beinahe-Tod, das könnte ihn zu falschen Entscheidungen verleiten.

Der Urlaub würde auch ihm etwas Entspannung verschaffen, damit er die Trennung und ihren gemeinsamen Neubeginn verkraftete. Ihre Trennung hatte ihm unverkennbar geschadet – nicht nur körperlich.

Nach dem Essen betraten sie am frühen Abend ihre Suite, die James in der vergangenen Nacht so bereitwillig gegen ihre winzige Wohnung eingetauscht hatte.

»Ist das dieselbe Suite?«, platzte Maja irritiert heraus. In jener ersten Nacht mit James hatte sie von dem luxuriösen Hotelzimmer kaum eine Notiz genommen, schließlich hatte ihre ganze Aufmerksamkeit dem verführerischen Gitarristen gegolten. Aber der Ausblick kam ihr selbst bei vollkommen veränderten Lichtverhältnissen vertraut vor.

»Möglich«, sagte James und grinste sie selbstsicher an. »Ich hatte zumindest darum gebeten, weil mir die Aussicht so sehr gefallen hatte. Aber um ehrlich zu sein, habe ich das Zimmer nicht gut genug in Erinnerung, um es mit Gewissheit wiederzuerkennen.«

Maja spürte die Hitze in ihren Wangen, die bei der Erinnerung an diese Nacht in ihr aufstieg. Genau aus diesem Fenster hatte sie geschaut und die schlafende Stadt bewundert, bevor sie das erste Mal mit James geschlafen hatte.

»Was hättest du gemacht, wenn ich gestern Abend nicht gekommen wäre?«

James ließ sich auf das riesige, bequeme Bett fallen. »Wenn ich nicht doch gestorben wäre, hätte ich dich geholt. Ray kennt deine Adresse und weiß, wo du arbeitest. Ich hätte mir etwas einfallen lassen.«

Sie musste lächeln, weil sie sicher war, dass er dann erst recht mit David aneinandergeraten wäre, aber sie wusste, dass er die Wahrheit sagte. Was er wohl bereit gewesen wäre zu tun, wenn sie nicht von selbst eingelenkt hätte?

Mit seiner medienwirksamen Suche hatte er vor einigen Wochen ihr Leben auf den Kopf gestellt und etwas ähnlich Rücksichtsloses hätte er vermutlich wieder getan. Eigentlich sollte sie darüber wohl verärgert sein, aber ein Teil von ihr hatte das längst als Teil von James' Charakter akzeptiert. Er war impulsiv und oft ein wenig unvernünftig.

»Hast du jemals in Betracht gezogen, dass ich nicht hätte mit dir mitgehen wollen?«

James grinste dreist und mit einem Selbstbewusstsein, um das Maja ihn beneidete. »Nein, ich weiß, dass du mich liebst.« Worte, die sie bei David verärgert hätten, waren von James in Ordnung.

Maja schlenderte zu dem großen Fenster mit der beeindruckenden Aussicht auf den Shannon und die Brücke, die in Richtung Innenstadt führt. »Warum bist du dir da so sicher, obwohl ich es selbst erst vor ein paar Tagen bemerkt habe?«

James zuckte mit den Schultern. »Vielleicht kenne ich dich besser, als du denkst.«

Angesichts der Tatsache, dass sie ihn vor einer Woche verlassen hatte und nun reumütig zurückgekehrt war, hatte er vielleicht gar nicht mal so unrecht. Seit der Trennung von David hatte sie noch nicht wieder zu sich selbst gefunden und tat sich schwer damit, ihre eigenen Gefühle einzuordnen. Es war an der Zeit, ihr Leben endlich wieder in den Griff zu kriegen.

»Ich will meine Mom anrufen«, brach es nun entschlossen aus Maja heraus.

»Jetzt?« James schien offensichtlich enttäuscht, vielleicht weil er andere Pläne für den Abend hatte.

»Sie sollte von mir erfahren, dass ich fortgehe, nicht von David.« Vor allem aber wollte Maja verhindern, dass der Streit anhielt, und das würde er sicher, wenn David eine Gelegenheit hatte, gegen sie zu arbeiten.

»Er redet mit deiner Mutter?« Über diese Information schien James unerwartet empört und die fast abgestreifte Eifersucht flammte erneut auf. Vermutlich störte ihn jeder einzige Berührungspunkt mit ihrem Ex.

»Ja, er hat wohl die Hoffnung, sie könnte mich überreden, es nochmal mit ihm zu versuchen. Seither haben meine Mom und ich ein schwieriges Verhältnis. Sie hat ihn schon als Schwiegersohn akzeptiert und ist über die Trennung nie wirklich weggekommen.«

Maja kramte in ihrer Handtasche, die sie auf einem Sessel abgestellt hatte, bis sie ihr Handy fand. Nach dem Aufeinandertreffen mit David am Nachmittag musste sie damit rechnen, dass David längst ihrer Mutter erzählt hatte, was vorgefallen war.

Je schneller sie das klarstellte, desto besser. Vermutlich hatte sie ohnehin schon viel zu lange damit gewartet.

Während James sie vom Bett aus beobachtete, wählte sie die Nummer ihrer Mutter. Diese nahm erstaunlich schnell ab, als hätte sie auf den Anruf gewartet, und das legte den Schluss nahe, dass David bereits mit ihr geredet hatte.

»Hi, Maja, wie schön, dass du anrufst«, wurde sie freudig empfangen.

»Hi, ich hoffe, ich störe dich nicht.«

»Aber nein, ich wollte gerade David anrufen. Er hatte mir aufs Band gesprochen. Habt ihr euch wieder gestritten?«

Maja atmete erleichtert auf, weil sie ihrer Mutter tatsächlich als Erste von ihrer neuen Lebensgestaltung berichten konnte. »So in etwa. Er war heute bei mir.«

Sie hörte schon, wie ihre Mutter ansetzte, etwas zu sagen, vermutlich etwas über Versöhnung und Liebe oder über den Umgang mit Streitigkeiten in einer Beziehung. Allerdings war es für diese Reden endgültig zu spät.

»Mom, ich habe jemanden kennengelernt, deshalb haben David und ich uns heute gestritten.«

Es war kurz still am anderen Ende der Leitung, dafür konnte sie James' Blick auf sich spüren, als wollte er etwas sagen. »Ist es dieser Musiker? David sagte, dass du ihm nachgereist bist.«

Maja war nicht überrascht, dass David ihrer Mutter von der Affäre mit James erzählt hatte, und, dass er es nicht gerade positiv dargestellt hatte.

»Er heißt James«, korrigierte sie ihre Mutter so ruhig wie möglich. »Ich weiß, dass David schlecht darüber denkt, aber ich liebe ihn, Mom.« Wieder war es still am Telefon, dafür hörte Maja das Rascheln der Bettdecke, als James sich erhob und zu ihr kam. Er stellte sich hinter sie und schlang beide Arme um sie. Bereitwillig lehnte sie sich an ihn. Seine Nähe tat in diesem Moment so unbeschreiblich gut und bestärkte sie in den Worten, die sie gewählt hatte.

»Und was ist mit David?«, hakte ihre Mutter vorwurfsvoll nach.

»Das ist vorbei, schon lange.«

Ein sanfter Druck von James, der eine Zusicherung seiner Unterstützung ausdrückte. Obwohl er eigentlich gar nicht wissen konnte, wie sehr sie dieser Streit belastete, wie gerne sie ihre Mutter wieder auf ihrer Seite hätte und nicht als Fürsprecherin ihres Ex gegen sich.

»Und das mit diesem Musiker soll etwas Ernstes sein?«

»Ja.«

»Wie stellst du dir das vor, Maja? Am Wochenende mit ihm im Tourbus reisen und montags wieder im Büro sitzen? Das ist doch kein Leben.« Ihre Mutter machte denselben Fehler, wie sie anfangs. Sie ging davon aus, dass Majas gewöhnlicher Alltag erhaltenswert war. Aber inzwischen wusste Maja, dass das ein Trugschluss war. Was an ihrem alten Leben war schon schützenswert?

»Nein, ich gehe erst einmal mit James. Ins Büro kann ich sowieso nicht mehr zurück, David macht mir alles kaputt.«

»Du willst einfach alles aufgeben?«, kam die entsetzte Antwort ihrer Mutter.

»Das habe ich doch schon lange. Ich wohne ja nicht in dieser Absteige, weil mir die Aussicht so gut gefällt, sondern weil ich weg von David wollte.« So sehr, dass sie es um jeden Preis in Kauf genommen hatte, auch mit der nächtlichen Lärmbelästigung des Pubs, mit dessen lauter Musik und dieser nervtötenden, quietschenden Tür.

Sie spürte James' warme, breite Brust an ihrem Rücken und lehnte sich bereitwillig daran. Seine Umarmung machte ihr bewusst, dass sie nicht auf die Zustimmung ihrer Mutter angewiesen war. Sie hätte sich Verständnis gewünscht, doch sie würde auch ohne dieses mit James gehen. Diese Entscheidung war bereits getroffen.

»Aber wie lange kennst du diesen Kerl denn überhaupt schon?«

Maja seufzte, weil sie auf diese Frage keine Antwort hatte, die ihre Mutter zufriedenstellen würde. »Das ist egal. Ich habe mich für ihn entschieden.«

Wie zur Belohnung küsste James sie auf ihr Haar und ließ damit tatsächlich die heimlich aufkeimenden Zweifel sofort wieder schwinden.

»Du bist ja verrückt geworden!« Dem konnte Maja nicht einmal widersprechen, und dabei ahnte ihre Mutter gar nicht, wie problematisch ihr Zusammensein mit James war. Er war ja nicht einmal ein Mensch.

Allerdings war sie bis jetzt ihr ganzes Leben lang vernünftig gewesen: Sie hatte eine vernünftige Ausbildung als Bürokauffrau gemacht, eine sichere Arbeitsstelle angenommen und eine rationale Beziehung mit einem bodenständigen Mann geführt. All das hatte sie aber einfach nicht glücklich gemacht. Nicht einmal annähernd so glücklich wie die bisherige Zeit mit James, ungeachtet seines Lebensstils und seiner wahren Natur.

»Ich glaube, es ist Zeit, dass ich mal etwas Verrücktes tue.«

James lachte leise, als wäre das ein Scherz. Dabei war es mehr als gewagt, mit einem energieraubenden Rockstar aufgrund einer flüchtigen Liebschaft alles zurückzulassen und möglicherweise das eigene Leben aufs Spiel zu setzen.

»Du bist alt genug«, kam die überraschende Antwort ihrer Mutter, als könnte sie diese Entscheidung bis zu einem gewissen Grad akzeptieren. Vielleicht sogar verstehen. Innerlich fiel eine Last von Maja ab.

»Wir werden erst einmal Urlaub machen, aber danach würde ich dir James gerne vorstellen«, verkündete Maja plötzlich entschlossen, auch um ihre neue Beziehung endlich klar von der bisherigen Affäre abzugrenzen. Vielleicht konnte ihre Mutter ja dann erkennen, dass David nicht der Richtige war, wenn sie James kennenlernte. Verlegen sah sie zu James auf, der zustimmend auf sie herab lächelte. Diesmal war sich Maja sicher, dass James zumindest dann ein wenig nervös sein würde.

Ob er schon einmal die Eltern einer Freundin getroffen hatte? Hatte er überhaupt je so etwas wie eine Beziehung gehabt? Seinen wenigen Andeutungen nach zufolge eher nicht.

»Ja, sicher, wenn du willst«, antwortete ihre Mutter verlegen, wohl auch ein wenig überfordert mit dieser Ankündigung, aber zu höflich, um abzulehnen.

Mit einem halbherzigen »gute Reise« legte ihre Mutter schließlich auf, und Maja warf ihr Handy zurück in die Handtasche.

»Ein harter Brocken?«, hakte James nach, während er sie leicht in seinen Armen wiegte.

»Ja, sie hat sich total in die Vorstellung von David als ihren Schwiegersohn verrannt.«

»Dann muss ich also einen guten Eindruck bei ihr hinterlassen«, sagte James und zwinkerte Maja zu.

Maja drehte sich lächelnd zu ihm um und küsste ihn zärtlich. »Du willst den Traum-Schwiegersohn mimen?«

»Bin ich denn kein Traum-Schwiegersohn? Berühmt, wohlhabend, gutaussehend und charmant?«

Maja lachte leise. »Keine Mutter der Welt würde ihre Tochter gerne als ein Groupie sehen.«

»Du bist doch kein Groupie. Du bist mein Leben.« Mit einem leidenschaftlichen Kuss stürzte er sich auf sie, gierig und ungeduldig.

19. KAPITEL

Es war immer noch heiß, obwohl es bereits später Nachmittag war und sie unter einem weißen Zeltdach lagen. James sehnte sich nach Abkühlung. Ein Strandurlaub in einer gemieteten Villa mit Personal hatte so verlockend geklungen, aber er war schon lange nicht mehr an einem südländischen Strand gewesen. Spätestens zur Mittagshitze hätte er sich allzu gern im Zimmer verschanzt, nicht nur weil die Sonne ihm immer das Gefühl vermittelte, er müsste sich besser in einem Sarg in einer unterirdischen Gruft verkriechen. Ein Teil seines Körpers hatte durchaus Züge eines Vampirs, dachte er. Stattdessen lag er nun wieder mit Maja auf einer bequemen Liege am Pool. Und trotz der Hitze hatte das alles etwas für sich.

Sie waren seit einer Woche auf Gran Canaria und lebten einfach so in den Tag hinein. Noch nicht einmal die Zeiten für das gemeinsame Essen waren geregelt. Die einzigen Verpflichtungen, an die sie sich halten mussten, waren die Verabredungen zu Aktivitäten mit James' Brüdern, die sich üblicherweise auf Frühstück und Abendessen beschränkten. Die anderen gingen auch spätestens jeden dritten Tag für einen Energieraubzug in einen der zahlreichen Clubs, wo sie an der Masse von Touristen ihren speziellen Hunger stillen konnten.

Das Highlight an diesem Tag war allerdings ein Wettschwimmen von James und Tim, um einen Streit vom Vortag abzuschließen. James freute sich sogar darauf, obwohl er nicht gerade ein Topathlet war. Es war immerhin die Gelegenheit, sich seinem großen Bruder einmal überlegen fühlen zu dürfen.

Beinahe lautlos kam der hauseigene Butler heran und brachte ihnen Wasser und Eiskaffee. James hatte den zuvorkommenden Mann in den letzten Tagen sehr zu schätzen gelernt und überlegte ernsthaft, ihm ein Angebot zu machen, damit er nach dem Urlaub mit ihnen in das Bandhaus kam. Keiner seiner Brüder hatte ein Talent oder wenigstens Interesse am Aufräumen.

»Wenn es hier nicht so warm wäre, könnten wir von mir aus für immer hierbleiben«, murmelte James, während er sich aufsetzte und nach dem Wasserglas griff.

Maja grinste amüsiert. »Du bist wirklich nicht der Typ für lange Sonnenbäder, oder?«

»Nein, ich glaube, als Nächstes machen wir Urlaub in einer gemäßigteren Region. Vielleicht habe ich doch ein paar Vampirgene, von denen ich bisher nichts wusste.« Allerdings war er weit davon entfernt, zu Staub zu zerfallen. Es war lediglich eine ausgeprägte Abneigung gegen die Sonne, die er mit seinen Brüdern teilte.

»Du planst schon den nächsten Urlaub?«

James zuckte mit den Schultern. »Ja, das Konzept ‚Urlaub' gefällt mir. Weißt du, wann ich das letzte Mal eine ganze Woche ohne Verpflichtungen hatte?« Damals war die Band noch ein Freizeitprojekt gewesen, da war er mit seinen Brüdern auf Sightseeing-Tour in London. Kurz darauf hatte er die Schule abgeschlossen und tagsüber seinen Unterhalt als Fahrradkurier verdient, während er abends mit den Jungs probte oder auftrat, wo auch immer eine Bühne frei war. Als sie dann endlich an Ray geraten waren, war an Urlaub nicht mehr zu denken gewesen. Sie hatten zwar bald von CD-Verkäufen und Konzerteinnahmen leben können, doch es bedeutete mindestens zwei Auftritte pro Woche, und sie mussten am laufenden Band neue Stücke produzieren, um die Fans bei der Stange zu halten.

»Ist das so lange her? Ich dachte immer, ihr führt ein eher entspanntes Leben.« Das dachten die meisten ihrer Fans.

James musste lächeln. »Wir führen das Leben, das wir uns ausgesucht haben. Oft haben wir Tage, an denen wir nur eine Stunde arbeiten müssen, aber die Tage, an denen wir komplett frei haben, sind die Ausnahme.«

Er hatte bisher nie daran gezweifelt, dass es das perfekte Leben für sie war, besonders im Hinblick auf ihre spezielle Natur. Die vielen Auftritte boten ihnen mehr als genug Nahrung und die Musik sorgte gleichzeitig für ihr finanzielles Auskommen.

»Hoffentlich schadet diese Auszeit euch nicht«, antwortete Maja nachdenklich. »Im Grunde macht ihr diese Pause ja nur meinetwegen.«

James drückte zärtlich ihre Hand. »Es war höchste Zeit, dass wir uns eine Auszeit gönnen. Keiner von uns scheint unter dieser freien Zeit zu leiden.« Nicht einmal seine Brüder, die sich anfangs um ihre Nahrungsbeschaffung gesorgt hatten. James fragte sich nun sogar immer mehr, ob es nicht an der Zeit war, ihre Lebensführung zu überdenken. Wie lange konnten sie diesen dauernden Stress und den Termindruck noch aushalten?

»Und wenn es euch eure Fans nun übelnehmen? Sie sind das ja nicht gewohnt.«

James zuckte mit den Schultern. Ihm persönlich war das gerade vollkommen egal. Er stand gerne auf der Bühne und er liebte die Musik, aber sie waren nun nicht mehr der Mittelpunkt seines Lebens. Über diese Veränderung war er alles andere als unglücklich.

»Wenn sie für das Warten mit neuen Songs entschädigt werden, wird das sicher die meisten wieder versöhnen«, beschwichtigte er Maja lächelnd. »Vielleicht kann Bill ihnen ja dann sogar einen neuen Gitarristen präsentieren.«

Er musste Maja gar nicht ansehen, um zu wissen, wie entsetzt sie ihn nun anstarrte. Er konnte es sich denken. Sie reagierte auf solche Andeutungen beinahe noch empfindlicher als Bill. Dabei sollte sie eigentlich froh sein, wenn er sich aus der Band zurückzog. Sie hatte doch so mit sich gehadert, ob sie Teil des Bandlebens sein konnte.

»Denkst du wirklich immer noch darüber nach, die Band zu verlassen?«

Er zuckte mit den Schultern. »Nicht endgültig. Vielleicht könnte ich Ray helfen und weiter die Songs schreiben, aber eben nicht mehr mit auf die Bühne gehen und ständig auf Achse sein.«

»Willst du das denn wirklich so?«

Wieder zuckte er mit den Schultern. Der Jubel der Fans würde ihm fehlen. Sehr sogar, und vielleicht sogar noch mehr als er zugeben wollte, doch er würde es schon verkraften. »Ich will alles dafür tun, dass wir beide eine glückliche und vor allem gemeinsame Zukunft haben.«

»Aber du hast so lange dein Leben der Musik gewidmet, willst du das wirklich alles einfach so wegwerfen?«

Er lächelte sie an, wissend, dass sie eine ganz andere Sicht auf diese Dinge hatte. »Das würde ich ja nicht tun. Niemand kann mir die Erinnerungen an die Zeit auf der Bühne und mit den Fans nehmen.« Die Erfüllung, die er darin gefunden hatte, würde ihm bleiben. Er hatte sich einen Lebenstraum erfüllt, und vielleicht war es nun Zeit für einen neuen Traum. Merkwürdigerweise hatte er früher nie in Betracht gezogen, dass das für ihn eine Frau, sogar möglicherweise irgendwann eine eigene Familie, sein könnte. Die Bekanntschaft mit Maja hatte das geändert. Er hatte nicht vor, demnächst zu heiraten oder Nachwuchs zu zeugen, aber es gab zumindest die Möglichkeit.

»Denkst du, die Erinnerung daran ist genug, wenn du weißt, dass die Band mit irgendeinem anderen Gitarristen gerade auf Welttournee ist?«

Das hatte gesessen. Der Gedanke gefiel ihm gar nicht. Wenn es nur um eine weitere Tour über die Britische Inseln

ging, könnte er das verkraften, aber es war doch frustrierend, die Band ausgerechnet dann zu verlassen, wenn ihnen die größeren Erfolge bevorstanden. »Wenn ich dafür mit dir zusammen sein kann, ist es okay«, antwortete er, um seine Verunsicherung nicht zu zeigen.
»Aber das kannst du doch auch, wenn du in der Band bleibst. Ich gehe mit dir, wenn ihr auf Tour geht. Ich habe jetzt nichts mehr, was mich in Limerick hält.«

James nickte und war erleichtert, als Bill und die anderen aus dem Haus heraustraten und an ihren privaten Pool kamen. Er musste in Ruhe über das Gesagte nachdenken. Sowohl über seine eigenen, als auch über Majas Worte. Es überraschte ihn, wie schlecht er selbst mit dem Gedanken an eine Trennung von der Band zurechtkam. Aber war es nicht egoistisch, Maja zu zwingen, sich ihnen anzuschließen? Ohnehin verlangte er bereits so viel von ihr. Immerhin stellte sie sich bereitwillig als Energiequelle zur Verfügung, da sollte er ihr doch auch ein Stück entgegenkommen.

Maja wusste, dass sie das Thema nicht mehr weiter diskutieren konnten, wenn die anderen Bandmitglieder dabei waren. Es war schon für sie beide ein schwieriges Thema, aber der hitzköpfige Bill löste in der Regel sofort einen lautstarken Streit aus.

»Hey!«, rief Tim, gerüstet zum Wettschwimmen in Badehose und Flipflops. »Bereit zu verlieren, du Gummiente mit Bleifüllung?«

James erhob sich von dem gemütlichen Plätzchen im Schatten und warf entschlossen sein Shirt beiseite. »Worauf du dich verlassen kannst, du Kaulquappe.«

Maja musste grinsen. In diesen Momenten merkte sie wieder, wie sehr die Bandmitglieder ihren etwas erzwungenen Urlaub genossen. Sie waren entspannt und ärgerten sich gegenseitig, wie es Brüder untereinander nun einmal taten. Nichts an ihnen verriet Außenstehenden, dass sie keine gewöhnlichen Menschen waren. Sie aßen, schliefen und tranken wie alle anderen auch. Trotzdem wusste Maja natürlich, dass die Brüder ihres Freundes nicht nur zum Vergnügen regelmäßig durch die gutbesuchten Clubs zogen.

Sie trat hinter James an den Rand des Pools. Es würde ein spannendes Rennen werden. Sie wusste inzwischen nur zu gut, dass die Männer alle keine passionierten Schwimmer waren. Am Vorabend war es beim Abendessen darum gegangen, wer der schlechteste Schwimmer war, und weder James noch Tim wollte diesen Titel akzeptieren. Es ging also nicht wirklich darum, wer gewann, sondern vielmehr darum, wer verlor.

Tim saß bereits am Rand und ließ sich unerwartet elegant ins Wasser gleiten. James holte sich bei Maja entschlossen einen Kuss zur Ermutigung und sprang dann kopfüber ins Wasser. Von einem Punktrichter hätte es für diesen Kopfsprung sicher keine Bestnoten gegeben, aber es war doch besser, als das, was Maja erwartet hatte.

Bill trat an den Beckenrand. »Na dann, ihr Seepferdchen. Wer nach zehn Bahnen der Erste ist«, sagte der Sänger und grinste gehässig, »oder der Einzige, der überhaupt zehn Bahnen schafft, hat gewonnen.«

Maja suchte sich einen Platz am Beckenrand, ließ die Beine ins Wasser baumeln und machte sich bereit, dem Schauspiel zu folgen. Zur Not konnte sie James von hier aus auch aus dem Wasser fischen.

Sobald er das Startzeichen gegeben hatte, ließ Bill sich neben ihr im Schneidersitz nieder, gerade so weit vom Wasser entfernt, dass er nicht versehentlich nass wurde.

»Du wirkst viel zu angespannt für einen ruhigen Tag am Pool«, stellte er ernst fest, während James und Tim begannen, ihre Bahnen zu ziehen.

»James denkt immer noch daran, die Band zu verlassen«, weihte sie ihn ehrlich ein, obwohl Bill schlecht auf dieses Thema zu sprechen war. Immerhin war es ihre erste Gelegenheit, einmal allein mit ihm zu sprechen, ohne dass James und Bill einander gleich ankeiften.

»Hat er das gesagt?« Bill beobachtete konzentriert, wie James und Tim beinahe gleichzeitig den Beckenrand erreichten und zu einer ungeschickten Wende ansetzten.

»Ja, vorhin. Ich habe das Gefühl, dass er mir gar nicht zuhört, wenn ich ihn davon abbringen will.«

Nicht zuletzt war Bill eng mit James befreundet, deswegen konnte er ihr vielleicht dabei helfen, ihn vor einem großen Fehler zu bewahren.

»Und wie denkst du darüber?«, fragte Bill und spielte gelangweilt mit den kleinen Wellen am Beckenrand.

»Ich will nicht, dass er die Musik meinetwegen aufgibt. Ich werde alles tun, um euch als Band zu unterstützen.«

Irgendwo in dieser Welt würde sie auch ihren Platz finden. Vielleicht könnte sie Ray unter die Arme greifen oder den Technikern helfen. Selbst, wenn sie letztlich nur dazu taugte, die Fanpost zu sortieren, so konnte sie zumindest James bei der Verwirklichung seines Lebenstraums begleiten. Sie selbst hatte nie einen derartigen Traum gehabt. Sie hatte sich nur eine glückliche Zukunft, einen Mann, der sie liebte, und eine kleine Familie gewünscht. Vielleicht war auch das ihr Traum, obwohl er auf den ersten Blick so viel weniger beeindruckend erschien als eine Karriere als Rockstar. Zumindest stand dieser Traum nicht im Widerspruch zu dem von James.

James und Tim wendeten erneut. Noch waren beide gleichauf, doch sie schwammen ziemlich langsam, und Maja wäre ihnen wohl längst eine Bahn voraus gewesen. Dabei wirkten die Musiker alle so sportlich, dass nicht damit gerechnet hatte, ihnen irgendwie überlegen zu sein.

»Du musst mir helfen, ihn umzustimmen«, bat sie den Sänger leise und voller Schuldbewusstsein, weil sie wusste, dass sie an der ganzen Situation schuld war.

»Ich hatte in den vergangenen Wochen nicht unbedingt ein Händchen dafür, James zu beeinflussen«, erwiderte Bill ernst und etwas resigniert. Es musste ihm schwerfallen, dass er und James sich so weit voneinander entfernt hatten. Würde ihre Freundschaft es je verkraften, dass es in James' Leben nun eine Frau gab?

»Aber du bist sein engster Vertrauter. Daran hat sich nichts geändert. Und ich will mich nicht zwischen euch drängen«, versicherte sie, um Bill zu ermutigen.

»Es ist nicht deine Schuld, aber zwischen mir und James hat sich vieles verändert. Er wird nicht auf mich hören.«

Maja seufzte traurig, weil sie diese Befürchtung teilte.

Die beiden Wettstreitenden vollendeten inzwischen ihre fünfte Bahn, und Tim baute sich allmählich einen Vorsprung auf.

»Vielleicht könnt ihr als Band mit ihm reden. Ihn begeistern für die große Tour und das nächste Album«, schlug sie zögernd vor.

»Ich glaube nicht wirklich daran, dass so eine Art Gruppentherapie bei uns funktionieren würde, Maja. Wir würden nur streiten und ihn damit erst recht verscheuchen.« Der Sänger seufzte dramatisch. »Wir versuchen unsere Probleme meist ohne Worte zu lösen. Ich werde alle zu einer Probe zusammentrommeln, und wenn wir das ein paar Mal gemacht haben, findet James vielleicht ganz von selbst zur Musik zurück.«

Maja nickte bestätigend. Dieser Vorschlag klang tatsächlich viel sinnvoller, als dass die Bandmitglieder im Kreis sitzen und über Gefühle sprechen sollten. Aber wenn sie alle gemeinsam spielten und an neuen Liedern arbeiteten, weckte das sicher die alte Leidenschaft für die Musik zu neuem Leben, und James verwarf endlich den Gedanken an einen Ausstieg.

Etwas langsamer als zuletzt vollführten James und Tim nacheinander erneut ein Wendemanöver. Inzwischen waren sie in ihrer siebten Runde, beide offensichtlich schon außer Atem. Dabei waren sie durch die langen Konzerte doch eigentlich gut in Form.

»Ich will nicht, dass er alles, was ihr euch erarbeitet habt, aufgibt«, versicherte Maja noch einmal, damit Bill endlich einsah, dass sie nicht seine Feindin war.

Bill seufzte traurig. »Manchmal frage ich mich, ob James es einfacher haben will. Unser Leben ist stressig und nervenaufreibend. Vielleicht hat er davon jetzt genug.«

Maja war überrascht. Einerseits weil Bill so etwas dachte, und andererseits, weil er es zugab. Bisher hatte Bill immer so aggressiv und verständnislos reagiert, wenn James seinen Austritt andeutete. Offenbar veränderten der Urlaub und die freie Zeit auch die Perspektive von Frontsänger Bill.

»Dann macht er sich etwas vor«, widersprach Maja entschlossen. »Ihr seid seine Familie, und er liebt es, mit euch auf der Bühne zu stehen. Er wird unglücklich sein, wenn er das aufgibt.« Die erschöpften Wettkämpfer wendeten erneut. Tim setzte bereits zum Endspurt an, und James hinkte eine Beckenlänge hinterher. »Wenn er die Band verlässt, wird er das später bereuen, davor will ich ihn schützen.«

Bill schüttelte den Kopf. »Denkst du wirklich, dass er sich von dir oder mir beeinflussen lässt? Dir müsste inzwischen doch klar sein, dass er ein verdammter Sturkopf ist und sich gerne an seinen Ideen festbeißt.«

Wie an der Idee, sie kennenzulernen und mit ihr zusammen zu sein. Dabei war es ihm auch egal gewesen, wie seine Aktionen sich auf ihr Leben auswirkten. Inzwischen war ihre Wut darüber verraucht, weil sie sich so sehr in James verliebt hatte, aber er hatte ihr das Leben ziemlich schwer gemacht. Ja, sie wusste, wie stur er war, und, dass er meist seinen Willen durchsetzte.

Beim Wettschwimmen allerdings hatte er auf ganzer Länge versagt. Tim saß bereits am Beckenrand, als James entmutigt die letzten Meter zurücklegte. Er legte neben Maja beide Unterarme auf den Beckenrand und atmete heftig.

Sie strich zärtlich über seine nassen Arme. »Du hättest ihn fast geschlagen«, versicherte sie zwinkernd. Schließlich hatten James und Tim beide gewusst, dass sie nicht gerade olympia-taugliche Schwimmer waren.

»Habe ich dich beeindruckt?«, grinste er sie amüsiert an.

Bill lachte auf der anderen Seite. »Ich hoffe, das hast du schon auf eine andere Weise, sonst steigt sie vermutlich ins nächste Flugzeug nach Hause.«

James war Stunden nach dem Wettschwimmen immer noch müde – er hatte vollkommen unterschätzt, wie anstrengend diese ungewohnte Aktivität sein konnte, und seine schmerzenden Muskeln erinnerten ihn nun daran.

Ausgelaugt lag er auf dem überdimensionalen Bett, über dem ein Baldachin aus einem Moskitonetz hing, während Maja sich im Bad für das gemeinsame Abendessen mit den übrigen Bandmitgliedern zurechtmachte. Wie es wohl wäre, einmal Zeit ganz ohne die Band zu verbringen?

»Willst du dich nicht langsam anziehen?«, rief Maja aus dem Bad.

Sie waren ohnehin schon spät dran, und James trug nur seine Jeans. Er hatte auch keine Lust, sich anzuziehen oder überhaupt zum Abendessen zu gehen. Gerade war er einfach nicht in der Stimmung für die anderen, und Hunger hatte er ohnehin keinen, zumindest nicht solchen Hunger. Aber es wäre verlockend, sich jetzt auf Maja zu stürzen.

Schon bei einem kleinen Kuss konnte er ihre Energie aufnehmen, aber der Sinn stand ihm eher nach einem ausgedehnten Festmahl.

Im Liegen beobachtete er, wie Maja sich in einem luftigen hellblauen Kleid vor dem Spiegel betrachtete. Sie machte sich so viele Gedanken darum, was sie zum gemeinsamen Essen anzog. Sie wollte den anderen gefallen, um ein Teil der Gemeinschaft zu werden, und das so sehr, dass er sich fragte, ob er ihr nicht zu viel zumutete.

»Lass uns heute schwänzen«, schlug er gelangweilt vor und erreichte damit, was er sich erhofft hatte. Maja ließ vom Spiegel ab und kam langsam zu ihm herüber.

Sie schob das Moskitonetz beiseite und stieg zu ihm auf das Bett.

»Denkst du nicht, dass die anderen enttäuscht wären?« Sie kniete dicht neben ihm und sah auf ihn herab.

»Die werden schon verstehen, dass wir mal etwas Pärchenzeit brauchen.« Er schob eine Hand vorsichtig unter den dünnen Stoff des zauberhaften Kleidchens und legte sie auf ihren nackten Oberschenkel. Ihre Haut war immer noch erwärmt von der Sonne, die sie den ganzen Tag genossen hatten.

»Bestimmt, aber es wäre besser, wenn wir das einige Stunden vorher angekündigt hätten.«

Sie lächelte besänftigend auf ihn herab. Sie wollte ihn motivieren, sich doch noch rechtzeitig zu ihrer Verabredung mit den anderen anzuziehen, aber er dachte eher an das Gegenteil.

»Glaubst du, Bill hat die anderen noch nie versetzt, weil er ein heißes Groupie vernaschen wollte?« James grinste sie amüsiert an. Warum sollte er zuverlässiger sein als seine Brüder?

»Aber Bill spricht nicht davon, die Band zu verlassen. Wenn wir nicht zum Essen kommen, erweckt das vielleicht den Eindruck, dass du keinen Wert mehr darauf legst, dazu zu gehören.«

James grinste unbeirrt weiterhin. »Ich glaube nicht, dass die anderen solche Schlüsse ziehen würden, nur weil wir nicht zum Essen kommen.« Zärtlich strich er weiter über ihren Oberschenkel und arbeitete sich langsam zu ihrem Höschen vor.

»Du musst es aber auch nicht provozieren.« Sie strich liebevoll über seinen Arm.

»Gib doch zu, dass du auch ganz gerne schwänzen willst«, flüsterte er schmunzelnd.

Maja wurde rot, weil er offenbar genau den Punkt getroffen hatte. »Ich bin wenigstens höflich genug, die Verabredung nicht platzen zu lassen.«

James musste beinahe lachen, beherrschte sich aber, um sie nicht zu verärgern. »Du musst ja nicht absagen, ich mache das für uns.« Wie zum Beweis angelte er sein Handy vom Nachtisch und tippte eine kurze Nachricht an Bill. Nichts übermäßig Informatives, nur, dass er und Maja keinen Hunger hatte. Bill würde es ohnehin verstehen. Sie kannten sich lange genug, sodass er wissen musste, dass James einfach Zeit mit Maja verbringen wollte. Sowieso dürfte allen klar sein, dass er nach dem Wettschwimmen eher einen Appetit hatte, den Essen nicht stillen würde.

»Vielleicht hätten wir zwei besser alleine Urlaub machen sollen«, überlegte er, während er Maja rittlings auf sich zog. Allerdings hätte ein Urlaub getrennt vom Rest der Band seinen Ausstieg schon im Voraus besiegelt. Es wäre das erste Mal gewesen, dass er sich wirklich bewusst von den anderen abgrenzte, obwohl sie Alltag sogar unter einem Dach lebten.

20. KAPITEL

»James!«, Bills raue Stimme hallte im Flur wider, sodass James unweigerlich stehen blieb und wartete, bis sein Bruder ihn eingeholt hatte. Die Verstimmung war dem Sänger an diesem Morgen offen anzusehen.
»Was gibt's? Ich wollte gerade zum Frühstück gehen.« Im Grunde ahnte er, dass Bills Groll sich auf das abgesagte Abendessen am Vortag bezog.
»War wohl eine anstrengende Nacht, was?« Bills Worte hatten einen bissigen Unterton.
»Kann sein«, gab James zurück. Er würde sich nicht auf eine solche Diskussion einlassen. »Mach nicht so ein großes Ding draus, Bill! Wir waren gestern Abend nicht beim Essen, aber das hier ist keine Jugendherberge. Wir sind ein junges Paar und brauchen auch mal Zeit für uns.«
Er hatte deshalb kein schlechtes Gewissen. Nur aus Rücksicht auf die Band hatte er sich für das gemeinsame Ferienhaus entschieden, statt für die Hochzeitssuite in einem luxuriösen Hotel.
»Du grenzt dich ab«, fuhr Bill hart fort, als sie einander endlich gegenüberstanden.
»Das denkst du nur wegen einem verpassten Abendessen?«, warf James ein.
»Als ob es nur darum ginge. Es ist immer so. Du denkst nur noch an deine Zukunft mit Maja, dass wir auch die Zukunft der Band klären müssen, ist dir vollkommen egal.«
»Ich wusste nicht, dass das Abendessen gestern als förmliche Besprechung gedacht war«, erwiderte James gereizt und verständnislos, denn natürlich hatte er nicht vor, sich solchen Gesprächen zu verwehren.
»Es geht doch nicht nur um das Essen gestern. Es geht um das Gesamtbild. Du bist so auf Maja fixiert, dass wir gar

nicht dazu kommen, uns als Band mit der Zukunft auseinanderzusetzen.«

James spürte, wie die Wut in Bill allmählich unbeherrschbar wurde. »Ich dachte, wir haben uns diese Pause genommen, damit wir Zeit für diese Fragen haben. Aber ja, ich möchte diese Zeit gerne auch nutzen, um Maja näherzukommen.«

»Wie nahe willst du ihr denn noch kommen? Ihr seid doch schon geradezu unzertrennlich.«

James atmete tief durch, um nicht etwas zu sagen, was unabänderliche Folgen hatte. In diesem Moment hätte er zu gern endgültig seinen Austritt aus der Band verkündet, aber noch war es zu früh – schon allein, weil er diese Entscheidung nicht mit Maja abgesprochen hatte. Er wollte sie nicht vor vollendete Tatsachen stellen. Er musste sie mit einbeziehen, da sie es sich sonst nie verzeihen könnte, wenn er ihretwegen die Band verließ. Sie würde an den Schuldgefühlen zerbrechen.

»Was willst du, Bill? Soll ich dir versprechen, dass ich nie wieder eine Verabredung absage?«

In den Augen seines eigentlich besten Freundes sah James, dass dieser selbst nicht weiterwusste. Er hatte einfach seiner Wut Luft gemacht, ohne ein konkretes Ziel zu verfolgen. Das konnte James gut nachvollziehen, und er hätte möglicherweise ganz ähnlich gehandelt, wenn Bill die Band wegen einer Frau hätte verlassen wollen.

»Wir wollen heute Abend eine kleine Probe machen, damit wir nicht zu sehr einrosten«, begann Bill ernst und etwas ruhiger. »Wenn du nicht auftauchst, nehme ich das als endgültige Entscheidung gegen die Band. Also überleg dir gut, was du tust.«

Mit diesen harten Worten ließ Bill ihn einfach stehen oder hatte es zumindest vor, doch James eilte ihm nach. »Willst du mich aus der Band schmeißen?«, fuhr er seinen

Bruder gereizt an. Er sollte es ihm wenigstens offen und ehrlich ins Gesicht sagen, wenn er das vorhatte.

Bills Blick war kalt und bohrend, wie James es noch nie erlebt hatte. »Diese Ungewissheit tut uns allen nicht gut. Wir haben Großes vor. Die Europa-Tour könnte uns zu Weltstars machen. Und es wird Zeit, dass wir uns darauf konzentrieren und am nächsten Album arbeiten. Wir haben schon genug Zeit vergeudet.« Aus den Augen des Sängers schossen eisige Blitze. »Du denkst vielleicht, das wäre allein deine Sache, ob du in der Band bleibst oder nicht. Aber wenn du wegen Maja alles in Frage stellst, wollen wir dich vielleicht auch nicht länger dabeihaben. Wir brauchen ein verlässliches Team für diese Tour, und wir haben dir mehr als genug Zeit für eine Entscheidung gegeben. Immerhin werden wir dann Zeit brauchen, um einen Ersatz für dich zu finden. Damit können wir nicht warten, bis drei Tage vor Tourbeginn.«

James schluckte schwer, weil ihn Bills plötzliche Kälte schmerzte. Indessen sah er aus dem Augenwinkel Maja näherkommen.

»Heute Abend um acht«, betonte Bill noch einmal mit Nachdruck, bevor er davon marschierte.

Maja spürte die Spannung zwischen James und Bill wie einen eisigen Windzug und in der Miene ihres Freundes sah sie, dass die Stimmung noch viel eisiger sein musste, als sie ahnte.

Bill wollte an ihr vorbeigehen, ohne ein Wort zu sagen, obwohl sie in seinen Augen deutlich die unausgesprochenen Vorwürfe sah. Zögernd versperrte sie ihm den Weg, wobei sie ihn schwerlich aufhalten könnte, wenn er unbedingt weitergehen wollte.

»Es war meine Schuld«, erklärte sie entschlossen. »Ich habe James gestern vorgeschlagen, das Abendessen abzusagen«, log sie. Es wäre ja ohnehin nichts Neues, wenn Bill auf sie sauer wäre, und so konnte sie vielleicht die Freundschaft der beiden Musiker retten. »Es tut mir leid«, versicherte sie so reumütig, wie es ihr eben möglich war, obwohl sie James ja noch hatte umstimmen wollen.

Allerdings sah sie Bill bereits an, dass das versäumte Essen nicht wirklich der Grund für seinen Unmut war. Es ging um die Gesamtsituation.

»Sorg einfach dafür, dass er sich nicht noch weiter von uns abkapselt. Wenn er Teil der Band bleiben will, muss er auch etwas dafür tun.«

Maja schluckte jede Erwiderung, die sich ihr aufdrängte, hinunter. Es war offensichtlich, dass Bill mit seiner Geduld am Ende war und man ihn besser nicht reizen sollte.

»Wenn er heute Abend nicht mit uns probt, dann war es das.« Bill starrte sie ernst an, als erwartete er einen Widerspruch, den sie ihm aber nicht geben würde. Der Streit zwischen den beiden Männern war ohnehin so festgefahren, dass jedes Wort zu viel sein könnte und zur Explosion führen würde.

»Ich rede mit ihm«, versprach sie ruhig und ehrlich. Sie wollte James ins Gewissen reden, aber ob sie ihn auch beeinflussen konnte, war schwer zu sagen.

Bill nickte nur kurz und ging entschlossen an ihr vorbei.

Maja seufzte und trat langsam zu James. »Du hast ihn wohl sehr verärgert.«

Ihr Freund schüttelte verständnislos den Kopf. »Er droht mir, mich aus der Band zu schmeißen.« Er legte einen Arm um sie und zog sie an sich.

»Dann solltest du versuchen, ihn nicht noch weiter zu reizen«, versuchte Maja, ihn zu beruhigen. Es war irritierend, dass er scheinbar Angst vor einem Rauswurf hatte, obwohl er selbst an seinen Austritt in Betracht zog. Doch sie sah ihm an, wie verunsichert er war.

»Vielleicht sollte ich einfach zulassen, dass sie mich rausschmeißen, dann wären die Diskussionen und das Grübeln endlich vorbei«, murmelte er missmutig, während sie sich an ihn schmiegte.
»Das meinst du nicht ernst, sonst hättest du dich doch schon längst von der Band getrennt.«
James seufzte nachdenklich. »Vielleicht bin ich nur zu feige, diesen Schritt zu tun, obwohl ich es eigentlich will.«
Sie schüttelte entschlossen den Kopf. »Red dir das nicht ein, du bist gerade nur sauer auf Bill«. Zur Besänftigung küsste sie ihn zart und tatsächlich entspannten sich seine zusammengepressten Lippen. »Nun lass uns frühstücken und später kannst du in Ruhe darüber nachdenken.«

Maja betrachtete die kleinen Wellen im Näherkommen, bevor sie ihre Füße kühl im feuchten Sand umspielten. Es war ein herrliches, entspannendes und friedliches Gefühl. Und der perfekte Gegensatz zur Nachmittagssonne.
James allerdings schien kein Bedürfnis nach Abkühlung zu verspüren. Er ging im warmen, fast trockenen Sand an ihrer Seite. Von Anfang an hatte er kein Interesse an diesem Strandspaziergang gezeigt. Sie hatte ihn dazu überredet, damit er etwas zur Ruhe kam. Er sollte keine falsche Entscheidung treffen, nur weil er aufgebracht war.
»Wirst du heute Abend mit den anderen zur Probe gehen?«, hakte sie schweren Herzens nach, obwohl sie befürchtete, dass er sich längst entschieden hatte und nicht bereit war, umzudenken.
»Ich weiß nicht.«
»Dann solltest du hingehen«, erklärte sie entschlossen. »Wenn du dir jetzt noch nicht sicher bist, dass du die Band verlassen willst, solltest du nicht riskieren, sie zu verlieren.«
James schwieg nachdenklich, und Maja blieb dort stehen, wo die Wellen in unregelmäßigen Abständen ihre Füße

umspielten.»Du denkst, du müsstest dein Leben von Grund auf umkrempeln, damit wir zusammen sein können. Dabei hast du noch gar nicht probiert, ob es funktioniert, wenn du nichts daran änderst.«

Sie drehte sich zu ihm um und sah in sein ernstes Gesicht.»Geh mit den anderen auf Tour und lass uns sehen, ob es für uns funktioniert und ob wir glücklich sein können, als Paar neben eurem Bandleben.«

James sah, mit den Händen in den Hosentaschen, an ihr vorbei aufs offene Meer hinaus.»Und wenn es nicht funktioniert?« Seinem Blick nach zu urteilen, war er schon jetzt davon überzeugt, dass es nicht funktionieren konnte.

»Dann kannst du die Band nach der Tour noch verlassen, aber zumindest hast du es dann probiert.«

Sie sah ihm an, dass er nach wie vor nicht überzeugt war. Er zog immer noch in Betracht, alles hinzuschmeißen.

»Vielleicht passen wir gar nicht ins Bild. Vielleicht ist die Band gar nicht in der Lage, uns als Paar zu akzeptieren.«

Maja lächelte.»Vielleicht wirkt es auch ansteckend und bald haben die anderen selbst Freundinnen, die mit uns reisen. Wir werden es nicht wissen, wenn wir es nicht ausprobieren.«

Je länger sie darüber nachdachte, desto mehr glaubte sie daran, dass das Bandleben Raum für ein Liebespärchen bot. Sie hatte auch nicht den Eindruck, dass die anderen Bandmitglieder grundlegend etwas gegen sie hatten. Die Missstimmung rührte lediglich daher, dass James ihretwegen alles in Frage stellte. Bill hatte wohl recht, dass es an der Zeit war, eine Entscheidung zu treffen. Die Unsicherheit belastete sie alle spürbar und gefährdete die Zukunft der Band.

»Ich will aber nicht, dass wir dadurch unsere Beziehung gefährden.«

Sie ging langsam auf ihn zu und legte beruhigend die Hände auf seine Schultern. »Denkst du nicht, dass es unsere Beziehung auch belasten wird, wenn du meinetwegen aus der Band aussteigst? Ich habe dich als Teil dieser Band kennen und lieben gelernt und erwarte nicht von dir, dass du daran etwas änderst. Aber es würde immer zwischen uns stehen, wenn du mir zuliebe deinen Traum aufgibst.«

An James' verbissenem Blick erkannte sie, dass er immer noch mit sich haderte, ihren Vorschlag zu akzeptieren.

»James«, fuhr sie ernst fort. »Ich habe alles aufgegeben, um mit dir leben zu können. Welchen Sinn hätte das, wenn du jetzt auch aufgibst?«

Endlich wurde seine Miene sanfter und er entspannte sich zumindest etwas. »Wir könnten uns ein kleines ruhiges Leben aufbauen, du könntest zurück zu deiner Familie und deinen Freunden.«

Maja schüttelte lächelnd den Kopf. »Ich vermisse das nicht. Ich habe keine Freunde mehr und meine Mutter ist immer noch in meinen Ex verliebt. Mir tut der Tapetenwechsel gut. Und ich mag deine Brüder.«

Obwohl er nichts sagte, spürte sie in seinem folgenden Kuss, dass er endlich begann, sich wieder der Band zu öffnen und zu akzeptieren, dass dort womöglich seine Zukunft lag.

»Du vergisst, wie sehr du die Musik und das Bandleben liebst. Früher oder später würdest du mich hassen, weil ich dir das alles weggenommen habe«, flüsterte sie ernst. »Und ich würde mich selbst hassen, vom ersten Tag an.«

James lehnte seine Stirn an ihre und legte die Arme fest um sie. »Und wenn du meinetwegen nie ein wirkliches Zuhause haben wirst? Wenn du kein Leben außerhalb der Band haben kannst, wirst du mich dann nicht auch hassen?«, wollte er ernst wissen.

»Nein«, antwortete sie entschlossen. »Das kann ich gar nicht, denn ich habe mich aus freien Stücken für dieses Leben entschieden.«
»Warum kann ich mich dann nicht genauso für das Leben ohne die Band entscheiden?«
Sie küsste ihn zart. »Du tust es nicht aus freiem Willen, sondern weil du glaubst, es geht nicht anders.« Noch ein Kuss, der ihm signalisieren sollte, dass kein Widerspruch erlaubt war. »Wenn du heute Abend bei der Probe keinen Spaß hast, kannst du von mir aus die Band verlassen, aber wenn es dir gefällt, wieder mit ihnen zu spielen, dann darfst du das einfach nicht aufgeben.«
»Warum nicht? Wenn ich es will ...«
Maja musste grinsen. »Ich verbiete es dir.« Sie spürte sein Grinsen und ihre eigene Erleichterung, weil endlich alle Anspannung von ihm abfiel.
»Und was willst du tun, wenn ich mich nicht an dein Verbot halte?«
»Sex-Entzug?« Unweigerlich wurde sie rot bei dieser Andeutung, die sie nicht ganz ernst meinte. Andererseits wüsste sie beim besten Willen kein anderes Druckmittel. Es käme ihr nie in den Sinn, ihm zu drohen, ihn im Stich zu lassen.
»Das will ich sehen!«, erwiderte er hörbar ungläubig und herausfordernd, bevor er sie in einem berauschenden Kuss an sich presste.

Maja atmete unweigerlich auf, als James nach seiner Gitarre griff. Sie waren nicht nur pünktlich zur Probe im Salon der Urlaubsvilla, sondern sogar auch vor Bill und Charlie da.
Tim indessen war bereits damit beschäftigt, sein Keyboard nach seinen Wünschen einzustellen und Mike saß wartend an seinen Drums. Die Instrumente waren kurz

nach ihnen in der Villa angekommen, bisher jedoch noch nicht benutzt worden.

Maja suchte sich eine ruhige Ecke etwas abseits, um nicht im Weg zu sein, aber sie war zu neugierig, um die Jungs ganz unter sich zu lassen. Obwohl die Band noch keine konkreten Termine in den nächsten Wochen und Monaten hatte, auf die sie sich vorbereiten mussten, musste diese Probe gut laufen. Nur das konnte James überzeugen, die Band nicht doch zu verlassen.

Aus dem Augenwinkel sah sie von ihrem Platz auf einem bequemen Sessel, wie Bill den Raum betrat. Er stutzte tatsächlich, als er James konzentriert beim Stimmen seiner Gitarre bemerkte. Dann lächelte der Sänger erleichtert und näherte sich seinem Mikrofon, das auf einem schlichten schwarzen Gestänge steckte.

»Können wir?«, rief er in die Runde. »Wo ist Charlie?«, kam dann die gereizte Frage hinterher, als er den leeren Platz des Bassisten bemerkte.

»Kommt gleich. Hat vorhin bemerkt, dass nebenan fünf Models Bikini-Fotos machen lassen, und er wollte sich erkundigen, ob sie länger bleiben«, erklärte Tim sachlich und doch mit einem amüsierten Funkeln in den Augen.

Bill setzte zwar zu einer verärgerten Antwort an, verstummte aber, als der vermisste Bassist in diesem Moment herbei eilte. Fröhlich schwenkte er einen Zettel mit mehreren Handynummern.

»Die Mädels sind noch ein paar Tage in der Gegend«, verkündete er, als wäre das die Nachricht des Tages.

»Dafür ist später Zeit«, murmelte Bill verärgert in sein Mikrofon. Vielleicht war er ein wenig frustriert, weil er die Gelegenheit zum Flirten verpasst hatte. Charlie setzte zu einer Antwort an, doch bevor er etwas sagen konnte, zählte Mike bereits das erste Lied ein – vermutlich, um einen Streit zu verhindern, oder um möglichst schnell die Probe hinter sich zu bringen, damit sie sich gemeinsam den Models vorstellen konnten.

James war sofort voll bei der Sache und spielte das Intro des ersten Songs, obwohl Tim und Charlie den Einsatz verpassten. Die Musiker mussten sich nicht einmal absprechen, denn sie hatten ihre gewohnten Abläufe für die Proben. Nach ein paar Sekunden fanden sich auch Tim und Charlie den Anschluss, und das Lied als Ganzes klang, als hätte es nie Differenzen zwischen ihnen gegeben. So uneins sich die Brüder über die richtige Lebensführung sein mochten, waren sie in der Musik doch sofort wieder vereint.

Maja atmete erleichtert auf. Nicht einmal James konnte nun die Verbundenheit zwischen ihnen leugnen, ganz jenseits der Blutsbande. Er wirkte konzentriert, allerdings auch entspannt und irgendwie angekommen.

Mit geschlossenen Augen lehnte Maja sich in dem bequemen Sessel zurück und lauschte der Musik. Es war eine harmonische Probe. Die Lieder wurden durch kurzes Zurufen und ohne lange Diskussionen gewählt. Es wurden Fehler gemacht, aber es wurde sich deshalb nicht gestritten. Allen schien es an diesem Abend mehr um den Spaß an der Musik, als um Perfektion zu gehen.

Anfangs war James ruhig, fast schon zurückhaltend. Er spielte seinen Part, war sonst aber eher außen vor. Doch beim fünften Lied beteiligte er sich sogar an der Auswahl.

Maja sah vorsichtig zu ihm herüber. Er lächelte und bewegte sich zur Musik, wie ein Grashalm im Wind. Er war ganz in seinem Element und hätte das selbst unmöglich abstreiten können.

Auch Bill warf immer wieder einen prüfenden Blick auf seinen bisher so grüblerischen Gitarristen und schien zufrieden mit dem, was er sah.

Immer noch waren sie gut, obwohl sie seit fast zwei Wochen nicht mehr zusammen gespielt hatten. Nicht in

Höchstform, aber alle waren voller Begeisterung und Leidenschaft.

Überrascht entdeckte Maja Ray im Türrahmen. Dabei war der Manager eigentlich in Irland geblieben, um ihnen etwas Abstand zu gönnen. Nachdenklich beobachtete er die Band etwa eine Minute lang und nickte Bill zur Begrüßung kurz zu. Dann postierte er sich lächelnd neben Majas Sessel.

»Unser Sorgenkind scheint wieder auf Kurs zu sein«, stellte Ray erfreut fest.

»Hat Bill dich gerufen, damit du mit James sprichst?« Maja konnte sich gut vorstellen, dass der Sänger einen Hilferuf an den Manager geschickt hatte, um die Band vor dem Auseinanderbrechen zu bewahren.

Ray schüttelte den Kopf. »Nein, er meinte, die Streitigkeiten wären beigelegt, und wir könnten anfangen, die große Europatour zu planen.«

Verwirrt starrte Maja zu James und Bill. Die beiden hatten sich seit ihrem Streit am Morgen nicht mehr gesprochen. Woher hatte Bill die Zuversicht genommen, Ray wegen der neuen Tour herzurufen?

»Wann hat er das gesagt?« Vielleicht schon vor Tagen, vor dem erneuten Streit.

Ray zuckte mit den Schultern. »Heute Morgen. Ich habe nur noch ein paar Telefonate erledigt und den nächsten Flieger genommen.«

Erneut starrte Maja verwirrt den Sänger an. Er musste vom ersten Moment an überzeugt gewesen sein, dass James keinen Rauswurf aus der Band riskieren würde. Hatte er das Ultimatum nur gestellt, damit James nicht länger grübelte?

Zu ihrem Erstaunen zwinkerte Bill ihr verschwörerisch zu, als ahnte er, was sie gerade dachte. Sie hatte ihn ja um Hilfe gebeten, dabei aber doch eher an ein Gespräch unter vier Augen gedacht, offensichtlich hatte Bill einen anderen Weg gewählt, der perfekt funktioniert hatte.

»Du glaubst gar nicht, wie gut es tut, die Jungs hier vereint zu sehen«, unterbrach Ray unerwartet ihre Gedanken. »Ich glaube nicht, dass die Band es verkraftet hätte, wenn James aufgehört hätte.«

Maja nickte verständnisvoll. »Sie sind eine Familie.«

21. KAPITEL

Noch mit den Kaffeetassen vom Frühstück in der Hand, versammelten sie sich an den gemütlichen Liegen auf der Terrasse. An diesem Vormittag war es bewölkt, dennoch blickte Maja bereits sehnsüchtig in Richtung des erfrischenden Pools. Sie hätte James nur zu gerne zu einem Wettschwimmen herausgefordert, doch seine Niederlage vor wenigen Tagen gegen Tim, nagte immer noch sehr an ihm, und gegen sie hätte er wohl erst recht verloren.

Dennoch bemühte sie sich, Rays Ausführungen über die Europa-Tournee zu lauschen. Während die Band Urlaub machte, hatte er sich bereits umgehört und Kontakte geknüpft. Es gab eine ganze Reihe von Festivals im Frühjahr, bei denen die Band auftreten könnte, um sich auf dem Festland einen Namen zu machen. Auch erste Fernsehshows und Radiosender waren wohl an ihnen interessiert. Ray wollte eine dreimonatige Tour im Herbst organisieren, zu deren Abschluss er einige kleinere Konzerte in Clubs anstrebte. Für Berlin und Amsterdam hatte er bereits konkrete Angebote erhalten. »Es kann eine richtig große Sache werden«, verkündete er zum Abschluss seiner ausgiebigen Erörterungen.

Bill nickte und starrte nachdenklich auf die auf dem Boden ausgebreitete Europakarte mit zahlreichen bunten Klebepunkten darauf. »Drei Monate sind eine lange Zeit«, gab er unerwartet ernst zu bedenken.

Ray zuckte mit den Schultern. »Ihr werdet ja nicht jeden Tag irgendwo auftreten. Es wird immer wieder freie Tage geben, die ihr zum Entspannen nutzen könnt.«

Maja bemerkte, wie James neben ihr zustimmend nickte, doch Bill dagegen blieb zögerlich. »Trotzdem sind es drei

Monate auf Reisen, die mit großem Stress verbunden sind. Das ist vielleicht etwas zu viel für uns.«

Rays Blicke schweiften prüfend durch die Runde. Keines der übrigen Bandmitglieder schien sich an der Diskussion beteiligen zu wollen. »Ihr habt schon stressigere Zeiten erlebt, bevor ihr überhaupt von eurer Musik leben konntet. Das war doch nie ein Problem.«

Bill schüttelte den Kopf. »Aber jetzt ist die Situation anders. Wir werden in einer neuen Konstellation reisen. Und vergesst nicht, dass wir gestern noch über eine mögliche Trennung gesprochen haben.«

»Vielleicht ist es gerade deshalb gut, das wird uns fester zusammenschweißen«, widersprach James überraschend, obwohl er die Band vor nicht einmal vierundzwanzig Stunden für sich in Frage gestellt hatte.

Ray sah zwischen ihnen beiden hin und her, bevor er nachdenklich nickte. »Wir könnten die Tour etwas kürzen, aber dann wird sie nicht denselben Effekt haben. Wenn ihr euch diese drei Monate nehmt, könnt ihr bei einigen großen Festivals auftreten und werdet so sicher in Erinnerung bleiben. Unser Ziel muss es sein, euren Namen bekannt zu machen, dann reichen das nächste Mal vier Wochen und einige große Konzerte aus.«

Während die meisten zustimmend nickten, starrte Bill zu James.

»Das kann unser großer Durchbruch werden«, erklärte der Gitarrist enthusiastisch. »Wir wissen nicht, wie oft sich uns noch die Chance bietet, so viele Auftritte in kurzer Zeit zu absolvieren.«

Bill nickte widerstrebend. »Aber es muss ausreichend Pausen geben, damit wir auch an einem neuen Album arbeiten können. Wir dürfen unsere treuen Fans zuhause nicht ewig warten lassen, nur weil wir in Europa neue Fans gewinnen wollen.«

Es kam breiter Zuspruch von allen Seiten.

»Ihr habt ja auch noch fast acht Monate, bis es losgeht«, erinnerte Ray gelassen. »Vielleicht habt ihr das Album ja bis dahin schon fertig.«

Maja dachte an die Liedfragmente, die bereits während der letzten Tour entstanden waren. Es wäre tatsächlich möglich, dass das Album rechtzeitig fertig wurde, wenn die Jungs konzentriert daran arbeiteten.

»Wir werden sehen«, brummte Bill, immer noch nicht ganz überzeugt von Rays Plänen.

Der Manager begann, die Karte auf dem Boden zusammenzufalten. »Das Wichtigste ist allerdings, dass ihr bis zur Tour wirklich in Höchstform seid. Bei den Auftritten werdet ihr vor Leuten spielen, die vorher kaum euren Namen kannten, die müsst ihr umhauen. Das ist etwas anderes als in Irland, wo ihr meist vor eingefleischten Fans steht. Keine Fehler, keine Streitereien.«

James nickte erneut zustimmend. »Wir werden unser Bestes geben.«

Tatsächlich lächelte nun Bill ebenfalls voller Vorfreude und Zuversicht. Sogar Maja glaubte immer mehr an den Effekt der Tour. Es könnte wirklich ein großer Fortschritt für sie alle werden. Zudem würde der Erfolg wahrscheinlich auch James' Zweifel, was seine Zukunft in der Band anging, endgültig zerstreuen, wenn er sah, dass die Tour und ihre Beziehung keine Widersprüche waren. Die Band würde größeren Zusammenhalt finden, wenn sie sich dieser Herausforderung stellten, und damit auch Erfolg haben würden.

»Wir werden sie umhauen«, ergänzte Nesthäkchen Mike grinsend und voller Zuversicht.

James kam erst auf die Terrasse, als er sicher war, dass die anderen ihm nicht folgten. Sie hatten erneut geprobt, und die restlichen Bandmitglieder wollten sich nun mit den Models aus der Nachbarvilla auf ein paar Drinks treffen. James dagegen wollte zu Maja, die diesmal anstatt zur Probe allein an den Pool gegangen war.

Er nahm es ihr nicht übel. Er konnte ja nicht erwarten, dass sie für den Rest ihres Lebens an jeder Bandprobe teilnahm, allerdings sorgte er sich doch ein bisschen, wie sie wohl über Rays Pläne dachte. Bei der Besprechung am Morgen hatte sie nur dagesessen und zugehört. Natürlich hatte sie zugestimmt, ihn auf die Tour zu begleiten, aber da hatte sie nicht gewusst, dass es um drei Monate und so viele Termine ging. Vielleicht bereute sie ihre Entscheidung jetzt oder war zumindest verunsichert.

Sie schwamm bei Sonnenuntergang im verlassenen Pool ihre Bahnen. Sie hätte definitiv gegen Tim gewonnen. Sie ließ sich auch nicht aus der Ruhe bringen, als er an den Beckenrand trat und sich dort nach kurzem Zögern niederließ.

Im Wasser schien sie sich wohlzufühlen. Sie bewegte sich gleichmäßig und entspannt, ohne dass man ihr die geringste Anstrengung anmerkte. Nach einer weiteren Bahn wendete sie mit vollendeter Eleganz und schwamm auf ihn zu.

»Seid ihr schon fertig?«, erkundigte sie sich lächelnd, als sie die Arme vor ihm auf den Beckenrand legte und den Kopf darauf bettete.

»Wir sind ja immer noch im Urlaub. Eine Stunde Proben am Tag sollte erst mal genügen, um in Form zu bleiben. Steigern können wir uns noch, wenn wir wieder zu Hause sind.«

Er lächelte sie beruhigend an, damit sie nicht dachte, der Urlaub würde sofort in Arbeit übergehen. Für sie als Paar war dieser Urlaub schließlich wichtig, um die kurzzeitige Trennung und die letzten Zweifel zu überwinden.

»Freust du dich auf die große Tour?«

James lächelte. »Ja, es wird aufregend, und es ist eine tolle Chance.« Vergeblich versuchte er, eine Reaktion in Majas Miene erkennen zu können. »Wie denkst du darüber?«, hakte er deshalb nach, obwohl er Angst vor ihrer Antwort hatte.

Inzwischen freute er sich auf die Tour und die Proben mit der Band ließen es immer unverständlicher erscheinen, wie er überhaupt an einen Austritt hatte denken können. Was sollte er tun, wenn Maja doch Bedenken haben sollte?

»Ich freue mich für euch«, versicherte Maja ihm weiterhin lächelnd.

»Wird es dir zu viel? Drei Monate sind eine lange Zeit.«

»So lange ist es auch wieder nicht. Die Zeit wird bestimmt schnell vergehen, bei all den Terminen.« Anmutig stemmte sie sich am Beckenrand hoch, bis sie darauf sitzen konnte. Ihre Beine ließ sie jedoch weiterhin im Wasser baumeln.

»Und du kommst damit zurecht, so lange unterwegs zu sein?«, hakte er erneut nach.

»Warum nicht?« Sie zuckte sorglos mit den Schultern.

»Du wirst deine Familie lange nicht sehen, und so wird eine Versöhnung sicher nicht einfacher.« Er legte ihr ein großes Handtuch um die Schultern, das sie wohl vor dem Schwimmen am Rand bereitgelegt hatte. Es war zwar alles andere als kalt, aber er fürchtete trotzdem, dass sie sich erkälten könnte. Die Tatsache, dass er fast jeden Tag einen kleinen Teil ihrer Energie raubte, könnte ihr Immunsystem schwächen.

»Vielleicht hilft auch der Abstand, dass ich mich endlich wieder mit meiner Mutter versöhnen kann.« Sie wickelte ihren Oberkörper bereitwillig in das große Handtuch und lächelte ihn dankbar an, was ihm wieder bewusst machte, wie verletzlich ihr Körper war.

Er lächelte zurück und erinnerte sich in diesem Moment, wie wenig er selbst über sein eigenes Wesen wusste, oder gar welche Folgen es auf andere Menschen haben könnte. Er konnte es doch auf keinen Fall riskieren, Maja versehentlich irgendwie zu schädigen. Er hatte sich so lange davor gedrückt, sich den vielen ungeklärten Fragen über seine Herkunft zu stellen.

»Wenn wir unterwegs sind, will ich versuchen, unseren Vater zu finden.«

Maja blickte ihn überrascht und sprachlos an. »Ich dachte, er ist ein Außerirdischer? Wie willst du ihn denn dann aufspüren?«

Er zuckte mit den Schultern. »Meine Mutter nannte ihn zwar einen Außerirdischen, aber ich glaube nicht wirklich daran. Das Naheliegendste wird wohl sein, erst einmal mit ihr zu sprechen.« Er legte einen Arm um Majas schmale Schultern unter dem warmen Handtuch. »Ich muss wissen, was es mit der Verbindung zwischen uns auf sich hat, und was das für unsere Zukunft bedeutet.«

Zu seinem Erstaunen nickte Maja, ohne seine unausgereiften Pläne weiter zu hinterfragen. »Ich werde dich unterstützen.«

Obwohl sie erschöpft wirkte, funkelten ihre Augen, als sie aufstand und sich ihrem Urlaubsdomizil zuwandte. »Kommst du?«

»Wohin?«, fragte James verdutzt.

»Unter die Dusche.«

Grinsend nahm er ihre Hand. Das ließ er sich nicht zweimal sagen.

ROCKSTAR STRANGERS

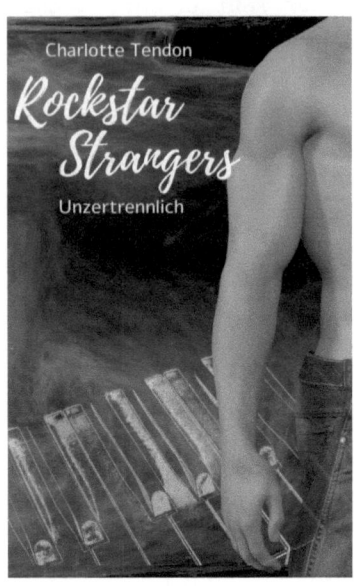

Rockstar Strangers
Children of an Unknown
Band 2

ISBN 9783740787769 (TB)
ISBN 9783740704421 (eBook)

Die Band Children of an Unknown bereitet sich auf ihre große Europatour vor und allmählich scheinen alle damit im Reinen, dass nun auch James' Freundin Maja Teil Gruppe ist. Aber James ist fest entschlossen, endlich das Rätsel um seinen Vater zu lösen, und strapaziert dadurch erneut die Geduld der anderen Musiker. Obendrein soll die Fotografin Lauren die Tour begleiten. Besonders Frontmann Bill treibt deshalb die Sorge um, dass sie das übernatürliche Geheimnis der Band aufdecken könnte. Nicht nur für ihn steht sofort fest, dass sie Lauren möglichst schnell loswerden müssen.